집중 조명

수필·22

집중 조명 수필·22

1판 1쇄 발행 | 2019년 12월 5일
지은이 | 김형진
발행인 | 이선우
펴낸곳 | 도서출판 선우미디어
　　　　등록 | 1997. 8. 7 제305-2014-000020
　　　　02643 서울시 동대문구 장한로12길 40, 101동 203호
　　　　☎ 2272-3351, 3352 팩스: 2272-5540
　　　　sunwoome@hanmail.net
　　　　Printed in Korea ⓒ 2019. 김형진

값 13,000원

※ 이 도서의 국립중앙도서관 출판예정도서목록(CIP)은 서지정보유통지원시스템 홈페이지
　(http://seoji.nl.go.kr)와 국가자료공동목록시스템(http://www.nl.go.kr/kolisnet)에서 이용하실 수
　있습니다.(CIP제어번호:CIP2019048669)

ISBN 978-89-5658-627-4 03810

비평 모음 · 3

집중 조명
수필·22

김형진 지음

선우미디어 sunwoomedia

책머리에

한국의 현대수필이 시작된 지 100년이 다 되었다. 1920년대에서 2010년대에 이르기까지 많은 작가들이 신문, 잡지, 단행본을 통하여 작품을 발표했지만 그중에는 문학의 한 장르로서의 수필과는 거리가 먼 것들이 허다하다. 그간 작고한 작가들의 작품들 가운데서 문학성이 있는 작품 22편을 골라 집중 조명해 보았다.

22편은 중등학교 교과서에 실렸던 작품들과 필자가 접했던 작품들 중에서 선택했다. 욕심으로는 모든 작품을 처음에 발표한 잡지와 신문, 그리고 발표한 연도까지 찾아내어 밝히고 싶었으나 워낙 게으르다 보니 자료를 확보하지 못해 민망하다.

그동안 문학비평을 하는 사람들은 물론 수필에 종사하는 사람들까지도 한 편의 수필을 대상으로 비평을 하는 것은 무리라는 통념에 사로잡혀 있었다. 이는, 한 수의 시나 한 편의 단편소설에는 여러 문학적 요소가 함축되어 있지만 수필은 그저 일상생활의 겉모양 기록에 지나지 않아 쓸거리가 없다는 오판에 기인한 것이다.

이는 문학 장르상으로는 소설, 시, 희곡의 성격을 어우른 종합 장르이며, 내용상으로는 전통적인 정서와 철학적 사유가 깃들어야 비로소 문학예술의 한 장르인 수필이 된다는 것을 몰각한 결과이다.

이를 불식시켜, 수필에 종사하는 이는 물론 문학에 뜻이 있는 많은 분들이 수필의 진면목을 알아주기를 바라는 마음으로 이 책을 엮는다.

2019년 8월 13일
안골에서 형진 씀

차례

서정수필의 표리表裏

− 나도향의 〈그믐달〉 조명

그믐달

나도향羅稻香(1902–1926) 소설가. 백조동인白潮同人

나는 그믐달을 몹시 사랑한다.

그믐달은 너무 요염하여 감히 손을 댈 수도 없고, 말을 붙일 수도 없이 깜찍하게 예쁜 계집 같은 달인 동시에 가슴이 저리고 쓰리도록 가련한 달이다.

서산 위에 잠깐 나타났다 숨어 버리는 초승달은 마치 세상을 후려 삼키려는 독부毒婦가 아니면, 철모르는 처녀 같은 달이지마는, 그믐달은 세상의 갖은 풍상을 다 겪고, 나중에는 그 무슨 원한을 품고서 애처롭게 쓰러지는 원부怨婦와 같이 애절하고 애절한 맛이 있다.

보름의 둥근 달은 모든 영화와 끝없는 숭배를 받는 여왕과 같은 달이지마는, 그믐달은 애인을 잃고 쫓겨남을 당한 공주와 같은 달이다.

초승달이나 보름달은 보는 이가 많지마는, 그믐달은 보는 이가 적어 그만큼 외로운 달이다. 객창한등客窓寒燈에 정든 임 그리워 잠 못 들어 하는 분이나, 못 견디게 쓰린 가슴을 움켜잡은 무슨 한恨 있는 사람 아니면 그 달을 보아 주는 이가 별로 없을 것이다. 그는 고요한 꿈나라에서 평화롭게 잠든 세상을 저주하며 홀로 머리를 풀어뜨리고 우는 청상靑孀과 같은 달이다.

내 눈에는 초승달빛은 따뜻한 황금빛에 날카로운 쇳소리가 나는 듯하고, 보름달은 쳐다보면 하얀 얼굴이 언제든지 웃는 듯하지마는, 그믐달은 공중에서 번득이는 날카로운 비수와 같이 푸른빛이 있어 보인다.

내가 한恨 있는 사람이 되어서 그러한지는 모르되, 내가 그 달을 많이 보고 또 보기를 원하지만, 그 달은 한 있는 사람만 보아 주는 것이 아니라 늦게 돌아가는 술주정꾼과 노름하다 오줌 누러 나온 사람도 보고, 어떤 때는 도둑놈도 본다.

어떻든지, 그믐달은 가장 정情 있는 사람이 보는 중에 또는 가장 한 있는 사람이 보아 주고, 또 가장 무정한 사람이 보는 동시에 가장 무서운 사람들이 많이 보아 준다.

내가 만일 여자로 태어날 수 있다 하면, 그믐달 같은 여자로 태어나고 싶다.

− 1925년 ≪조선문단≫에 발표.

문학이 현실을 외면할 수 있는가? 작가가 자기가 처한 현실을 외면하고도 진정한 문학작품을 창작할 수 있는가?

어떤 이는 문학이 현실에 관여하는 것은 순수성을 잃은 것이라는 주장을 펴기도 한다. 이는 순수란 말을 오해誤解한 사람들 아니면 문학의 파급효과를 두려워하는 무리들의 편견이다. 순수성은 현실 밖에 존재하는 것이 아니다. 현실 속에서 당면한 현안을 대하는 태도에 따라 여부가 결정되는 것이다. 부당한 압력을 행하거나 진실을 왜곡하려는 세력을 추종하느냐, 외면하느냐, 저항하느냐를 놓고 볼 때, 추종하는 쪽은 배신이요, 외면하는 쪽은 방기요, 저항하는 쪽은 순수라 할 수 있을 것이다. 우리가 사는 터전을 빼앗고, 우리가 먹을 곡식을 강탈하고, 우리의 몸과 마음을 강압하는 세력들을 추종하는 것은 편협한 이기利己에 기인한 것이요, 외면하는 것은 비겁한 안일安逸에 기인한 것이며, 저항하는 것은 인간 본연의 순수성에 기인한 것이다. 이런 관점에서 작가가 처한 현실적 상황에 따라 문학의 순수성의 의미는 달라져야 한다.

문학은 언어예술이다. 예술 작품은 형상화의 과정을 거쳐야 한다. 언어예술인 문학의 형상화는 문장에 의한 이미지에 의존할 수밖에 없다. 작품이 전하고자 하는 메시지를 추상적으로 직설한 글은 언어예술이라 할 수 없기 때문이다. 그래서 최하위 개념의 언어를 활용하여 감각에 호소해야 한다.

나는 그믐달을 몹시 사랑한다.

한 문장이 한 단락인 허두이다.

그믐달은 너무 요염하여 감히 손을 댈 수도 없고, 말을 붙일 수도 없이 깜찍하게 예쁜 계집 같은 달인 동시에 가슴이 저리고 쓰리도록 가련한 달이다.

　서산 위에 잠깐 나타났다 숨어 버리는 초승달은 마치 세상을 후려 삼키려는 독부毒婦가 아니면, 철모르는 처녀 같은 달이지마는, 그믐달은 세상의 갖은 풍상을 다 겪고, 나중에는 그 무슨 원한을 품고서 애처롭게 쓰러지는 원부怨婦와 같이 애절하고 애절한 맛이 있다.

　보름의 둥근 달은 모든 영화와 끝없는 숭배를 받는 여왕과 같은 달이지마는, 그믐달은 애인을 잃고 쫓겨남을 당한 공주와 같은 달이다.

　화자가 그믐달을 사랑하는 이유의 하나로서 그믐달에서 받은 느낌이다.

　요염하고 예쁘면서 가슴 저리도록 가련한 달, 초승달이 주는 독부, 철모르는 처녀와 같은 느낌과 그믐달이 주는 원부와 같이 애절한 맛이 주는 대조, 보름달이 주는 숭배를 받는 여왕과 그믐달이 주는 애인을 잃고 쫓겨난 공주와의 대조 화자는 이러한 대조를 통하여 그믐달이 주는 애절한 느낌을 강조하고 있다.

　초승달이나 보름달은 보는 이가 많지마는, 그믐달은 보는 이가 적어 그만큼 외로운 달이다. 객창한등客窓寒燈에 정든 임 그리워 잠 못 들어 하는 분이나, 못 견디게 쓰린 가슴을 움켜잡은 무슨 한恨 있는 사람 아니면 그 달을 보아 주는 이가 별로 없을 것이다. 그는 고요한 꿈나라에서 평화롭게 잠든 세상을 저주하며 홀로 머리를 풀어뜨리고 우는 청상靑孀과 같은 달이다.

여기에서도 보름달을 사랑하는 이유로서 보는 이가 적어 외로운 달임을 강조하고 있다. 왜냐하면 정인情人과 멀리 떨어진 곳에서 밤잠을 설치는 이, 한을 품은 이, 청상과부가 주로 보기 때문이다.

내 눈에는 초승달빛은 따뜻한 황금빛에 날카로운 쇳소리가 나는 듯하고, 보름달은 쳐다보면 하얀 얼굴이 언제든지 웃는 듯하지마는, 그믐달은 공중에서 번득이는 날카로운 비수와 같이 푸른빛이 있어 보인다.

그믐달이 주는 느낌을 반전 심화시켰다. 둘째 단락의 가련함은 얼핏 보아 나약한 느낌을 주는 데서 비롯한 것이다. 그래서 애절한 느낌을 준다. 셋째 단락의 외로움은 세상이 모두 잠든 새벽에 뜨기 때문이다. 그래서 주로 한을 품은 사람들이 본다. 넷째 단락에 와서는 자세히 본 그믐달의 외형에 초점을 맞춘다. 둘째 단락의 원부, 셋째 단락의 한이 넷째 단락의 비수로 반전 심화된 것이다.

가련함은 나약함에서 비롯된다. 그러나 힘이 없는 이, 곧 원부나 추방당한 공주의 심저心底에 쌓여가는 것은 한恨이요, 이것이 쌓이고 쌓이면 날카로운 비수로 푸른빛을 뿜는다. 섬뜩한 강함이 된다.

내가 한恨 있는 사람이 되어서 그러한지는 모르되, 내가 그 달을 많이 보고 또 보기를 원하지만, 그 달은 한 있는 사람만 보아 주는 것이 아니라, 늦게 돌아가는 술주정꾼과 노름하다 오줌 누러 나온 사람도 보고, 어떤 때는 도둑놈도 본다.

화자 자신이 한 있는 사람임을 고백함으로써, 허두에 제시한 그믐달을 몹시 사랑하는 까닭을 뒷받침하고 있다. 뒤에 나오는 늦게 돌아가는 술주정꾼과 노름꾼, 도둑놈의 어두운 이미지를 한 있는 사람의 이미지와 결부시키려는 듯하나 의미상으로는 간격이 있다.

어떻든지, 그믐달은 가장 정情 있는 사람이 보는 중에 또는 가장 한 있는 사람이 보아 주고, 또 가장 무정한 사람이 보는 동시에 가장 무서운 사람들이 많이 보아 준다.

허두에서 본문에 이르는 내용을 마무리하고 있다. 유정한 사람뿐만 아니라 무정한 사람도 본다는 대조는 한을 품은 사람과 한을 안겨 준 사람, 곧 피해자와 가해자의 암시로 볼 수도 있다. 그 뒤의 '무서운 사람'은 앞 단락의 '도둑놈'의 이미지를 초월한다. 남의 것을 훔치는 사람이라는 의미를 뛰어넘어 남에게 육체적, 정신적인 해를 가하는 사람이라는 의미. 곧 압박을 가하는 자, 고통을 주는 자에까지 이미지를 확대할 수 있다.

내가 만일 여자로 태어날 수 있다 하면, 그믐달 같은 여자로 태어나고 싶다.

가정법을 사용한 결미의 마지막 문장이다. 보편적으로 자기가 사랑하는 대상은 동경의 대상이지 자기가 그 대상이 되고 싶어 하지는 않는다. 그런데 달은 여성적이다. 그래서 남성인 화자는 원부, 왕궁에서 추방당한 공주, 청상과부는 될 수 없다. 그러나 그들의 한은 공유한다는 의미이다.

〈그믐달〉은 문장이 쉽고 순활하다. 읽으면 곧바로 감각에 와 닿는다. 그리고 긴 겹문장이 있기는 하나, 그것도 난삽하게 얽혀 있지 않다. 문장 길이에 변화를 주어 편안한 호흡을 유도하고 있을 뿐이다. 그리고 내용이 전통적 한恨의 정서에 닿아 있다. 그래서 오래된 한옥韓屋 뒷골방에 앉아 있는 듯 편안하다. 그러나 선명한 문장, 순활한 호흡, 전해오는 정서가 우리 민족의 체질에 부합된다는 것이지 〈그믐달〉이 주는 메시지가 편안하다는 것은 아니다.

이 글은 표면적으로는 그믐달에서 받은 느낌, 곧 이미지 위주의 수필, 곧 서정적인 수필이다. 그믐달이 주는 느낌은 새벽에 잠시 날카로운 칼날처럼 떴다가 스러지는 조각달인 데서 기인한다. 그래서 가련하면서도 한을 품은 여인의 이미지를 지닌다. 한은 마땅히 있어야 할 대상을 부를 수도, 가까이 할 수도, 만날 수도 없는 상실감의 산물이다. 〈그믐달〉은 부재不在를 인식하는 데서 그치지 아니하고 부재를 절감切感하고 있다.

같은 대상도 어떤 상황에 처해 있느냐, 어떤 성정의 사람이냐에 따라 달리 보일 수 있다. 부재가 가져다준 치명적인 아픔, 이는 개인적인 데서 그치는 것은 아니다. 시대나 사회적 상황이 가져다준 아픔일 수도 있다. 그 아픔이 가슴 안에 날카로운 비수가 되어 언젠가 분출될 기회를 엿보고 있다고도 볼 수 있다.

문학이 현실을 외면할 수는 없다. 문학은 인생을 반영하는 거울이기 때문이다. 그래서 외견상 서정적인 작품의 이면에는 현실이 암시되어 있다는 것을 잊어서는 안 된다. 현대문학에 음풍농월吟風弄月의 잣대를 들이대는 것은 올바른 비평의 태도라 할 수 없다.

망국민의 울분 표출

– 설의식의 〈헐려짓는 광화문光化門〉 조명

헐려짓는 광화문

설의식薛義植(1900–1954) 신문기자. 산문집 ≪통일시대≫ ≪화동시대≫ 등

　헐린다 헐린다 하던 광화문은 마침내 헐리기 시작한다. 총독부 청사廳
舍 까닭으로 헐리고 총독부 정책 덕택으로 다시 짓게 된다.

　원래 광화문은 물건物件이다. 울 줄도 알고 웃을 줄도 알며 노怒할 줄도
알고 기뻐할 줄도 아는 '사람'이 아니다. 밟히면 꾸물거리고 죽이면 소리
치는 생물이 아니라 돌과 나무로 만들어진 건물이다.

　의식意識 없는 물건이요 말 못하는 건물이라 헐고 부수고 끌고 옮기고
하되 반항도 회피回避도 기뻐도 서러워도 아니 한다. 다만 조선의 하늘과
조선의 땅을 같이 한 조선의 백성들이 그를 위하여 아까워하고 못 잊어할
뿐이다.

　오백 년 동안 풍우風雨를 같이 겪은 조선의 자손들이 그를 위하여 울어
도 보고 설어도 할 뿐이다.

　석공石工의 망치가 네 가슴을 두드릴 때 너는 알음이 없으리라마는 뚜
닥닥 하는 소리를 듣는 사람이 가슴 아파하며 역군役軍의 든장이 네 허리

를 들출 때에 너는 괴로움이 없으리라마는 우지끈 하는 소리를 듣는 사람이 허리 잘려할 것을 네가 과연 아느냐?

팔도강산의 석재石材와 목재木材와 인재人材의 정수精粹를 뽑아 지은 광화문! 돌덩이 한 개 옮기기에 억만億萬 방울의 피가 흐르고 개와장 한 개 덮기에 억만 줄기의 눈물이 흘렀던 광화문아!

청태靑苔 끼인 돌 틈에 이 흔적이 남아있고 풍설風雪 맞은 기둥에 그 자취가 어렸다 하면 너는 옛 모양 그대로 있어야 네 생명이 있으며 너는 그 신세 그대로 무너져야 네 일생을 마친 것이다.

풍우 오백 년 동안에 충신도 드나들고 역적도 드나들며 수구당守舊黨도 드나들고 개화당開化黨도 드나들던 광화문아!

평화의 사자使者도 지나고 살벌殺伐의 총검銃劍도 지나며 일로日露의 사절使節도 지나고 원청元淸의 국빈國賓도 지나든 광화문아!

그들을 맞고 그들을 보냄이 너의 타고난 천직天職이며 그 길을 인도하고 그 길을 가리킴이 너의 타고난 천명天命이었다 하면 너는 그 자리 그 곳을 떠나지 말아야 네 생명이 있으며 그 방향 그 터전을 옮기지 말아야 네 일생을 마친 것이다.

너의 천명과 너의 천직은 이미 없어진지가 오래였거니와 너의 생명과 너의 일생은 헐리는 그 순간에 옮기는 그 찰나에 마지막으로 없어지고 말았다. 너의 마지막 운명을 우리는 알되, 너는 모르니 모르는 너는 모르고 지내려니와 아는 우리가 어떻게 지내랴?

총독부에서 헐기는 헐되 총독부에서 다시 지어놓는다 한다. 그러나 다시 짓는 그 사람은 상투 짠 옛날의 그 사람이 아니라 다시 짓는 그 솜씨는 웅건雄健한 옛날의 그 솜씨가 아니다. 하물며 이시 이인伊時伊人의 감정과 기분과 이상理想이야 말하여 무엇하랴?

다시 옮기는 그곳은 북악北岳을 등진 옛날의 그곳이 아니며 다시 옮기는 그 방향은 경복궁景福宮을 정면으로 한 옛날의 그 방향이 아니다.

서로 보도 못한 지가 벌써 수년數年이나 된 경복궁 옛 대궐에는 장림長霖에 남은 궂은비가 오락가락한다. 광화문 지붕에서 뚝딱하는 망치 소리는 장안長安을 거쳐 북악에 부딪친다. 남산에도 부딪친다. 그리고 애달파 하는 백의인白衣人의 가슴에도 부딪친다.

　　　　　　　　　　　　　　　　－ 1926년 ≪동아일보≫에 발표

우리는 안다는 말을 자주 한다. 그곳을 알고, 그 사람을 알고, 그 일을 안다고 말한다. 그러나 우리가 그곳을, 그 사람을, 그 일을 정말로 알고 있을까? 안다고 하는 것은 단순히 암기하는 것으로 끝나는 것이 아니다. 수학 공식이나, 과학 법칙을 암기하고 활용하듯 하는 것만으로 끝나는 것도 아니다. 그곳에 가서, 그 사람과 만나서, 그 일이 일어나는 현장에서 몸소 겪으며 느끼고 생각하고 판단한 뒤라야 그곳에 대하여, 그 사람에 대하여, 그 일에 대하여 조금은 안다고 말할 수 있다. 특히 역사적 사건에 대해 앎은 더욱 그러하다.

헐린다 헐린다 하던 광화문은 마침내 헐리기 시작한다. 총독부 청사廳舍 까닭으로 헐리고 총독부 정책 덕택으로 다시 짓게 된다.

〈헐려 짓는 광화문〉의 서두이다. 일본제국주의가 신축하는 조선총독부 청사의 앞을 가린다는 이유로 경복궁의 남쪽에 있는 광화문을 경복궁 동쪽에 있는 건춘문建春文 뒤로 옮겨 짓기 위해 강제로 헐고 있다. '덕택'은 반어이다.

원래 광화문은 물건物件이다. 울 줄도 알고, 웃을 줄도 알며 노怒할 줄도 알고, 기뻐할 줄도 아는 '사람'이 아니다. 밟히면 꾸물거리고, 죽이면 소리치는 생물이 아니라 돌과 나무로 만들어진 건물이다.

의식意識 없는 물건이요, 말 못하는 건물이라, 헐고 부수고 끌고 옮기고 하되 반항도 회피回避도 기뻐도 서러워도 아니한다. 다만 조선의 하늘과 조선의 땅을 같이 한 조선의 백성들이 그를 위하여 아까워하고 못 잊어할 뿐이다.

광화문은 조선의 권위와 위엄, 곧 우리 민족의 역사적 자존을 상징하지만 의식 없는 물건이다. 그래서 부당한 처사에 슬퍼하거나 분노할 줄도 강력한 억압에 반항하거나 회피할 줄도 모른다. 다만 조선의 역사를 함께 숨 쉬어온 국민들이 헐리는 광화문을 아까워하고 못 잊어할 뿐이다.

조선의 역사를 광화문에 기탁하여 일제日帝가 강제로 그를 허는 것이 민족의 역사가 단절당하는 안타까움을 표출하고 있다.

오백 년 동안 풍우風雨를 같이 겪은 조선의 자손들이 그를 위하여 울어도 보고 설어도 할 뿐이다.

석공石工의 망치가 네 가슴을 두드릴 때 너는 알음이 없으리라마는 뚜 닥닥 하는 소리를 듣는 사람이 가슴 아파하며 역군役軍의 든장이 네 허리 를 들출 때에 너는 괴로움이 없으리라마는 우지끈 하는 소리를 듣는 사람 이 허리 잘려할 것을 네가 과연 아느냐?

추상적인 앞 단락을 구체화하여 감각에 호소함으로써 광화문이 헐 리는 광경을 선명하고 절실하게 표현하고 있다. 물건인 광화문이 느 끼지 못하지만 '뚜닥닥' '우지끈'과 같은 헐리면서 나는 소리를 듣는 이들의 괴로워하는 우리 민족의 마음을 감각적인 아픔으로 형상화하 고 있는 것이다.

이 단락에서부터 광화문을 본격적으로 의인화하여 우리 민족과 동 체同體로 보고 있다.

팔도강산의 석재石材와 목재木材와 인재人材의 정수精粹를 뽑아 지은 광 화문아! 돌덩이 한 개 옮기기에 억만億萬 방울의 피가 흐르고 개와장 한 개 덮기에 억만 줄기의 눈물이 흘렀던 광화문아!

청태靑苔 끼인 돌 틈에 이 흔적이 남아있고 풍설風雪 맞은 기둥에 그 자취가 어렸다 하면 너는 옛 모양 그대로 있어야 네 생명이 있으며 너는 그 신세 그대로 무너져야 네 일생을 마친 것이다.

우리나라 최고의 자재資材와 인재를 뽑아 지은 광화문. 지으면서

흘렸던 피와 눈물. 그래서 광화문은 단순한 건축물이 아니고 우리 민족과 함께 살아온 정신적인 동질체이다. 오랜 역사의 흐름 속에서 고난을 함께 해왔기에 우리 민족의 일원이다. 그가 제 명을 다하지 못하고 강압에 의해 무너지는 데 대한 울분을 돈호법을 이용하여 강하게 토로吐露하고 있다.

풍우 오백 년 동안에 충신도 드나들고 역적도 드나들며 수구당守舊黨도 드나들고 개화당開化黨도 드나들던 광화문아!

평화의 사자使者도 지나고 살벌殺伐의 총검銃劍도 지나며 일로日露의 사절使節도 지나고 원청元淸의 국빈國賓도 지나든 광화문아!

그들을 맞고 그들을 보냄이 너의 타고난 천직天職이며 그 길을 인도하고 그 길을 가리킴이 너의 타고난 천명天命이었다 하면 너는 그 자리 그곳을 떠나지 말아야 네 생명이 있으며 그 방향 그 터전을 옮기지 말아야 네 일생을 마친 것이다.

조선말 격동기에 초점을 맞추고 있다. 수구당과 개화당의 대립에서 촉발된 청淸·일日·러 외세의 유입으로 인한 다난多難한 역사. 종국에는 국권을 상실하는 경술국치庚戌國恥를 당하여 일본 총독부의 강압에 의해 헐리고 있는 광화문. 국내의 권신權臣들과 국외의 내빈來賓들을 맞이하고 내보내는 것이 천직이요, 국빈을 인도하여 나아갈 길을 제시하는 것이 천명이었던 광화문. 이러한 광화문이 강압에 의하여 헐려 경복궁의 동쪽으로 옮긴다는 역사적 현실을 타고난 명대로 살지 못하고 죽는 사람에 의탁하여 애통해하고 있다.

너의 천명과 너의 천직은 이미 없어진 지가 오래였거니와 너의 생명과 너의 일생은 헐리는 그 순간에 옮기는 그 찰나에 마지막으로 없어지고 말았다. 너의 마지막 운명을 우리는 알되, 너는 모르니 모르는 너는 모르고 지내려니와 아는 우리가 어떻게 지내랴?

'너의 천명과 너의 천직은 이미 없어진 지가 오래였거니와'에서 화자는 경술국치의 역사적 현실을 절감하고 있음을 보여준다. 그렇지만 국권의 상징인 광화문이 '그 방향 그 터전'에 서 있어 위로를 받고 일말의 희망을 품었는데 오랜 역사 우리 민족과 함께 해온 광화문이 헐리고 옮겨지면 우리의 위로와 희망마저 빼앗기는 것이다. 표면상으로는 절망에서 오는 애통을 표현한 것이지만 화자의 내면에는 절대로 희망은 꺾이지 않는다는 단호함이 숨겨져 있음을 감지할 수 있다. 만해의 〈님의 침묵〉의 한 구절 '님은 갔지만 나는 님을 보내지 아니하였습니다.'가 연상된다.

총독부에서 헐기는 헐되 총독부에서 다시 지어놓는다 한다. 그러나 다시 짓는 그 사람은 상투 짠 옛날의 그 사람이 아니고 다시 짓는 그 솜씨는 웅건雄健한 옛날의 그 솜씨가 아니다. 하물며 이시 이인伊時伊人의 감정과 기분과 이상理想이야 말하여 무엇하랴?
다시 옮기는 그곳은 북악北岳을 등진 옛날의 그곳이 아니며 다시 옮기는 그 방향은 경복궁景福宮을 정면으로 한 옛날의 그 방향이 아니다.

본래 광화문은 정궁正宮인 경복궁의 정남쪽에 세운 궁의 정문이다. 궁의 정문을 정남쪽에 세우는 것은 남면지위南面之位 곧 임금님의 권위를 상징하기 때문이다. 옮겨 짓는 곳은 궁의 동쪽에 있는 건춘문建春文 뒤이다. 건춘문은 차세대 왕인 세자가 거처하는 궁의 문이다. 경복궁을 다시 짓는다고는 하나 그 짓는 이들이 우리 민족이 아니며, 그 짓는 솜씨가 우리의 전통적인 건축술이 아니다. 일제의 강압에 의하여 옮겨 짓는 것이 처음 지을 때 국가의 무궁한 융성을 기원하며 신명이 났던 우리 조상들이 짓던 것과 비슷할 수도 없다.
옮겨 짓는 광화문은 이미 광화문이 아니다.

서로 보도 못한 지가 벌써 수년數年이나 된 경복궁 옛 대궐에는 장림長霖에 남은 궂은비가 오락가락한다. 광화문 지붕에서 뚝딱하는 망치 소리는 장안長安을 거쳐 북악에 부딪친다. 남산에도 부딪친다. 그리고 애달파하는 백의인白衣人의 가슴에도 부딪친다.

국권을 상실한 뒤 몇 년 동안 접근할 수조차 없이 된 우리나라의 대궐 경복궁은 일본제국주의의 통제를 받아 대궐의 기능, 곧 우리 민족의 주권이 상실되었다. 여기서 '서로 보도 못한'에는 경복궁과 화자 사이의 애틋한 친근감을, '장림에 남은 비가 오락가락한다.'에는 일제 식민지 하의 암울한 조국의 현실을 경복궁에 궂은비가 오락가락한다고 비유하여 표현한 것이다.

광화문 지붕을 부수는 망치 소리가 한성을 에워싼 북악산과 남산에 부딪고 우리 백의민족의 가슴에도 부딪친다 함은, 비록 일제의 식민지 치하에 들기는 하였지만 국권의 상징이요, 민족의 자존심으로 지키고 싶었던 광화문마저 강압에 의하여 헐리는 애통한 현실이 전민족의 울분을 자아낸다는 것으로 대유법과 과장법을 써 울림을 더하고 있다.

문학을 지배하는 것은 사실성寫實性이다. 머리에 호소하는 것이 아니라 가슴에 호소한다. 그래서 눈에 보이도록, 귀에 들리도록, 피부에 와 닿도록 표현한다. 문학작품은 작가가 말하고자 하는 바를 감각적으로 표현하여 독자의 가슴에 울림을 주어야 한다. 작가가 말하고자 한 바를 알아내는 일은 온전히 독자의 몫이다.

사실을 설명하여 이해시키는 어떤 일에 대하여 필자의 주장을 펴는 글은 문학작품이 아니다. 이런 논리적인 글은 필자의 지식이나 견해만 있을 뿐 독자의 몫이 없기 때문이다.

〈헐려짓는 광화문〉은 일제강점기인 1926년 8월 11일 자 동아일보에 실린 당시 26세의 기자 설의식이 써 발표한 글이다. 그러나 역사적 사실事實을 적확히 전달한다거나 사실에 대한 필자의 주장을 형식논리에 의하여 직설한 기사문이 아니다. 역사적 사실을 제재로 하고 있으면서도 의인법, 비유법, 의성법을 활용하여 형상화함으로써 사실성을 획득하고 있다.

영탄법, 돈호법, 반복법에 의한 격앙된 어조로 일관하여 감정을 자극하고 있는 점은 수필의 본령에서 벗어났다 하겠으나 읽는 이의 가슴에 호소하여 큰 울림을 주고 있다는 점에서는 높이 살만하다.

자유롭고 평화로운 세계에 대한 희원

－신석정의 〈산새 이야기〉 조명

산새 이야기

신석정辛夕汀(1907-1974) ≪시문학≫ 동인. 신석정 전집 5권

　나는 청수하고 소박하고 고요한 산새를 좋아합니다.

　일광日光만이 자주 굽어볼 수 있으며 때때로 맑은 바람이 스쳐갈 수 있는 저 정밀靜謐한 나무의 작은 가지가 아니면, 산기슭의 조용한 바위틈에나 시냇물 흐르는 언덕의 오묵한 덤불밭에 작고 소박하고 그러나 야망스런 보금자리를 두고, 낮이면 백운의 일군一群만이 소요하거나 외로운 구름 한 쪽이 유유히 떠가는 저 푸른 하늘을 자취 없이 오고 가며, 밤이면 맑은 달빛이 내려다보는 그 소박한 궁전에서 푸른 꿈을 말없이 짜내는 그 산새를 나는 사랑합니다.

　이른 봄 해묵은 나무를 쿡쿡 찍으며 심산유곡을 저 혼자 고요히 울리는 탁목조啄木鳥보다도 푸른 숲 배어드는 듯한 녹음에 숨어 우는 푸른 오월의 꾀꼬리의 맑은 노래보다도 따뜻한 가을 석양 뉘엿뉘엿 넘어갈 제 두세 마리 울며 가는 산가마귀 소리 더욱 청아합니다.

　하늘 맑고 물 맑고 바람 맑고 산 맑은 가을이면 모두 다 명랑하고 청징

淸澄하지만 가을날 산새소리 더욱 맑고 고요합니다. 청정淸淨한 일광을 온몸에 쪼이며 나뭇가지에 고요히 앉아서, 그 어여쁜 주둥이로 제 몸을 싸고 도는 일광을 작고 보드라운 제 털과 암냥하여 늬긋늬긋 청담한 공기를 날씬하고도 좁은 가슴에 호복이 들이마시는 산새는 그 체구가 맑고 그 음성이 맑고 그 생활의 전폭이 맑습니다.

황혼녘에 따뜻한 햇볕이 새어드는 과히 짙지 않은 숲에 산새―그것은 작은 산새였다.―10여 마리가 앉아 있습니다. 그중 몇 마리는 나뭇가지에서 제 몸을 몹시 지근거리고, 또 몇 마리는 가느다란 소리를 하며 열매를 찍어먹고―그러나 그리 바쁘지 않게―나머지 또 몇 마리는 한가히 서로 마주앉아서 마치 그날 하루를 서로 중얼거리며 이야기하는 것도 같았으니, 그것은 귀소歸巢 전에 열리는 평화로운 음악회와도 같습니다. 또 그 너머에는 두세 마리 작은 산새가 따뜻한 햇볕에 일광욕을 하는지, 고요한 명상에 잠겼는지 살랑이는 잎새와 정정한 나뭇가지 위에 우두커니 앉아서 가장 고요한 먼 산과 무한 침정한 먼 하늘을 바라보고 앉아 있습니다. 어쨌든 희열이 충만한 평화로운 모임인 것이 분명합니다.

이것은 내가 그들의 산새 생활을 자주 순례하던 2, 3년 전 가을의 일입니다. 나는 날씬하고 청수하고 그리고 소박한 산새의 체구미體軀美를 사랑하고, 그 맑은 노래를 사랑하고, 희열에 충만한 귀소 전의 평화한 대화를 사랑하고, 무소유하고 청정하고 그리고 단조한 그들의 생활을 사랑하지만, 그러나 그보다 더 사랑하고 부러워하는 것이 있으니, 그것은 따뜻한 햇볕에 옴속 파묻혀 아무 작은 파문도 없이 고요히 앉아서 명상하고 있는 그들의 그 평정한 마음입니다.

오늘 석양에도 나의 집 동편 울 옆에 있는 작은 버드나무에는 이름 모를 조그만 산새가 와서 그런 평정한 명상을 한참 하다가 또 어디로인지 떠났습니다.

─≪신석정문학전집Ⅳ 2009.≫ 〈영산조詠山鳥〉 중에서

1933년 ≪신생≫에 발표한 신석정의 〈산새 이야기〉는 얼핏 전원적인 글, 자연친화적인 글로 단정하기 쉽다. 전원시인이라 불리는 석정의 문학세계가 잘 드러난 수필로 보이기도 한다.

나는 청수하고 소박하고 고요한 산새를 좋아합니다.

일광日光만이 자주 굽어볼 수 있으며 때때로 맑은 바람이 스쳐갈 수 있는 저 정밀靜謐한 나무의 작은 가지가 아니면, 산기슭의 조용한 바위틈에나 시냇물 흐르는 언덕의 오묵한 덤불밭에 작고 소박하고 그러나 아망스런 보금자리를 두고, 낮이면 백운의 일군─群만이 소요하거나 외로운 구름 한쪽이 유유히 떠가는 저 푸른 하늘을 자취 없이 오고 가며, 밤이면 맑은 달빛이 내려다보는 그 소박한 궁전에서 푸른 꿈을 말없이 짜내는 그 산새를 나는 사랑합니다.

〈산새 이야기〉의 허두이다.

화자는 산새를 좋아한다. 청수하고, 소박하고, 고요하기 때문이다. 청수한 것은 외형이며, 소박한 것은 생활이고, 고요한 것은 내면이다. 그중 화자의 마음을 가장 사로잡은 것은 내면이다. 낮이면 구름이 떠

흐르는 푸른 하늘을 아무 흔적도 남기지 않고 날아다닌다 함은 무한한 자유를 누리며 살고 싶은 화자의 희원의 표출이며, 밤이면 달빛 비치는 소박한 둥지에서 푸른 꿈을 짜낸다 함은 화자가 희원하는 세상을 이룩하기 위해 온갖 노력을 다하고자 하는 화자의 심경을 표출한 것이다. 그래서 좋아하는 경지를 넘어 사랑하게까지 된 것이다.

이른 봄 해묵은 나무를 쿡쿡 찍으며 심산유곡을 저 혼자 고요히 울리는 탁목조啄木鳥보다도 푸른 숲 배어드는 듯한 녹음에 숨어 우는 푸른 오월의 꾀꼬리의 맑은 노래보다도 따뜻한 가을 석양 뉘엿뉘엿 넘어갈 제 두세 마리 울며 가는 산가마귀 소리 더욱 청아합니다.

하늘 맑고 물 맑고 바람 맑고 산 맑은 가을이면 모두 다 명랑하고 청징淸澄하지만 가을 날 산새소리 더욱 맑고 고요합니다. 청정淸淨한 일광을 온 몸에 쪼이며 나뭇가지에 고요히 앉아서, 그 어여쁜 주둥이로 제 몸을 싸고도는 일광을 작고 보드라운 제 털과 암냥하여 늬긋늬긋 청담한 공기를 날씬하고도 좁은 가슴에 호복이 들이마시는 산새는 그 체구가 맑고 그 음성이 맑고 그 생활의 전폭이 맑습니다.

첫 문장에서는 계절에 따라 자연을 녹여내는 산새(탁목조, 꾀꼬리) 소리와 화자가 선호하는 계절에 황혼과 어우러진 산가마귀 소리를 정교한 언어구사를 통하여 묘사했다. 둘째 문장에서는 청징한 가을의 자연 중에서도 맑고 고요한 산새소리가 화자의 마음을 더욱 사로잡는다고 고백한다. 그리고 셋째 문장에서는 산새의 행위, 체구, 소리등 생활의 모두가 청징함에 찬사讚辭를 보낸다. 특히 '청정淸淨한 일광을 온 몸에 쪼이며 나뭇가지에 고요히 앉아서, 그 어여쁜 주둥이로 제 몸을 싸고도는 일광을 작고 보드라운 제 털과 암냥하여 늬긋늬긋 청담한 공기를 날씬하고도 좁은 가슴에 호복이 들이마시는 산새'에는 자연을 자기의 것으로 받아들이며 사는, 몸 전체가 청징하여 어디에서도 오점을 찾을 데가 없는 산새의 모습을 보여줌으로써 화자, 나아가서는 동시대同時代를 사는 사람들의 삶의 모습과 대비시켰다.

그래서 산새는 몸이 맑고, 음성이 맑고 생활 전체가 맑을 수밖에 없다. 여기에서 유의할 점은 '음성'이라는 단어이다. 음성이란 '사람의 발음 기관에서 나오는 구체적이고 물리적인 소리'이다. 새소리는 음성이 될 수 없다. 그런데도 화자가 굳이 새소리를 음성이라 표현한데는 의도하는 바가 있어서이다.

황혼녘에 따뜻한 햇볕이 새어드는 과히 짙지 않은 숲에 산새—그것은 작은 산새였다.—10여 마리가 앉아 있습니다. 그 중 몇 마리는 나뭇가지에서 제 몸을 몹시 지근거리고, 또 몇 마리는 가느다란 소리를 하며 열매를 찍어먹고—그러나 그리 바쁘지 않게—나머지 또 몇 마리는 한가히 서로 마주앉아서 마치 그날 하루를 서로 중얼거리며 이야기하는 것도 같았으니, 그것은 귀소歸巢 전에 열리는 평화로운 음악회와도 같습니다. 또 그 너머에는 두세 마리 작은 산새가 따뜻한 햇볕에 일광욕을 하는지, 고요한 명상에 잠겼는지 살랑이는 잎새와 정정한 나뭇가지 위에 우두커니 앉아서 가장 고요한 먼 산과 무한 침정한 먼 하늘을 바라보고 앉아 있습니다.

어쨌든 희열이 충만한 평화로운 모임인 것이 분명합니다.

황혼녘 볕을 받으며 잎 성근 나뭇가지에 작은 산새 10여 마리가
앉아 있다. 황혼녘은 하루의 일과를 마친 때이다. 잎이 성근 나뭇가지
는 가을이다. 황혼녘에서는 휴식을, 가을에서는 결실을 유추할 수 있
지만, 달리 생각하면 결말의 애잔함으로 다가올 수도 있다. 아무튼
산새들은 형편에 따라 여러 가지 행위를 한다. 하루를 사느라 흐트러
진 몸을 가꾸는 놈들, 하루 동안 있었던 일을 나직한 목소리로 대화하
는 놈들, 또 몇 마리는 고요히 명상에 잠겨 있기도 하다. 이는 새들의
생활을 인간의 그것과 같이 보려는 화자의 시각이다.
　앞에서 새가 내는 소리를 음성으로 표현했듯이 할 수만 있었다면
귀소도 귀가歸家로 표현했을는지도 모른다. 산새들이 보여주는 생활
을 통해 자유와 평화를 희원하는 화자의 의중을 표현한 것이다.

이것은 내가 그들의 산새 생활을 자주 순례하던 2, 3년 전 가을의 일입
니다. 나는 날씬하고 청수하고 그리고 소박한 산새의 체구미體軀美를 사랑
하고, 그 맑은 노래를 사랑하고, 희열에 충만한 귀소 전의 평화한 대화를
사랑하고, 무소유하고 청정하고 그리고 단조한 그들의 생활을 사랑하지
만, 그러나 그보다 더 사랑하고 부러워하는 것이 있으니, 그것은 따뜻한
햇볕에 옴속 파묻혀 아무 작은 파문도 없이 고요히 앉아서 명상하고 있는
그들의 그 평정한 마음입니다.

글의 서두와 전개의 내용을 요약하고, 그중에서 외면보다 내면(마음)을 중시하는 화자의 심중을 강조한 핵심 단락이다.

오늘 석양에도 나의 집 동편 울 옆에 있는 작은 버드나무에는 이름 모를 조그만 산새가 와서 그런 평정한 명상을 한참 하다가 또 어디로인지 떠났습니다.

〈산새 이야기〉의 결미이다. '오늘' '나의 집'이 주는 시간적, 공간적 인접성으로 산새와 화자가 가까이 있음을 보여주고 있다. 그렇게 함으로써 생활 속의 글임을 암시하면서 호흡을 가다듬는 효과도 보여준다.

〈산새 이야기〉는 〈그 먼 나라를 알으십니까〉와 일맥상통하는 데가 있다.

어머니,
당신은 그 먼 나라를 알으십니까?

깊은 삼림 지대를 끼고 돌면
고요한 호수에 흰 물새 날고
좁은 들길에 야장미野薔薇 열매 붉어,
멀리 노루새끼 마음 놓고 뛰어 다니는
아무도 살지 않는 그 먼 나라를 알으십니까?

그 나라에 가실 때에는 부디 잊지 마셔요

나와 같이 그 나라에 가서 비둘기를 키웁시다.

〈그 먼 나를 알으십니까〉의 앞부분 세 연이다.

핵심을 이루는 시어는 '그 먼 나라'이다. 그 나라는 들에 장미가 피고, 호수에 물새가 날고, 넓은 들에 노루 새끼가 마음 놓고 뛰노는 곳이다. 이것은 현실세계가 아니다. 이상의 세계, 희원의 세계이다. 그러면 현실세계는 어디 있는가? 시의 바닥에 숨어 있다. 시인의 의식 안에 숨어 있다.

〈그 먼 나라를 알으십니까〉의 '먼 나라'는 희원의 세계이다. 희원은 현실에 불만이 있을 때 생긴다. 곧 현실세계를 베일 속에 감추고 있는 것이다.

〈산새 이야기〉에서 화자를 사로잡아 사랑을 느끼게까지 한 산새들의 세계는 곧 '그 먼 나라'이다. '그 먼 나라'가 시적 자아가 희원하는 세계의 표출이듯 '고요한 먼 산과 무한 침정한 먼 하늘을 바라보고 앉아' 있는 산새들의 모습은 화자가 산새를 통해 표출한 희원의 세계이다. 자유와 평화를 마음껏 누리며 오순도순 살 수 있는, 그러나 현실과는 멀리 떨어진 세상에 대한 희원인 것이다.

문학이 예술이기 위해서는 베일을 써야 한다. 속내를 보일 듯 말 듯 감추어야 한다. 〈산새 이야기〉에 쓰인 베일, 그것은 문학 사회학에서 흘러나오는 '체제 파괴적인 것들은 감추려는 경향이 있다.'는 설을 상기시킨다. 더불어 두 작품은 공히 경어체 어미를 사용하고 있다.

이로 인해 기도문과 같은 효과를 나타낸다.

자연친화적, 전원적인 베일 속에 불합리한 시대 상황에 대한 비판을 숨겨 표현한 〈산새 이야기〉는 시대 상황에 대한 투철한 인식과 문학적 표현이 어울려 빚어낸 품격 높은 수필이라 할 것이다.

고향, 창작의 밑받침

– 김환태의 〈적성산赤城山의 한여름 밤〉 조명

적성산의 한여름 밤

김환태金煥泰(1909–1944) 문학비평가. 수필집 《내 소년시절과 소》

　우리 고향에서 한 30리가량 되는 곳에 적성산赤城山이라는 산이 있습니다. 산허리가 마치 성벽 같은데, 가을이 되면 그 성벽이 빨갛게 물이 듭니다. 그래서 그 이름이 적성산입니다. 또 어떻게 보면 산이 빨간 치마를 두르고 있는 것 같기도 하다고 하여 적상산赤裳山이라고 부르는 사람도 있습니다.

　우리 고향 어린이들은 어머니 품에 안겨 젖을 먹다가는 이 산을 손가락질하며 어머니와 이야기를 시작합니다. 그가 나이 열 살이 넘으면 아버지 뒤를 따라 그곳으로 땔감을 패러 갑니다. 그러다가 나이 들어 허리가 굽고 백발이 성성하면 마루 끝에 장죽을 물고 앉아 멀리 이 산을 바라보며 하루해를 보냅니다. 노인네들의 대대로 전해 오는 말을 들으면 이 산이 생긴 이후 아직 한 사람도 그 절벽에서 떨어져 횡사한 사람이 없다고 합니다. 그리고 그 절벽 밑에 웅크리고 있는 맹수들도 이 산에 들어온 사람은 결코 해치지 않는다고 합니다.

　이리하여 우리 고향 사람들의 이 산에 대한 정감은 마치 어머니에 대한 그것과 같습니다. 그들의 용모와 마음이 뛰어나게 아름다움은 이 산의 정기를 타고 이 산의 애무 속에서 자란 까닭이라고 믿고 있습니다.

어느 해 여름방학에 나는 큰 괴로움을 안고 고향에 돌아갔었습니다.

예전 놀던 산으로 시냇가로 싸다니었으나 나의 괴로움은 좀처럼 멎지를 않았습니다. 그리하여 나는 적성산에 올라가서 그곳 절에서 보름달을 바라보며 하룻밤을 새워 보려고 하였습니다. 이 산이 어린애로 하여금 눈물을 닦고 웃으며 일어서게 하는 그런 어머니의 품이 되기를 바랐던 것입니다.

나는 묵은 풀밭에 가 누워서 달을 기다렸습니다. 보름달이건만 앞을 가린 봉우리에 막혀서 스무날 달보다 늦게 떴습니다. 그러나 그 달은 유독이도 푸르고 맑았습니다. 그리고 달이 그린, 절을 둘러싼 그림자는 호수보다 깊었습니다. 달빛이 잠기자 뭇 풀벌레 소리는 한층 높아졌습니다.

나는 그만 질식할 것 같았습니다. 심장의 고동도 쉬는 것 같았습니다. 내가 얼마 동안이나 그곳에 정신을 잃고 누워 있었는지 그것은 알 수가 없습니다. 그러나 내가 박쥐가 집을 짓고 있는 마당같이 넓은 나의 방에 들어온 때는 아마 자정이 훨씬 넘었을 것입니다.

깜박 잠이 들었던 모양입니다. 돌아가신 어머님이 떡을 해가지고 오랜만에 찾아오셨습니다. 나는 설움에 복받쳐서 그 떡이 목에 걸려 그만 잠을 깨었습니다. 보니 달그림자가 창문 끝에 겨우 달려 있었습니다. 이윽고 밑에 절에서 새벽 염불 소리가 들려왔습니다. 나는 그만 울고 말았습니다. 그러나 그날 아침 해를 나는 전에 없이 거뜬한 마음으로 맞았습니다.

— 1936년 ≪조광≫에 발표

우리는 감동 깊은 글을 읽었을 때 의문을 품는다. 이 작가의 재능을 배양한 배경은 대체 어디일까? 어떤 이는 감명 깊게 읽은 문학작품을 거론하고 어떤 이는 추종하고 싶었던 선배 작가를 거론한다. 그러나 문학적 재능이란 의식의 세계를 초월한다. 부지불식중에 형성되는 것이다. 감명 깊었던 문학작품이나 닮고 싶었던 선배 작가가 작가의 작품에 영향을 줄 수는 있다. 장르 선택에서 문장표현의 기교, 구성법에 이르기까지 지대한 영향을 줄 수는 있다. 그러나 우리에게 감동을 주는 글을 쓴 작가가 뛰어난 작품을 쓰게 한 바탕이 될 수는 없다.

그렇다면 감동 깊은 글을 쓴 작가의 문학적 고향은 대체 어디일까? 김환태 선생의 수필 〈적성산赤城山의 한여름 밤〉을 통하여 이를 규명해 보고자 한다.

〈적성산赤城山의 한여름 밤〉은 김환태 선생이 만 27세에 쓴 수필이다. 표면상으로는 도시생활 속에서 얻은 괴로움을 고향의 상징인 적성산에 올라 하룻밤을 지내면서 털어냈다는 아주 단순하고 평범한 이야기이다. 그러나 이 글이 정말 단순하고 평범한 수필일까? 한번 톺아볼 일이다.

음악적 재능이든, 미술적 재능이든, 문학적 재능이든 모든 뛰어난 예술가들의 재능은 천부적인 면이 강하다. 여기서 천부적이란 혈통 계승과 태중胎中 영향을 가리킨다. 선대先代로부터 물려받았을 수도, 어머니의 복중腹中에서 간접적으로 얻은 것일 수도, 둘 다의 영향일 수도 있다. 그러나 그것만으로 뛰어난 재능이 형성되는 것은 아니다. 그가 태어나 자란 고향의 자연환경과 생활환경을 배제할 수는 없다.

우리 고향에서 한 30리가량 되는 곳에 적성산赤城山이라는 산이 있습니다. 산허리가 마치 성벽 같은데, 가을이 되면 그 성벽이 빨갛게 물이 듭니다. 그래서 그 이름이 적성산입니다. 또 어떻게 보면 산이 빨간 치마를 두르고 있는 것 같기도 하다고 하여 적상산赤裳山이라고 부르는 사람도 있습니다.

적성산은 고향 가까이에 있는 산으로 산허리가 높은 절벽으로 되어 있어 마치 성을 쌓아놓은 듯하다. 달리 적상산이라 부르기도 하는데 이는 가을에는 절벽에 빨간 단풍이 드리워 마치 빨간 치마를 두르고 있는 듯하여 부르는 이름이다.

〈적성산의 한여름 밤〉 서두로서 고향과 인접해 있는 적성산의 위치와 그 형상을 제시하고 있다.

우리 고향 어린이들은 어머니 품에 안겨 젖을 먹다가는 이 산을 손가락질하며 어머니와 이야기를 시작합니다. 그가 나이 열 살이 넘으면 아버지 뒤를 따라 그곳으로 땔감을 패러 갑니다. 그러다가 나이 들어 허리가 굽고 백발이 성성하면 마루 끝에 장죽을 물고 앉아 멀리 이 산을 바라보며 하루해를 보냅니다. 노인네들의 대대로 전해 오는 말을 들으면 이 산이 생긴 이후 아직 한 사람도 그 절벽에서 떨어져 횡사한 사람이 없다고 합니다. 그리고 그 절벽 밑에 웅크리고 있는 맹수들도 이 산에 들어온 사람은 결코 해치지 않는다고 합니다.

적성산 절벽을 두르고 있는 형상에서 어머니를 연상함은 너무나도 자연스럽다. 화자를 포함한 고향의 유아들이 어머니로부터 산에 얽힌 이야기를 들은 것도, 소년이 되어 땔감을 구하러 간 것도 또한 자연스럽다. 소년이 청년이 되고, 청년이 장년이 되고, 장년이 노인이 되는 것 또한 자연스럽다. 노인이 되어 적성산을 바라보며 하루해를 보내는 것은 사람의 생애와 산이 불가분의 관계에 있음을 암시한 것이다. 깊은 산골에 자리한 고향에서 사는 사람들에게 산은 가장 믿음직스러운 생활의 터전이다.

적성산은 덕유산과 이어져 있다. 호랑이와 같은 맹수도 출현한다. 그런데도 이 산에 들어온 호랑이는 사람을 해치지 않았다. 아무리 맹수라 해도 자기를 해코지하지 않는 사람을 해칠 리가 없다. 자연과 더불어 살아가는 사람들이 맹수라 해서 그를 해치지 않았기 때문일 것이다.

이리하여 우리 고향 사람들의 이 산에 대한 정감은 마치 어머니에 대한 그것과 같습니다. 그들의 용모와 마음이 뛰어나게 아름다움은 이 산의 정기를 타고 이 산의 애무 속에서 자란 까닭이라고 믿고 있습니다.

고향 사람들이 적성산에 대한 정감을 어머니를 대할 때의 그것과 동일시하고 있다. 어머니는 자기와 가장 가까운 분이다. 낳아 기르고 가르쳐 자기가 무엇을 어떻게 하며 살아갈 수 있는 자양을 공급한 분이다. 그래서 누구나 어머니에 대한 정감이 남다르다. 그러한 어머니를 대하는 듯한 정감을 준다면 적성산은 고향 사람들의 외모와 마음을 좌우할 수밖에 없다. 화자의 외적·내적인 삶에 영향을 준 것은 물론이다.

어느 해 여름방학에 나는 큰 괴로움을 안고 고향에 돌아갔었습니다. 예전 놀던 산으로 시냇가로 싸다니었으나 나의 괴로움은 좀처럼 멎지를 않았습니다. 그리하여 나는 적성산에 올라가서 그곳 절에서 보름달을 바라보며 하룻밤을 새워 보려고 하였습니다. 이 산이 어린애로 하여금 눈물을 닦고 웃으며 일어서게 하는 그런 어머니의 품이 되기를 바랐던 것입니다.

나는 묵은 풀밭에 가 누워서 달을 기다렸습니다. 보름달이건만 앞을 가린 봉우리에 막혀서 스무날 달보다 늦게 떴습니다. 그러나 그 달은 유독이도 푸르고 맑았습니다. 그리고 달이 그린, 절을 둘러싼 그림자는 호수보다 깊었습니다. 달빛이 잠기자 뭇 풀벌레 소리는 한층 높아졌습니다.

나는 그만 질식할 것 같았습니다. 심장의 고동도 쉬는 것 같았습니다. 내가 얼마 동안이나 그곳에 정신을 잃고 누워 있었는지 그것은 알 수가 없습니다. 그러나 내가 박쥐가 집을 짓고 있는 마당같이 넓은 나의 방에 들어온 때는 아마 자정이 훨씬 넘었을 것입니다.

도시생활은 자연과 더불어 살아온 화자에게 육체적, 정신적으로 큰 괴로움을 안겨주었을 것이다. 그 괴로움을 치유하기 위하여 고향을 찾은 것은 당연한 처사이다. 어머니의 품이기를 바라 적성산을 택한 것 또한 너무도 자연스럽다. 그곳 절(안국사)에서 달을 보며 하룻밤을 새워보기 위해서였다. 달과 어머니의 이미지 연결도 눈에 띈다.

그러나 달빛이 사위四位에 잠기자 풀벌레들의 울음소리가 더 크게 들린다. 원래 풀벌레 소리는 가늘어 애잔하면서도 예리하여 그 파장 또한 크다. 그동안 도시에서 입은 육체적, 정신적인 고통이 전신에 확산된다. 그래서 정신을 잃고 풀밭에 눕는다. 정신이 들어 절에서 내어준 마당같이 넓은 방에 들어왔을 때는 자정이 넘어서이다.

화자가 잠잘 방을 마당같이 넓다 표현한 것은 물리적 넓이가 아니다. 아늑하고 포근함을 느낄 수 없는 정신적인 넓이이다.

깜박 잠이 들었던 모양입니다. 돌아가신 어머님이 떡을 해가지고 오랜만에 찾아오셨습니다. 나는 설움에 복받쳐서 그 떡이 목에 걸려 그만 잠을 깨었습니다. 보니 달그림자가 창문 끝에 겨우 달려 있었습니다. 이윽고 밑에 절에서 새벽 염불 소리가 들려왔습니다. 나는 그만 울고 말았습니다.

한밤중에야 잠이 든 화자의 꿈속에 돌아가신 어머니가 찾아온다. 어머니가 살아 있을 때처럼 떡을 해가지고 오랜만에 찾아온 것이다. 떡은 화자가 도시에서 살 때 어머니가 자주 가져다주던 음식일 것이다. 객지에서 고생하는 아들을 위해 정성 들여 만든 떡 보따리를 이고 찾아온 어머니의 사랑을 참새가 어미가 물어온 먹이를 먹듯 맛나게 먹는 화자의 모습. 이를 먹고 기력을 회복하여 자기의 삶을 지속할 수 있었을 것이다. 그러니 설움이 복받쳤고, 설움이 복받치니 떡이

목에 걸리고, 떡이 목에 걸리니 기도氣道가 막혀 잠에서 깨어날 수밖에 없다. 환상 상태에서 현상 상태로 돌아온 것이다.

달이 기울고 절에서 새벽 염불 소리가 들리는 새벽녘. 꿈에서 깨어난 화자는 울고 만다. 이 울음은 환상과 현실과의 괴리가 자아낸 것이다.

그러나 그날 아침 해를 나는 전에 없이 거뜬한 마음으로 맞았습니다.

화자가 거뜬한 마음으로 아침을 맞은 것은 일종의 명현현상瞑眩現象이다. 의학적인 약에 의해서가 아니라 심리적 위안에 의해서이다. 자연에 의지하여 사는 고향사람의 일원이었던 화자가 도시에서 지친 심신을 고향의 상징인 적성산에서 어머니를 만나는 꿈을 꿈으로써 다시 자연을 의지해 사는 고향사람의 일원으로 되돌아와 활기를 찾은 것이다.

〈적성산의 한여름 밤〉은 문장이 세련되었을 뿐 아니라 문장의 이음이나 단락의 연결에 전혀 무리가 없다. 그야말로 물 흐르듯 논리가 정연하다. 대상을 받아들이는 느낌이 예민하면서도 안정감을 잃지 않는다. 그리고 섬세한 표현으로 대상을 형상화하고 있다. 무엇보다도 표면상의 묘사에 내면을 융합시켜 형상화해낸 점은 뛰어난 수필로서 손색이 없다.

이는 작가의 노력이나 재능만으로 형성되지 않는다. 특히 예술작품은 어릴 적 고향에서 얻은 정서가 밑받침해주었을 때 가능하다.

참여수필參與隨筆의 가능성

– 김교신의 〈조와弔蛙〉 조명

조와

김교신金敎臣(1902-1945) ≪성서조선聖書朝鮮≫ 발행인

작년 늦은 가을 이래로 새로운 기도터가 생기었다. 층암이 병풍처럼 둘러싸고 가느다란 폭포 밑에 작은 담潭을 형성한 곳에 평탄한 반석 하나 담 속에 솟아나서 한 사람이 꿇어앉아 기도하기에는 천성天成의 성전聖殿이다.

이 성전에서 혹은 가늘게 혹은 크게 기구祈求하며 또한 찬송하고 보면, 전후좌우로 엉금엉금 기어오는 것은 담 속에서 암색岩色에 적응하여 보호색을 이룬 개구리들이다. 산중에 대변사大變事가 생겼다는 표정으로 신래新來의 객客에 접근하는 친구 와군蛙君들, 때로는 5, 6마리, 때로는 7, 8마리.

늦은 가을도 지나서 담상潭上에 엷은 얼음이 붙기 시작함에 따라서 와군들의 기동이 일부일日復日 완만해지다가, 나중에 두꺼운 얼음이 투명을 가린 후로는 기도와 찬송의 음파가 저들의 이막耳膜에 닿는지 안 닿는지 알 길이 없었다. 이렇게 격조隔阻하기 무릇 수개월이여!

봄비 쏟아지던 날 새벽, 이 바위틈의 빙괴氷塊도 드디어 풀리는 날이

왔다. 오래간만에 친구 와군들의 안부를 살피고자 담 속을 구부려 찾았더니 오호라, 개구리의 사체 두세 마리 담 꼬리에 부유浮遊하고 있지 않은가!

집작건대 지난겨울의 비상한 혹한酷寒에 작은 담수潭水의 밑바닥까지 얼어서 이 참사가 생긴 모양이다. 예년에는 얼지 않았던 데까지 얼어붙은 까닭인 듯. 동사凍死한 개구리 시체를 모아 매장하여 주고 보니 담저潭底에 아직도 두어 마리 기어 다닌다. 아, 전멸全滅은 면했나 보다!

— 1942년 ≪성서조선聖書朝鮮≫

장 폴 사르트르(Jean Paul sartre)는 작가가 자신의 독자성을 깊이 천착하여 전체적 보편성을 획득하는 것이 문학의 앙가주망engagement 이라고 하였다. 인간의 자유와 존엄성의 가치를 앙양하고 그것을 파괴하려는 일체의 정치적, 사회적 억압과의 투쟁에 참여하는 것이 문학과 작가의 진정한 임무이자 책임이라는 것을 강조하였다. 이 사상은 제2차 세계대전 이후 유럽 지식인들을 사로잡았으며, 1960년대 이후에는 유럽뿐 아니라 전 세계에 파급되었고, 21세기에 들어선 현재에도 여전히 의미 있는 천착을 이어나가고 있다.

〈조와〉는 200자 원고용지 4매 남짓의 아주 짧은 글로서 1942년에 발간한 ≪성서조선 聖書朝鮮≫ 152호의 권두문이었다. 그런데도 그 저변에 담겨 있는 내용은 원고용지 40매, 어쩌면 400매로도 다 담을 수 없을 정도로 길고 무겁다. 글의 갈래를 규정할 때 표면적 의미보다 내면에 함축된 의미가 많으면 이를 예술적인 글에 포함시킨다.

그런데 〈조와〉는 짧지만 운문이 아니니 시가 될 수 없으며, 산문이지만 발단, 전개, 절정으로 치달았다가 결말에서 숨을 고르는 굴곡이 없으니 소설이라 할 수도 없다. 화자話者가 일정한 장소에서 보고, 생각한 것을 담담하게 썼으므로 수필로 규정하는 게 옳다. 그런데 암시성이 강한 함축적인 글이라는 점에서는 시를 닮았고, 인물과 배경이 있고 이야기 줄거리가 있다는 점에서는 소설을 닮았다. 이러한 면에서 시와 소설의 중간에 자리한 것이 수필이라는 점을 떠올릴 만도 하다.

　　작년 늦은 가을 이래로 새로운 기도터가 생기었다. 층암이 병풍처럼 둘러싸고 가느다란 폭포 밑에 작은 담潭을 형성한 곳에 평탄한 반석 하나 담 속에 솟아나서 한 사람이 꿇어앉아 기도하기에는 천성天成의 성전聖殿이다.

〈조와〉의 배경 제시다. 시간적 배경은 가을, 공간적 배경은 가느다란 폭포 밑 작은 담 속에 솟아나온 반석이다. 주위는 층암이 병풍처럼 둘러싸고 있다. 화자는 이곳을 혼자 꿇어 앉아 기도하기에 천성의 성전으로 여긴다. 이로 보아 화자는 독실한 기독교 신자이다. 그런데 그 기도하는 곳이 여러 신도가 모이는 교회敎會가 아니라 담 속에 솟아 있는, 그것도 혼자 꿇어 앉아 기도하도록 하늘이 이루어 놓은 성전, 곧 반석이다.

　자연 속에서 늦가을에 찾은 기도터. 자연은 순정純正하다. 순정하기 때문에 어긋남이 없다. 인위人爲에 의해 어긋난 일이 발생한다면 바로 잡아준다. 그런 측면에서 보면 자연은 하늘이다. 그래서 담 속의 반석은 천성의 성전이 될 수 있다.

이 성전에서 혹은 가늘게 혹은 크게 기구祈求하며 또한 찬송하고 보면, 전후좌우로 엉금엉금 기어오는 것은 담 속에서 암색岩色에 적응하여 보호색을 이룬 개구리들이다. 산중에 대변사大變事가 생겼다는 표정으로 신래新來의 객客에 접근하는 친구 와군蛙君들, 때로는 5, 6마리, 때로는 7, 8마리.

화자에게 담 속의 반석은 예배당이다. 그런데 담은 개구리의 나라이다. 개구리들은 힘이 약하기 때문에 강자로부터 자기를 보호해야 한다. 그 나라에 사람이 새로운 손님으로 찾아온 것이다. 그 손님에 접근하는 와군을 화자는 친구로 여긴다.

친구는 피차간에 이해利害를 초월할 수 있어야 한다. 상대의 경사慶事가 곧 내 경사요, 상대의 흉사凶事가 곧 내 흉사이어야 한다. 경사일 때에는 함께 기뻐하고 흉사일 때에는 함께 대처해야 한다.

늦은 가을도 지나서 담상潭上에 엷은 얼음이 붙기 시작함에 따라서 와군들의 기동이 일부일日復日 완만해지다가, 나중에 두꺼운 얼음이 투명을 가린 후로는 기도와 찬송의 음파가 저들의 이막耳膜에 닿는지 안 닿는지 알 길이 없었다. 이렇게 격조隔阻하기 무릇 수개월이여!

가을이 조락凋落의 계절이요, 겨울은 결빙結氷의 계절이다. 조락이 쇠진으로 인한 무력無力을 암시한다면, 결빙은 삼엄한 경계를 앞세운 억압을 암시한다. 개구리가 사는 나라에 부정적인 상황이 짙어져 간다. 그러다가 엄동嚴冬, 부정적인 상황이 극에 달한다. 얼음이 두꺼워짐에 따라 잠식되는 개구리의 나라, 그리고 숨 막힘. 그러한 상황에 갇힌 개구리들에게 화자의 통성기도通聲祈禱가 닿을 리 없다. 친구와 멀리 소식이 끊긴 것이다. 그것도 몇 달 동안이나.

홍사에 함께 대처해야 하는 것이 친구인데 화자는 천성의 성전에서 기도하고 찬송하며 자기의 기도와 찬송이 친구에게 전달되지 못하는 상황을 안타까워한다. 표면적으로는 그러하다. 그러나 화자는 꽁꽁 얼어붙은 작은 못 위로 솟은 좁은 반석 위에서 무릎을 꿇고 앉아 예배를 드리고 있다. 엄동에 한뎃바람에 몸을 맡긴 채 무릎을 꿇고 예배하는 고통은 못 안의 개구리가 받는 고통과 견줄 만도 하다. 그리고 하느님께 기도하고 찬송하는 일로 친구의 홍사에 함께 대처한다. 기도와 찬송은 그에게 최강의 무기이다.

'이렇게 격조隔阻하기 무릇 수개월이여!'에서 감탄문을 택한 것은 표면상 얼어붙은 못 안에서 개구리들이 어떻게 지내는지에 대한 걱정을 감정적으로 표현한 것이다.

그러나 그 내면에는 폭압 속에서 생사가 불분명한 친구(개구리)에 대한 격한 동정을 내포하고 있다.

봄비 쏟아지던 날 새벽, 이 바위틈의 빙괴氷塊도 드디어 풀리는 날이 왔다. 오래간만에 친구 와군들의 안부를 살피고자 담 속을 구부려 찾았더니 오호라, 개구리의 사체 두세 마리 담 꼬리에 부유浮遊하고 있지 않은가!

자연의 능력은 참으로 오묘하다. 가을이 가면 겨울이 오듯, 겨울이 지나면 봄이 온다. 이 자연 순환의 섭리는 어떤 인력으로도 가로막을 수 없다. 바위로 둘러싸인 못의 얼음덩이가 풀리는 날이 온 것이다. 친구인 개구리들의 안부를 살피려고 몸을 구부려 담 속을 살펴보니 슬프게도 사체死體 두셋이 떠다니고 있지 않은가! '오호라'와 '있지 않은가!'에 실린 애통哀痛함에는 친구의 참사에 대한 화자의 내심이 깃들어 있다.

짐작건대 지난겨울의 비상한 혹한酷寒에 작은 담수潭水의 밑바닥까지 얼어서 이 참사가 생긴 모양이다. 예년에는 얼지 않았던 데까지 얼어붙은 까닭인 듯. 동사凍死한 개구리 시체를 모아 매장하여 주고 보니 담저潭底에 아직도 두어 마리 기어 다닌다.

'지난겨울의 비상한 혹한'은 예년에는 겪지 못했던 가혹한 상황을, '작은 담수'는 약한 자들이 살고 있는 나라를, '밑바닥까지 얼어서'는 부정적인 힘의 전횡專橫, 곧 억압이 극심해서 친구들이 참사를 당한 것이다.

동사凍死한 개구리의 사체를 모아 매장하는 화자에게 개구리는 혈육과 같은 친구이다. 애통을 지나 절망이 감지된다. 유신론적 실존주의 철학자 키르케고르는 절망을 '죽음에 이르는 병'이라 하였다. 그러나 칠흑 같은 어둠 속에도 한 가닥 희망의 불씨는 남아 있음을 확인한다. 담 바닥에서 기어 다니는 개구리 두어 마리를 발견한 것이다.

아, 전멸全滅은 면했나 보다!

　그래서 '아, 전멸은 면했나 보다!' 전멸은 면했으니 희망의 불씨는
살아 있다는 감격의 표현이다. 희망의 불씨는 어떤 참혹한 상황에서
도 끈질기게 살아 있음을 형상화함으로써 억압하는 세력에 저항의
의지를 보여준 것이다. 이는 고난을 극복하는 의지, 절망 속에서 도달
하고자 하는 희망의 세계를 추구하는 기독교정신과도 상통한다.
　〈조와〉의 현실참여는 사르트르의 '투기행위'보다는 마하트마 간디
의 '비폭력 무저항'에 가깝다. 대개 투기행위는 피를 부른다. 그러나
비폭력 무저항은 자기와의 싸움이다. 견디기 힘든 억압 속에서 고난
과 울분을 다스리며 끊임없이 자기의 의지를 지켜 나가는 힘든 싸움
이다. 그래서 비폭력 무저항에서는 피가 아닌 신앙의 힘으로 승패를
가른다.
　모든 분야에서의 현실참여는 부정적인 현실상황을 긍정적인 상황
으로 바꾸어 놓으려는 데서 시작한다. 그 가장 강력한 수단은 물리적
저항, 나아가서는 투쟁이다. 세계 제2차 대전 당시 독일 나치스에 저
항한 프랑스의 레지스탕스 운동, 일본제국주의의 강압에 맞서 싸운
한국독립군의 투쟁 등이 그 예이다. 그러나 문학에서의 현실참여는
물리적 저항력이 약하다. 그래서 취하는 것이 부정적인 현실상황의
폭로이다.

　풀이 눕는다

비를 몰아오는 동풍에 나부껴

풀은 눕고

드디어 울었다

날이 흐려서 더 울다가

다시 누웠다

풀이 눕는다

바람보다도 더 빨리 눕는다

바람보다도 더 빨리 울고

바람보다 먼저 일어난다

날이 흐리고 풀이 눕는다

발목까지

발밑까지 눕는다

바람보다 늦게 누워도

바람보다 먼저 일어나고

바람보다 늦게 울어도

바람보다 먼저 웃는다

날이 흐리고 풀뿌리가 눕는다

김수영의 〈풀〉이다. '풀'은 억압받는 민초民草, '바람'은 억압자를 상징한다. 〈조와〉는 〈풀〉과 닮았다. 〈풀〉의 '풀'은 '담 속에 사는 개구리', '바람'은 '얼음'과 통한다. 두 작품 공히 암시성이 짙다. 〈풀〉은 암시의 폭이 넓어 상징에 이르지만 〈조와〉는 산문의 한계에 갇혀 암시의 폭이 좁다. 장르의 특성상 산문은 운문에 비해 상상의 폭이 좁기 때문이다.

참여문학은 자칫 목적성에 치우쳐 집단의 이데올로기를 선전하고 교화하는 데 그치기 쉽다. 그러다 보면 문학의 본향인 예술성은 마비되어버린다. 문학예술이라는 본향을 잃은 선전문이나 구호는 문학이 아니다. 그렇다면 어떻게 써야 할 것인가? 김수영의 〈풀〉처럼, 김교신의 〈조와〉처럼 써야 한다.

김교신의 〈조와〉는 한국 참여문학으로서 수필의 길을 열어놓은 작품이라 할 만하다.

숙명적인 고독 표출

-노천명의 〈설야산책雪夜散策〉 조명

설야산책

노천명盧天命(1912-1957) 시인. 수필집 ≪산딸기≫ ≪나의 생활의 백서≫

저녁을 먹고 나니 퍼뜩퍼뜩 눈발이 날린다. 나는 갑자기 나가고 싶은 유혹誘惑에 눌린다. 목도리를 머리까지 푹 눌러 쓰고 기어이 나서고야 말았다.

나는 이 밤에 뉘 집을 찾고 싶지는 않다. 어느 친구를 만나고 싶지도 않다. 그저 이 눈을 맞으며 한없이 걷는 것이 오직 내게 필요한 휴식일 것 같다. 끝없이 이렇게 눈을 맞으며 걸어가고 싶다. 이 무슨 저 북구北歐 노르웨이에서 잡혀 온 처녀의 향수鄕愁이랴.

눈이 내리는 밤은 내가 성찬을 받는 밤이다. 눈이 제법 대지를 희게 덮었고, 내 신바닥이 땅 위에 잠깐 미끄럽다. 숱한 사람들이 나를 지나치고 내가 또한 그들을 지나치건만, 내 어인 일로 저 시베리아의 눈 오는 벌판을 혼자 걸어가고 있는 것만 같으냐.

가로등이 휘날리는 눈을 찬란하게 반사시킬 때마다 나는 목도리를 푹 쓴다.

이제 그만 집으로 돌아가야겠다고 느끼면서도 내 발길은 좀체 집을 향하지 않는다.

기차 바퀴 소리가 유난히 크게 들린다. 지금쯤 어디로 향하는 차일까. 우울한 찻간이 머리에 떠오른다. 그 속에 앉았을 형형색색의 인생을-기쁨을 안고 가는 자와 슬픔을 받고 가는 자를 한자리에 태워 가지고 이 밤을 뚫고 달리는 열차-. 바로 지난해 정월 어떤 날 저녁 의외의 전보를 받고 떠났던 일이 기어이 슬픔을 내 가슴에 새기게 한 일이 생각나며, 밤차 소리가 소름이 끼치도록 무서워진다.

이따금 눈송이가 뺨을 때린다. 이렇게 조용히 걸어가고 있는 내 맘속에 사라지지 못할 슬픔과 무서운 고독이 몸부림쳐 거의 내가 견디어 내지 못할 지경인 것을 아무도 모를 것이다.

이리하여 사람은 영원히 외로운 존재일지도 모른다. 뉘 집인가 불이 환히 켜진 창 안에서 다듬이 소리가 새어 나온다.

어떤 여인의 아름다운 정이 여기도 흐르고 있음을 본다. 고운 정을 베풀려고 옷을 다듬는 여인이 있고, 이 밤에 딱따기를 치며 순찰을 돌아 주는 이가 있는 한 나도 아름다운 마음으로 돌아가야 할 것이다.

머리에 눈을 허옇게 쓴 채 고단한 나그네처럼 나는 조용한 내 집 문을 두드렸다.

눈이 내리는 성스러운 밤을 위해 모든 것은 깨끗하고 조용하다. 꽃 한 송이 없는 방 안에 내가 그림자같이 들어옴이 상장喪章처럼 슬프구나.

창밖에선 여전히 눈이 싸르르 내리고 있다. 저 적막한 거리에 내가 버리고 온 발자국이 흰 눈으로 덮여 없어질 것을 생각하며 나는 가만히 누왔다. 회색과 분홍빛으로 된 천정을 격해 놓고 이 밤에, 쥐는 나무를 깎고 나는 가슴을 깎는다.

- ≪산딸기(1948)≫에 수록

인간은 원래 고독한 존재이다. 시작이 그러하고 끝이 그러하다. 그 시작과 끝 사이에서 고독을 떨쳐버리기 위해 몸부림을 치지만, 그럴 때 짓는 웃음, 말, 몸짓 뒤에는 어쩔 수 없는 고독이 숨어 있다. 원죄처럼 잠재한 고난인 것이다. 〈설야산책〉의 저변에 짙게 깔려 있는 고독은 그러한 면에서 개인을 넘어 모든 인간의 내면에 닿아 있다.

저녁을 먹고 나니 퍼뜩퍼뜩 눈발이 날린다. 나는 갑자기 나가고 싶은 유혹誘惑에 눌린다. 목도리를 머리까지 푹 눌러 쓰고 기어이 나서고야 말았다.

〈설야산책〉의 서두이다. 시간적 배경은 겨울, 그것도 저녁이다. 공간적 배경은 화자가 사는 방이다. 퍼뜩퍼뜩 눈발의 유혹에 화자는 거리로 나가고 싶은 충동을 느낀다. '퍼뜩퍼뜩 눈발이 날린다.'에서 보여준 눈에 보이는 듯한 감각적인 표현은 눈발의 유혹에 실감을 더한다. 그래서 목도리를 눌러 쓰고 기어이 방을 나선다. '기어이 나서고야 말았다.'에는 방에서 나서지 않을 수 없는 화자의 심리가 표출되어 있다.

나는 이 밤에 뉘 집을 찾고 싶지는 않다. 어느 친구를 만나고 싶지도 않다. 그저 이 눈을 맞으며 한없이 걷는 것이 오직 내게 필요한 휴식일 것 같다. 끝없이 이렇게 눈을 맞으며 걸어가고 싶다. 이 무슨 저 북구北歐 노르웨이에서 잡혀 온 처녀의 향수鄕愁이랴.

화자가 눈 내리는 밤거리에 나서는 이유는 뉘 집을 방문하기 위해서도 친구를 만나기 위해서도 아니다. 다만 눈을 맞으며 한없이 걷고 싶어서이다. 얼핏 낭만적으로 보일 수도 있으나 화자는 그렇게 하는 것이 유일한 휴식일 것 같아서라 했다.

휴식이란 그 피로를 푸는 수단이 아닌가. 그렇다면 방안은 화자에게 육체적 또는 정신적으로 노역을 감수하는 곳이다. '저 북구 노르웨이에서 잡혀 온 처녀'라는 비유에서 원관념은 물론 화자이다. 북구 노르웨이를 끌어들인 것은 눈이 내림과 연관성이 있으며, '잡혀온 처녀'로 비유한 것은 잡혀와 갇혀 있음, 곧 자유롭지 못한 자기에 대한 인식의 표출이며 '향수'는 잡혀오기 이전 노르웨이에서 자유롭게 맞던 눈, 곧 갇힘에서 벗어나고 싶은 심리이다. 화자는 자신을 잡혀와 갇힌 처지로 인식하고 있다.

눈이 내리는 밤은 내가 성찬을 받는 밤이다. 눈이 제법 대지를 희게 덮었고, 내 신바닥이 땅 위에 잠깐 미끄럽다. 숱한 사람들이 나를 지나치고 내가 또한 그들을 지나치건만, 내 어인 일로 저 시베리아의 눈 오는 벌판을 혼자 걸어가고 있는 것만 같으냐.

56

눈은 화자에게 갇힘에서 벗어난 해방을 선사한다. 그러나 그의 고독이 치유되는 것은 아니다. 신바닥이 땅 위에서 잠깐 미끄러운 것은 익숙하지 않아서이다. 그래서 지나치는 숱한 사람들 속에서도 '저 시베리아 눈 오는 벌판을 혼자 걸어가고 있는 것만 같으냐.'다. 시베리아는 노르웨이와 이미지가 다르다. 더 혹한이 몰아치고 황량한 느낌을 준다. 숱한 사람들과 지나치면서도 지독하게 고독한 심경의 표출이다. '내 어인 일로'는 화자가 느끼는 고독이 자아 안에 응결된 숙명적인 것임을 암시한다.

가로등이 휘날리는 눈을 찬란하게 반사시킬 때마다 나는 목도리를 푹 쓴다.
이제 그만 집으로 돌아가야겠다고 느끼면서도 내 발길은 좀체 집을 향하지 않는다.
기차 바퀴 소리가 유난히 크게 들린다. 지금쯤 어디로 향하는 차일까. 우울한 찻간이 머리에 떠오른다. 그 속에 앉았을 형형색색의 인생을─기쁨을 안고 가는 자와 슬픔을 받고 가는 자를 한자리에 태워 가지고 이 밤을 뚫고 달리는 열차─. 바로 지난해 정월 어떤 날 저녁 의외의 전보를 받고 떠났던 일이 기어이 슬픔을 내 가슴에 새기게 한 일이 생각나며, 밤차 소리가 소름이 끼치도록 무서워진다.

눈은 그칠 줄을 모르고 계속 내린다. '가로등이 휘날리는 눈을 찬란하게 반사시킬 때'에는 눈이 가로등에 비쳐 휘날리는 광경을 선명하게 보여줌으로써 눈길에서 느끼는 추위를 부각시키고 있다. 추워 그만 집으로 돌아가겠다고 생각하지만 발길은 좀체 눈밭에서 벗어나지 못한다. 화자에게 감옥과 같은 곳이며, 견디기 어려운 고독에 자기를 가두는 방이 있는 곳이다. 그곳에서 눈밭의 유혹을 받을 때에는 눈 오는 거리는 무엇에도 얽매이지 않는 자유와 그저 가슴 벅찬 희열을 선사해 줄 줄 알았다. 그러나 막상 눈 내리는 밤길을 걸어보아도 내면 깊숙이에 똬리를 틀고 있는 고독은 그대로이다. 그러니 추울 수밖에 없다. 그러나 자기를 얽매어 가두는 곳으로 선뜻 발길이 돌려지진 않는다.

이 추위는 피부로 느끼는 곧 외적 감지에 그치지 않는다. 내면의 고통을 동반한다. 그래서 들려오는 기차바퀴 소리에서 지난해 정월 어떤 날 비보悲報를 받고 기차를 탔던 일을 상기시킨다. 그 비보의 트라우마는 화자를 방에 가두어 숙명적 고독을 일깨워준 요인일 것이다. 외부에서 찾으려한 자유가 결국 내면 깊숙이에 상처를 건드리어 숙명적인 고독을 일깨워준 트라우마와 맞닥트리고 만 것이다. 그러기에 밤차 소리가 소름이 끼치도록 무서워진다.

이따금 눈송이가 뺨을 때린다. 이렇게 조용히 걸어가고 있는 내 맘속에 사라지지 못할 슬픔과 무서운 고독이 몸부림쳐 거의 내가 견디어 내지 못할 지경인 것을 아무도 모를 것이다.

화자는 눈송이가 뺨을 때리는 차가움에 마음이 서늘함을 감지하면서도 계속 걸어가고 있다. 옆을 스쳐가는 많은 사람들도 마찬가지일 것이다. 그들은 혹은 조잘거리고, 혹은 웃음 지으며 걸어가고 있다. 아무렇지도 않은 듯 걸어가는 그들이 화자의 마음속 깊이 각인된 슬픔으로 못 견딜 지경에 봉착해 있다는 것을 알지 못하듯 그들의 마음속 내밀한 곳에 응어리진 고독은 누구도 알 수가 없다. 그러니까 고독은 겉으로 드러내어 타인과 나눌 수 없는 지극히 개인적인 것이지만, 모든 개인이 공유하고 있다는 점에서는 인간이 지닌 숙명이라 할 수 있다.

　　이리하여 사람은 영원히 외로운 존재일지도 모른다. 뉘 집인가 불이 환히 켜진 창 안에서 다듬이 소리가 새어 나온다.
　　어떤 여인의 아름다운 정이 여기도 흐르고 있음을 본다. 고운 정을 베풀려고 옷을 다듬는 여인이 있고, 이 밤에 딱따기를 치며 순찰을 돌아주는 이가 있는 한 나도 아름다운 마음으로 돌아가야 할 것이다.

화자가 인간은 영원히 외로운 존재라는 생각에 사로잡혀 있음과 달리 길가 뉘 집에서는 불이 환히 켜진 창 안에서 다듬이 소리가 새어 나온다. 이 밝고 따뜻한 이미지는 화자의 현실과는 대조적이다. 다듬 잇돌에 가지런히 접은 옷감을 올려놓고 방망이로 두드려 옷감이 반드러워지도록 하는 일이 다듬이질이다. 주로 남자가 출입할 때 입는 바지저고리나 두루마기를 짓기 위한 옷감 손질이다. 다듬이질을 할 때에는 마음을 한가지로 모아야 한다. 정성이 부족하면 돌을 맞아 옷감이 손상되기 일쑤이기 때문이다.

화자가 다듬이 소리를 들으며 '고운 정을 베풀려고 옷을 다듬는 여인'을 연상한 것은 자기에게 결여된 상황, 곧 정을 베풀기 위해 정성을 다할 수 없는 상황을 제시한 것이다. 눈 내리는 겨울밤에도 딱따기를 치며 순찰을 도는 야경꾼들은 자기의 안위보다 주민들의 안전을 우선으로 생각하는 아름다운 마음을 지닌 분들이다. 타인은커녕 자기에게 지워진 고통에 침몰되어 있으면서도 고운 정을 베풀기 위해 정성을 다하는 여인과 주민들의 안위를 위해 겨울밤의 추위를 견디는 야경꾼의 아름다운 마음을 갖고 싶은 소망을 토로하고 있다.

다듬이 소리와 딱따기 치는 소리와 같은 따뜻한 느낌을 주는 청각적 이미지를 활용하여 정을 베풀 수 있는 대상이나 주위 사람들에 대한 인간애를 구체화하고 있는 것이 인상적이다.

머리에 눈을 허옇게 쓴 채 고단한 나그네처럼 나는 조용한 내 집 문을 두드렸다.

눈이 내리는 성스러운 밤을 위해 모든 것은 깨끗하고 조용하다. 꽃 한 송이 없는 방 안에 내가 그림자같이 들어옴이 상장喪章처럼 슬프구나.

눈 내리는 밤거리를 밤새 배회할 수는 없다. 결국 돌아갈 곳은 감옥과 같은 집, 그리고 삭막하고 쓸쓸한, 그래서 슬프기까지 한 방. 그곳에 다시 들어가야 한다. 감방에 들어가 견딜 수 없는 고독과 억압에 몸부림치는 수인囚人과 같은 화자가 눈의 유혹에 기탁하여 일시적인 해방을 얻으려 했다면 방에 다시 들어가야 함은 어찌할 수 없는 화자의 숙명이다.

　창밖에선 여전히 눈이 싸르르 내리고 있다. 저 적막한 거리에 내가 버리고 온 발자국이 흰 눈으로 덮여 없어질 것을 생각하며 나는 가만히 누웠다. 회색과 분홍빛으로 된 천정을 격해 놓고 이 밤에, 쥐는 나무를 깎고, 나는 가슴을 깎는다.

이제 창밖에서 싸르르 내리는 눈이 유혹의 소리가 되지 못한다. 다만 거리에 남기고 온 발자국들이 눈에 덮여 없어질 것을 생각게 할 뿐이다. 지친 몸으로 방에 들어 자리에 눕는 화자. 화자의 심저心底에 가라앉아 있는 사라짐에 대한 두려움이 감지된다.

　자리에 누워 바라보는 천정, 회색과 분홍색으로 된 중천장이다. 일반적으로 회색은 침울함, 무기력함의 이미지요, 분홍빛은 따뜻함, 로맨틱함, 발랄함 등의 이미지로 통한다. 이러한 대조적인 이미지를 통해 화자가 안고 있는 갈등을 표출한 것이다. 눈 내리는 밤, 아무도 없는 방에 누워 있는 화자에게 들리는 것은 중천장을 만들 때 사용한 나무를 쥐가 갉아먹는 소리다. 그 소리를 들으며 가슴을 깎는 아픔을 느낀다. 그 아픔을 '쥐는 나무를 깎고, 나는 가슴을 깎는다.'라는 청각적 이미지와 촉각적 이미지를 교묘하게 융합시킴으로써 추상적인 아픔을 몸으로 느끼는 듯이 강조하고 있다.

　〈설야산책〉은 얼핏 감상적感傷的인 수필로 보기 쉽다. 제목이 주는 이미지와 향수, 몸부림, 외로운, 상장喪章, 적막 등 애상적인 감성을 자극하는 어휘와 여성적인 섬세한 표현 때문이다.

그러나 그 이면에는 표면에 제시된 애상적인 감성을 탈피하고 있다. 제시된 외로움이 내면적이고 숙명적인 고독이라는 보다 근원적인 데 닿아 있음을 읽을 수 있다. 구성에서, 표면에서 점진적으로 내면에 접근해 가는 기법을 사용하고 있음 또한 그러하다.

전통적인 미의식美意識 천착穿鑿

- 김용준의 〈매화梅花〉 조명

매화

김용준金瑢俊(1904-1967) 화가. 수필집 ≪근원수필近園隨筆≫

　댁에 매화가 구름같이 피었더군요. 가난한 살림도 때로는 운치가 있는
것입니다. 그 수묵水墨 빛깔로 퇴색해 버린 장지壯紙 도배에 스며드는 묵흔
墨痕처럼 어렴풋이 한두 개씩 살이 나타나는 완자창卍字窓 위로 어쩌면 그
렇게도 소담스런 희멀건 꽃송이들이 소복素服한 부인네처럼 그렇게도 고
요하게 필 수가 있습니까.

　실례의 말씀이오나 '하도 오래간만에 우리 저녁이나 같이 하자.'고 청하
신 선생의 말씀에 서슴지 않고 응한 것도 실은 선생을 대한다는 기쁨보다
는 댁에 매화가 성개盛開하였다는 소식을 들은 때문이요, 십 리나 되는
비탈길을 얼음 빙판에 코방아를 찧어가면서 그 초라한 선생의 서재를 황
혼 가까이에 찾아간 이유도 댁의 매화를 달과 함께 보려 함이었습니다.

　매화에 달 이야기가 났으니 말이지만 흔히 세상에서들 매화를 말하려
함에 으레 암향暗香과 달과 황혼을 들더군요.

　선생의 서재를 황혼녘에 달과 함께 찾은 나도 속물이거니와, 너무나

유명한 임포林逋의 시가 때로는 매화를 좀 더 신선하게 사랑하고 싶은 사람에게는 한 방해물이 되기도 하는 것입디다.

화초를 완상玩賞하는 데도 매너리즘이 필요할 까닭이 있나요.

댁에 매화가 구름같이 자못 성관盛觀으로 피어 있는 그 앞에 토끼처럼 경이의 눈으로 쪼그리고 앉은 나에게 두보杜甫의 시구詩句나 혹은 화정和靖의 고사故事가 매화의 품위를 능히 좌우할 여유가 있겠습니까.

하고많은 화초 중에 하필 매화만이 좋으란 법이 어디 있나요. 정이 든다는 데는 아무런 조건이 필요하지 않는가 봅디다.

계모 밑에 자란 자식은 배불리 먹어도 살이 찌는 법이 없고, 남자가 심은 난초는 자라기는 하되 꽃다움이 없다는군요.

대개 정이 통하지 않은 소이所以라 합니다.

연래年來로 나는 하고많은 화초를 심었습니다. 봄에 진달래와 철쭉을 길렀고, 여름에 월계와 목련과 핏빛처럼 곱게 피는 달리아며, 가을엔 울밑에 국화도 심어 보았고, 겨울이면 내 안두案頭에 물결 같은 난초와 색시 같은 수선이며, 단아한 선비같은 매화분梅花盆을 놓고 살아온 사람입니다. 철 따라 어느 꽃 어느 풀이 아름답고 곱지 않은 것이 있으리오마는 한 해 두 해 지나는 동안 내 머리에서 모든 꽃이 다 사라져 버렸습니다. 그러나 오히려 내 기억에서 종시 사라지지 않는 꽃, 매화만이 유령처럼 내 신변을 휩싸고 떠날 줄을 모르는구려.

매화의 아름다움이 어디 있나뇨?

세인世人이 말하기를 매화는 늙어야 한다고 합니다. 그 늙은 등걸이 용의 몸뚱어리처럼 뒤틀려 올라간 곳에 성긴 가지가 군데군데 뻗고 그 위에 띄엄띄엄 몇 개씩 꽃이 피는 데 품위가 있다고 합니다.

매화는 어느 꽃보다 유덕有德한 그 암향이 좋다 합니다.

백화百花가 없는 빙설리氷雪裏에서 홀로 소리쳐 피는 꽃이 매화밖에 어디 있느냐 합니다.

혹은 이러한 조건들이 매화를 아름답게 꾸미는 점일는지도 모르겠습니다.

그러나 내가 매화를 사랑하는 마음은 실로 이러한 많은 조건이 멸시된 곳에 있습니다.

그를 대하매 아무런 조건 없이 내 마음이 황홀하여지는 데야 어찌하리까.

매화는 그 둥치를 꾸미지 않아도 좋습니다. 제 자라고 싶은 대로 우뚝 뻗어서 제 피고 싶은 대로 피어오르는 꽃들이 가다가 훌쩍 향기를 보내기도 하고, 또 어느 때는 제가 방 한구석에 있는 체도 않고 은사隱士처럼 겸허하게 앉아 있는 품이 그럴듯합니다.

나는 구름같이 핀 매화 앞에 단정히 앉아 행여나 풍겨 오는 암향이 다칠세라 호흡도 가다듬어 쉬면서 격동하는 심장을 가라앉히기에 힘을 씁니다. 그는 앉은 자리에서 나에게 곧 무슨 이야긴지 속삭이는 것 같습니다.

매화를 대할 때의 이 경건해지는 마음이 위대한 예술을 감상할 때의 심경과 무엇이 다르겠습니까.

내 눈앞에 한 개의 대리석상이 떠오릅니다. 그리스에서도 유명한 페이디아스의 작품인가 봅니다.

다음에 운강雲崗과 용문龍門의 거대한 석불들이 아름다운 모든 조건을 구비하고서 내 눈앞에 황홀하게 나타납니다.

그러나 수유須臾에 이 여러 환영들은 사라지고 신라의 석불이 그 부드러운 곡선을 공중에 그리면서 아무런 조건도 없이 눈물겨웁도록 아름다운 자세로 내 눈을 현황眩慌하게 합니다.

그러다가 나는 다시 희멀건 조선조의 백사기白砂器를 봅니다. 희미한 보름달처럼 아름답게, 조금도 그의 존재를 자랑함이 없이 의젓이 제자리에 앉아 있습니다. 그 수줍어하는 품이 소리쳐 불러도 대답할 줄 모를 것 같구려. 고동古銅의 빛이 제아무리 곱다 한들, 용천요龍泉窯의 품이 제아무리 높다 한들 이렇게도 적막한 아름다움을 지닐 수 있겠습니까.

댁에 매화가 구름같이 핀 그 앞에서 나의 환상은 한없이 전개됩니다. 그러다가 다음 순간 나는 매화와 석불과 백사기의 존재를 모조리 잊어버립니다. 그리고 잔잔한 물결처럼 내 마음은 다시 고요해집니다. 있는 듯 만 듯한 향기가 내 코를 스치는구려. 내 옆에 선생이 막 책장을 넘기시는 줄을 어찌 알았으리요.

요즈음은 턱없이 분주한 세상이올시다. 기실 나 남 할 것 없이 몸보다는 마음이 더 분주한 세상이올시다.

바로 일전日前이었던가요. 어느 친구와 대좌하였을 때 내가 "X선생 댁에 매화가 피었다니 구경이나 갈까?" 하였더니 내 말이 맺기도 전에 그는 "자네도 꽤 한가로운 사람일세." 하고 조소嘲笑를 하는 것이 아닙니까.

나는 먼 산만 바라보았습니다.

어쩌다가 우리는 이다지도 바빠졌는가. 물에 빠져 금시에 죽어 가는 사람을 보고 '그 친구 인사라도 한 자였다면 건져 주었을 걸' 하는 영국풍의 침착성은 못 가졌다 치더라도, 이 커피는 맛이 좋으니 언짢으니, 이 그림은 잘되었느니 못되었느니 하는 터수에 빙설을 누경屢經하여 지루하게 피어난 애련한 매화를 완상할 여유조차 없는 이다지도 냉회冷灰같이 식어 버린 우리네 마음이리까?

－≪근원수필近園隨筆(1948)≫에 수록

우리는 눈으로 보고, 귀로 듣고, 코로 맡고, 입으로 맛보고, 손으로 만지는 것들에서 황홀한 느낌을 얻는 데는 넉넉한 정신적 공간이 필수이다. 인간은 오관五官을 통해서 외물外物을 받아들인다. 그러나 그것이 보고, 듣고, 맡고, 맛보고, 만지는 데서 그친다면 그저 동물적인 감각을 넘어서지 못한다. 감각기관을 통해 받아들인 것들이 정신적인 황홀감에 닿기 위해서는 주체가 견지하는 자세, 주체를 둘러싼 환경이 큰 역할을 한다. 보이는 것, 듣는 것 등을 수용할 수 있는 바탕과 식견, 주체의 안목을 자유롭게 펼칠 수 있는 여유로움이 필요하다. 그 여유는 주체의 무의식 속에서 작용하는 전통에 기인한다.

김용준의 〈매화〉는 그저 설중에 선비의 책상에 놓인 화분에 피어 있는 매화가 아니다.

댁에 매화가 구름같이 피었더군요. 가난한 살림도 때로는 운치가 있는 것입디다. 그 수묵水墨 빛깔로 퇴색해 버린 장지壯紙 도배에 스며드는 묵흔墨痕처럼 어렴풋이 한두 개씩 살이 나타나는 완자창卍字窓 위로 어쩌면 그렇게도 소담스런, 희멀건 꽃송이들이 소복素服한 부인네처럼 그렇게도 고요하게 필 수가 있습니까.

화자는 선생의 집에서 매화 분재가 피운 소담스러운 매화를 만난다. '퇴색해 버린 장지壯紙 도배에 스며드는 묵흔墨痕처럼 어렴풋이 한두 개씩 살이 나타나는 완자창卍字窓' 위로 고요하게 피어 있는 매화이다. 여기에서 보여주는 매화는 한 폭의 수묵 매화도이다. 그것도 하얀 화선지에 선명하게 그린 매화도가 아니다. '수묵水墨 빛깔로 퇴색해 버린 장지壯紙 도배에 스며드는 묵흔墨痕처럼 어렴풋이 한두 개씩 살이 나타나는 완자창卍字窓' 위로 소담스럽게 피어 있는 하얀 매화는 가난한 생활에 찌들려 살면서도 품격을 잃지 않는 우리 선비의 모습이다.

화자가 가난한 친지의 집에서 매화를 완상하며 느끼는 고요. 이 고요가 펼쳐주는 여백은 생활 속에서 누리는 미감을 불러일으켜주는 여유이다.

실례의 말씀이오나 '하도 오래간만에 우리 저녁이나 같이 하자'고 청하신 선생의 말씀에 서슴지 않고 응한 것도 실은 선생을 대한다는 기쁨보다는 댁에 매화가 성개盛開하였다는 소식을 들은 때문이요, 십 리나 되는 비탈길을 얼음 빙판에 코방아를 찧어가면서 그 초라한 선생의 서재를 황혼 가까이 찾아갔다는 이유도 댁의 매화를 달과 함께 보려 함이었습니다.

설중에 핀 매화를 완상하고자 서둔 화자의 욕망을 고백하고 있다. 그래서 실례를 무릅쓴다. 황혼녘을 택한 것은 '월황혼月黃昏', 곧 송대 宋代에 산중에 움막을 치고 살면서 매화를 아내로, 학을 아들로 삼고 살았다는 임포林逋의 〈산원소매山園小梅〉 함련頷聯 둘째 구句, '暗香浮 動月黃昏. 그윽한 매화 향기는 달빛 어린 황혼에 떠도네.'의 운치를 맛보고 싶어서였다. 그래서 '오랜만에 우리 저녁이나 같이 하자.'는 선생의 초대에 감사의 예를 표하지도 않고 서둘러가는 실례를 범했 던 것이다.

매화에 달 이야기가 났으니 말이지 흔히 세상에서들 매화를 말하려 함에 으레 암향暗香과 달과 황혼을 들더군요.

선생의 서재를 황혼에 달과 함께 찾은 나도 속물이거니와, 너무나 유명 한 임포林逋의 시가 때로는 매화를 좀 더 신선하게 사랑하고 싶은 사람에 게는 한 방해물이 되기도 하는 것입다.

화초를 상완賞玩하는 데도 매너리즘이 필요할 까닭이 있나요.

댁에 매화가 구름같이 자못 성관盛觀으로 피어 있는 그 앞에 토끼처럼 경이의 눈으로 쪼그리고 앉은 나에게 두보杜甫의 시구詩句나 혹은 화정和 靖의 고사故事가 매화의 품위를 능히 좌우할 여유가 있겠습니까.

임포의 〈산원소매〉에서 비롯된, 매화의 향기는 달과 더불어 완상 해야 운치가 있다는 세상에서 회자膾炙되는 말에 휘둘려 허겁지겁 달 려온 자기가 매너리즘에 빠져 있는 속물임을 자성自省한다. 그래서 아름다운 매화에 몰입할 뿐 다른 어떤 것, 시성詩聖이라 일컫는 두보의 시구나 재미있는 설화에도 마음을 팔지 않는다. 순연한 심경에 매화를 담으려는 화자의 자세를 보여주고 있다.

하고많은 화초 중에 하필 매화만이 좋으란 법이 어디 있나요. 정이 든다는 데는 아무런 조건이 필요하지 않는가 봅니다.
계모 밑에 자란 자식은 배불리 먹어도 살이 찌는 법이 없고, 남자가 심은 난초는 자라기는 하되 꽃다움이 없다는군요.
대개 정이 통하지 않은 소이所以라 합니다.

화자가 많은 화초 중에서 매화를 좋아하는 것은 정이 들었기 때문일 뿐 다른 조건이 없다. 사군자四君子의 필두로서 선비의 인품을 상징하고, 다른 화초들이 아직 꽃을 피울 기미도 보이지 않는 이른 봄에 눈 속에서 피어 높은 절개를 나타내고, 일생을 가난하게 살면서도 향기를 팔지 않는다—生寒不賣香는 청렴 따위 조건과는 상관이 없다. 다른 조건들이 많다 할지라도 정이 통하지 않으면 대상을 좋아할 수가 없기 때문이다.
정은 대상과의 거리가 아주 가까워졌을 때 통한다. 거리는 외면적인 것이 아니라 내면적인 것이다. 개체와 개체 사이의 거리일 수도 있고, 공동체 안에서 공유하는 거리일 수도 있다.

연래年來로 나는 하고많은 화초를 심었습니다. 봄에 진달래와 철쭉을

70

길렀고, 여름에 월계와 목련과 핏빛처럼 곱게 피는 달리아며, 가을엔 울 밑에 국화도 심어 보았고, 겨울이면 내 안두案頭에 물결 같은 난초와 색시 같은 수선이며 단아한 선비 같은 매화분梅花盆을 놓고 살아온 사람입니다. 철 따라 어느 꽃 어느 풀이 아름답고 곱지 않은 것이 있으리오마는 한 해 두 해 지나는 동안 내 머리에서 모든 꽃이 다 사라져 버렸습니다. 그러나 오히려 내 기억에서 종시 사라지지 않는 꽃, 매화만이 유령처럼 내 신변을 휩싸고 떠날 줄을 모르는구려.

화자가 매화에 몰입할 수밖에 없는 이유, 곧 '정이 들었기 때문'을 구체화하고 있다. 세인世人들이 아름답다고 칭송하는 화초들을 계절에 따라 가꾸어보았지만, 겨울에 책상머리에 놓인 매화분에서 피어난 매화꽃만큼 화자의 마음을 사로잡은 꽃은 없었다는 말이다. '유령처럼 내 신변을 떠날 줄을 모르는구려.'는 보이지도 잡히지도 않는 그러면서도 마음을 사로잡는 심리 현상, 곧 화자와 매화와의 밀착된 거리이다.

매화의 아름다움이 어디 있나뇨?
세인世人이 말하기를 매화는 늙어야 한다 합니다. 그 늙은 등걸이 용의 몸뚱어리처럼 뒤틀려 올라간 곳에 성긴 가지가 군데군데 뻗고 그 위에 띄엄띄엄 몇 개씩 꽃이 피는 데 품위가 있다 합니다.
매화는 어느 꽃보다 유덕有德한 그 암향이 좋다 합니다.
백화百花가 없는 빙설리氷雪裏에서 홀로 소리쳐 피는 꽃이 매화밖에 어디 있느냐 합니다.

혹은 이러한 조건들이 매화를 아름답게 꾸미는 점일는지도 모르겠습니다.

그러나 내가 매화를 사랑하는 마음은 실로 이러한 많은 조건이 멸시된 곳에 있습니다.

그를 대하매 아무런 조건 없이 내 마음이 황홀하여지는 데야 어찌하리까.

화자의 매화에 대한 조건 없는 애정을 강조하고 있다.

사람들의 미적 관점은 시대에 따라, 사회에 따라, 개성에 따라 다르다고 한다. 얼굴이 달덩이 같은 여자가 미인이던 때가 있었는가 하면, 종아리가 조선무처럼 두리뭉실한 처녀가 최선의 신붓감으로 치던 사회도 있었다. 현대 미인의 조건과는 거리가 멀다. 화자가 매화를 사랑하는 데는 어떤 조건도 선입견도 없다. 매화나무의 연륜과 형상도, 어느 꽃보다 유덕하다는 그윽한 향기도, 선비들이 칭송했다는 아치고절雅致孤節과도 상관이 없다.

매화를 보면 저절로 황홀경에 빠질 뿐이다. 이는 칼 융Carl Jung이 말하는 집단무의식의 발로일 수도 있다.

매화는 그 둥치를 꾸미지 않아도 좋습니다. 제 자라고 싶은 대로 우뚝 뻗어서 제 피고 싶은 대로 피어오르는 꽃들이 가다가 훌쩍 향기를 보내기도 하고, 또 어느 때는 제가 방 한구석에 있는 체도 않고 은사隱士처럼 겸허하게 앉아 있는 품이 그럴듯합니다.

나는 구름같이 핀 매화 앞에 단정히 앉아 행여나 풍겨 오는 암향을 다칠세라 호흡도 가다듬어 쉬면서 격동하는 심장을 가라앉히기에 힘을 씁니다. 그는 앉은 자리에서 나에게 곧 무슨 이야긴지 속삭이는 것 같습니다.

매화를 인격체로 대하려는 화자의 내심이 엿보인다. 그 인격에 자유를 부여하여 어떤 때는 고매한 인품을 드러내기도 하고, 어떤 때는 겸허한 은사의 모습을 보이기도 한다. 이는 일시적으로 마음을 움직이는 외면상의 감동과는 다르다. 그래서 겸허한 자세로 그의 속삭임에 귀를 기울이게 된다. 수양 깊은 도인을 대하는 듯, 영혼을 흔드는 예술품을 대하는 듯한 자세이다.

매화를 대할 때의 이 경건해지는 마음이 위대한 예술을 감상할 때의 심경과 무엇이 다르겠습니까.

내 눈앞에 한 개의 대리석상이 떠오릅니다. 그리스에서도 유명한 페이디아스의 작품인가 보아요.

다음에 운강雲崗과 용문龍門의 거대한 석불들이 아름다운 모든 조건을 구비하고서 내 눈앞에 황홀하게 나타납니다.

그러나 수유須臾에 이 여러 환영들은 사라지고 신라의 석불이 그 부드러운 곡선을 공중에 그리면서 아무런 조건도 없이 눈물겨웁도록 아름다운 자세로 내 눈을 현황眩慌하게 합니다.

그러다가 나는 다시 희멀건 조선조의 백사기白砂器를 봅니다. 희미한 보름달처럼 아름답게, 조금도 그의 존재를 자랑함이 없이 의젓이 제자리에 앉아 있습니다. 그 수줍어하는 품이 소리쳐 불러도 대답할 줄 모를 것 같구려. 고동古銅의 빛이 제아무리 곱다 한들, 용천요龍泉窯의 품이 제아무리 높다 한들 이렇게도 적막한 아름다움을 지닐 수 있겠습니까.

이 경건해지는 마음가짐은 뛰어난 예술작품을 감상한 때의 그것과 같다.

기원 5세기 그리스 아테네에서 많은 신상神像을 조각한 당대 최고의 조각가 페이디아스의 조각상들이 떠오른다. 그가 가장 심혈을 기울였다는 〈제우스 좌상〉은 어찌나 생생한 위엄을 풍기는지 그 앞에 선 사람들은 살아 있는 제우스를 대하는 듯했다 한다. 원작은 동과 금을 소재로 했는데 현재 전하는 대리석상은 후대에 만든 모작이라 한다.

5세기 북위北魏에서 조성하기 시작한 산서성山西省 운강의 석굴 석상과 뒤를 이어 송宋에 이르기까지 400여 년에 걸쳐 하남성河南省 낙양에 조성한 용문의 석굴에 안치되어 있는 거대한 석불石佛들의 아름다운 모든 조건을 갖춘 모습이 눈앞에 떠오른다.

그러나 이러한 세계적인 예술품의 모습이 순식간에 사라지고 신라시대 김대성이 축조한 토함산吐含山 석굴암에 안치되어 있는 본존석불의 황홀하게 아름다운 모습이 떠오른다. 뒤이어 조선의 백자가 희미한 보름달처럼 아름다우면서도 스스로 존재감을 드러내지 않고 의 것이 제자리를 지키고 있는 모습이 떠오른다. 동이나 돌로 제작한 고대의 예술품이나 중국 용천요에서 빚은 자기의 품격이 아무리 높다한들 조선백자의 고요한 아름다움을 지닐 수는 없다.

동서양의 세계적인 명작은 그들이 지닌 역사, 권위, 규모와 상관없이, 우리의 석굴암이나 백자의 아름다움을 따를 수 없다는 화자의 의식. 이는 석굴암이나 백자가 지닌, 우리만이 가진 고요한 아름다움을 지닐 수 없기 때문이다. 화자는 매화 앞에서 토함산 석굴암의 본존불상과 백자가 지닌 고요한 아름다움을 떠올림으로써 매화를 통한 집단무의식에 의한 주체적 안목을 드러내고 있다.

댁에 매화가 구름같이 핀 그 앞에서 나의 환상은 한없이 전개됩니다. 그러다가 다음 순간 나는 매화와 석불과 백사기의 존재를 모조리 잊어버립니다. 그리고 잔잔한 물결처럼 내 마음은 다시 고요해집니다. 있는 듯만 듯한 향기가 내 코를 스치는구려. 내 옆에서 선생이 막 책장을 넘기시는 줄을 어찌 알았으리요.

매화에서 유발된 세계적인 예술품에 대한 환상. 이는 화자의 예술에 대한 식견이 넓고 깊음에서 비롯된 것이다. 그것이 우리의 정서와 혼이 담긴 석불과 백사기로 집중되다가 나중에는 지금 눈앞에 구름같이 핀 매화에서 모든 것을 잊어버린다. 파장이 큰 감동 뒤에 오는 고요다. 그 고요 속에서 풍겨오는 있는 듯 만 듯한 향기. 알고 보니 그 향기는 친지인 선생이 책장을 넘김으로써 밀려온 것이다.

아마 선생은 하얗게 마전한 한복을 입고, 하얀 한지로 엮은 책을 읽고 있었을 것이다. 책상머리에 하얗게 핀 매화와 하얀 한복, 하얀 한지의 조화. 그러한 분위기라야 있는 듯 만 듯한 향기를 풍길 수 있겠으니 말이다. 이는 많은 이야기를 담고 있으면서도 수다를 떨지 않는 우리의 성정이기도 하다.

요즈음은 턱없이 분주한 세상이올시다. 기실 나 남 할 것 없이 몸보다는 마음이 더 분주한 세상이올시다.

바로 일전日前이었던가요. 어느 친구와 대좌하였을 때 내가 "X선생 댁에 매화가 피었다니 구경이나 갈까?" 하였더니 내 말이 맺기도 전에 그는 "자네도 꽤 한가로운 사람일세." 하고 조소嘲笑를 하는 것이 아닙니까.

나는 먼 산만 바라보았습니다.

어찌하다가 우리는 이다지도 바빠졌는가. 물에 빠져 금시에 죽어 가는 사람을 보고 '그 친구 인사나 한 자였다면 건져 주었을 걸' 하는 영국풍의 침착성은 못 가졌다 치더라도, 이 커피는 맛이 좋으니 언짢으니, 이 그림은 잘 되었느니 못 되었느니, 하는 터수에 빙설을 누경屢經하여 지루하게 피어난 애련한 매화를 완상할 여유조차 없는 이다지도 냉회冷灰같이 식어 버린 우리네의 마음이리까?

화자의 세태 비판이다. 작은 타산에 매몰되어 마음의 여유, 곧 전통적인 미의식을 잃어가는 세상. 이를 화자는 '매화를 완상할 여유조차 없는 이다지도 냉회冷灰같이 식어 버린 우리네의 마음'이라 탄식하고 있다.

김용준의 〈매화〉는 외형적인 묘사가 불분명하다. '수묵水墨 빛깔로 퇴색해 버린 장지壯紙 도배에 스며드는 묵흔墨痕처럼' 어렴풋하다. 외형보다는 내면에 치중한 소이이다. 그래서 자유로운 상상을 할 수 있는 여백을 제공한다. 거기에 뜻이 통하는 친지에게 겸허하게 이야기하는 식의 문체는 친근감을 더한다.

외형적 개체인 매화를 완상하며 우리의 전통적인 미의식을 천착해 가는 심도深度 있고 울림이 큰 작품이다.

해학諧謔의 이면裏面

- 김상용의 〈백리금파百里金波에서〉 조명

백리금파에서

김상용金尚鎔(1902-1951) 시인. 산문집 ≪무하선생방랑기無何先生放浪記≫

    고개를 넘어, 산허리를 돌아 내렸다. 산 밑이 바로 들, 들은 그저 논뿐의 연속이다. 두렁풀을 말끔히 깎았다. 논배미마다 수북수북 담긴 벼가 연하여 백리금파를 이루었다.

    여기저기 논들을 돌아다니는 더벅머리 떼가 있다. '우여, 우여' 소리를 친다. 혹 '꽝꽝' 석유통을 두드리기도 한다. 참새들을 쫓는 것이다.

    참새들은 자리를 못 붙여 한다. 우선 내 옆에 있는 더벅머리가 '우여' 소리를 쳤다. 참새 떼가 와르르 날아갔다. 천 마리는 될 것 같다. 날아간 참새들은 원을 그리며 저편 논배미에 앉아 본다. 저편 애놈들은 날아 앉은 새떼를 보았다. 깨어져라 하고 석유통을 두들긴다. 일제히,

    "우여!"

    소리를 친다. 이 아우성을 질타할 만한 담력膽力이 참새의 작은 심장에 있을 수가 없다. 참새들은 앉기가 무섭게 다시 피곤한 나래를 쳐야 한다. 어디를 가도 '우여 우여'가 있다. '꽝꽝'이 있다. 참새들은 쌀알 하나 넘겨

보지 못하고 흑사병黑死病 같은 '우여, 우여', '꽝꽝' 속을 헤매는 비운아悲運兒들이다. 사실 애놈들도 고달플 것이다.

나와 내 당나귀는 이 광경을 한참 바라보고 있다.

나는 나귀 등에서 짐을 내려놓고 그 속에서 오뚝이 하나를 냈다.

"얘들아, 너들 이리 와 이것 좀 봐라."

하고, 나는 '오뚝이'를 내들고 애놈들을 불렀다.

애놈들이 모여들었다.

"얘들아, 이놈의 대가리를 요렇게 꼭 누르고 있으면 요 모양으로 누운 채 있단 말이다. 그렇지만 한 번 이놈을 쑥 놓기만 하면 요것 봐라, 요렇게 발딱 일어선단 말이야."

나는 두서너 번 오뚝이를 눕혔다 일으켰다 하였다.

"이것을 너들에게 줄 테다. 한데 씨름들을 해라. 씨름에 이긴 사람에게 이것을 상으로 주마."

애놈들은 날래 수줍음을 버리지 못한다. 어찌어찌 두 놈을 붙여 놓았다. 한 놈이 '아낭기'에 걸려 떨어졌다. 관중은 그 동안에 열이 올랐다. 허리띠를 고쳐 매고 자원하는 놈이 있다. 사오 승부勝負가 끝났다. 아직 하지 못한 애놈들은 주먹을 쥐고 제 차례 오기를 기다렸다. 승부를 좋아하는 저급한 정열은 인류의 맹장盲腸 같은 운명이다.

결국 마지막 한 놈이 이겼다. 나는 씨름의 폐회閉會를 선언하고 우승자에게 오뚝이를 주었다. 참새들은 그 동안에 배가 불렀을 것이다.

이리하여, 나는 천석꾼이의 벼 두 되를 횡령橫領하고 재산의 7전錢 가량을 손損하였다. 천 마리의 참새들은 오늘 밤 오래간만에 배부른 꿈을 꿀 것이다.

− ≪무하선생방랑기無何先生放浪記(1950)≫에 수록

사람들의 세상살이에는 언제, 어디서를 가릴 것 없이 웃음과 울음이 따른다. 세상살이에는 기쁜 순간이 있는가 하면 슬픈 한때도 있게 마련이기 때문이다. 평생 동안 웃으면서 사는 사람도, 울면서 사는 사람도 없다. 웃을 일이 있는가 하면 울 일이 뒤를 잇고, 울 일이 있는가 하면 이번에는 웃을 일이 뒤를 잇는다. 그래서 웃음과 울음은 고리의 반쪽씩을 점유하고 수시로 순환한다.

그런데 일정 기간 동안 순환이 멈춰버리는 경우다. 이럴 경우 웃음 쪽에서는 울음을 잊고 살지만 울음 쪽에서는 웃음을 잊고 살 수가 없다. 그래서 억압받는 사람들 속에는 우스갯소리나 우스갯짓거리가 유행한다. 노예제도가 극한에 이르렀던 동로마 제국에서 유행했던 소극笑劇, 반상차별班常差別이 극심했던 조선에서 유행했던 판소리, 탈춤. 그러나 그 웃음은 그냥 웃음이 아니다. 고통을 이기기 위한 광언狂言이요, 광태狂態이다.

〈백리금파에서〉의 내용은 겉보기에는 참으로 우스운 광경이다.

고개를 넘어, 산허리를 돌아 내렸다. 산 밑이 바로 들, 들은 그저 논뿐의 연속이다. 두렁풀을 말끔히 깎았다. 논배미마다 수북수북 담긴 벼가 연하여 백리금파를 이루었다.

여기저기 논들을 돌아다니는 더벅머리 떼가 있다. '우여, 우여' 소리를 친다. 혹 '꽝꽝' 석유통을 두드리기도 한다. 참새들을 쫓는 것이다.

끝없이 펼쳐진 들판에 노랗게 익은 벼가 금빛 물결을 이루었다. 그 들판에서 아이들이 새를 쫓는 것은 예사로운 광경이다. 그런데 화자는 그 아이들을 주목한다.

참새들은 자리를 못 붙여 한다. 우선 내 옆에 있는 더벅머리가 '우여' 소리를 쳤다. 참새 떼가 와르르 날아갔다. 천 마리는 될 것 같다. 날아간 참새들은 원을 그리며 저편 논배미에 앉아 본다. 저편 애놈들은 날아 앉은 새떼를 보았다. 깨어져라 하고 석유통을 두들긴다. 일제히,
"우여!"
소리를 친다.

농부의 입장에서 보면 봄부터 땀을 흘리며 가꾸어 이제 수확기에 접어든 벼, 그것을 새에게 빼앗기는 것은 용납할 수 없는 일이다. 그래서 아이들을 시켜 새를 쫓는 것을 당연시한다. 농부뿐 아니라 예사 사람들의 안목도 마찬가지일 것이다.

그런데 〈백리금파에서〉 화자의 안목은 남다르다. 참새의 처지를 걱정하는 것이다. 아이들이 소리치는 "우여"와 석유통 두드리는 '꽝꽝'에 자리를 못 붙이고 쫓겨 날아다니는 참새를 걱정한다.

이 아우성을 질타할 만한 담력膽力이 참새의 작은 심장에 있을 수가

없다. 참새들은 앉기가 무섭게 다시 피곤한 나래를 쳐야 한다. 어디를 가도 '우여 우여'가 있다. '꽝꽝'이 있다. 참새들은 쌀알 하나 넘겨보지 못하고 흑사병黑死病 같은 '우여, 우여', '꽝꽝' 속을 헤매는 비운아悲運兒들이다. 사실 애놈들도 고달플 것이다.

참새는 약자이다. 자기들을 압박하는 세력에 저항할 만한 담력이 없다. 그러나 먹어야 산다. 쫓기면서도 들판에 그득한 벼 낟알을 훔쳐야 한다.

화자의 눈에는 '우여, 우여', '꽝꽝'을 질타할 만한 담력도 가지지 못한 채 들판을 떠돌면서도 배를 곯아야 하는 참새들이 동류로 보이는 것이다. 참새를 흑사병 같은 '우여, 우여', '꽝꽝' 속을 헤매는 비운아로 비유한 것을 보면 참새는 단순한 동류를 넘어 혈육의 정을 느끼는 대상이다. 억압을 견디다 못해 누대累代에 걸친 생활 터전을 잃고 떠돌이가 된 사람들, 봄부터 땀 흘려 지은 식량을 공출당하고, 한 되 곡식이라도 숨기려 했던 사람들, 강자의 횡포 앞에서 벌벌 떨며 살아야 하는 사람들이다.

새를 쫓는 일이 아이들에게 재미있는 놀이는 아니다. 그리고 자진해서 하는 일도 아니다.

나와 내 당나귀는 이 광경을 한참 바라보고 있다.
나는 나귀 등에서 짐을 내려놓고 그 속에서 오뚝이 하나를 냈다.
"애들아, 너들 이리 와 이것 좀 봐라."

하고, 나는 '오뚝이'를 내들고 애놈들을 불렀다.

애놈들이 모여들었다.

"이것을 너들에게 줄 테다. 한데 씨름들을 해라. 씨름에 이긴 사람에게 이것을 상으로 주마."

보다 못한 화자는 새 쫓는 아이들을 불러 모아 놓고 나귀 등에 실은 짐에서 오뚝이 하나를 꺼내 상품으로 걸고 씨름을 시킨다. 왜 하필이면 오뚝이 상품일까? '이놈의 대가리를 요렇게 꼭 누르고 있으면 요 모양으로 누운 채 있단 말이다. 그렇지만 한 번 이놈을 쑥 놓기만 하면 요것 봐라, 요렇게 발딱 일어선단 말이야.' 누르고 있던 손을 놓기만 하면 벌떡 일어서는 오뚝이. 그것을 상품으로 걸고 씨름대회를 독려한다. 누름은 압박이며 놓음은 해방이다. 그리고 우리의 민속경기인 씨름대회를 열었다는 것도 예사롭지 않다.

애놈들은 날래 수줍음을 버리지 못한다. 어찌어찌 두 놈을 붙여 놓았다. 한 놈이 '아낭기'에 걸려 떨어졌다. 관중은 그 동안에 열이 올랐다. 허리띠를 고쳐 매고 자원하는 놈이 있다. 사오 승부勝負가 끝났다. 아직 하지 못한 애놈들은 주먹을 쥐고 제 차례 오기를 기다렸다. 승부를 좋아하는 저급한 정열은 인류의 맹장盲腸 같은 운명이다.

결국 마지막 한 놈이 이겼다. 나는 씨름의 폐회閉會를 선언하고 우승자에게 오뚝이를 주었다. 참새들은 그 동안에 배가 불렀을 것이다.

머뭇거리던 아이들이지만 처음 보는 오뚝이의 유혹을 뿌리치진 못했으리라. 원래 경기란 승부를 가리는 것이다. 사람은 누구나 이기고 짐을 가리는 일에 열중한다. 승부가 거듭될수록 씨름하는 아이들의 뇌리에 상품인 오뚝이는 사라졌을 것이다.

최종 승자에게 상품인 오뚝이를 수여하는 화자. '인류의 맹장 같은' 저급한 정열은 끝이 난다. 화자가 씨름을 붙인 것은 승부를 보기 위해서가 아니고 억압에 눌려 배곯았던 참새들에게 배부르게 먹을 기회를 주기 위함이었으니까.

이리하여, 나는 천석꾼이의 벼 두 되를 횡령橫領하고 재산의 7전錢 가량을 손損하였다. 천 마리의 참새들은 오늘 밤 오래간만에 배부른 꿈을 꿀 것이다.

〈백리금파에서〉의 결미이다. 천석꾼이는 부자이다. 부자는 빈자 앞에서 강자이다. 부자의 강압에 배고파하는 빈자(참새)의 처참함을 잠시나마 돕기 위해 화자는 7전 가량(오뚝이 값)을 손해 본다는 것이다.

유심히 살펴보면 〈백리금파에서〉에는 '논배미, 더벅머리, 우여 우여, 참새, 수줍음, 아낭기' 등 우리 민족의 정서가 스미어 있는 어휘들을 심심찮게 사용했고, 글의 호흡도 판소리의 중중모리장단과 자진모리장단이 교차하는 듯한 느낌이어서 친근감을 준다. 이러한 관점에서 〈백리금파에서〉는 우리의 전통적인 정서, 그리고 당시의 현실과 무관하지 않다.

　우리에게는 한때 마음 놓고 울지도 웃지도 못하던, 신단재申丹齋 선생이 말씀한 '임정가곡역난위任情歌哭亦難爲'라 하던 시절이 있었다. 가슴에 넘치는 비분에 우리는 벙어리 광부狂夫가 아니 될 길이 없었다. 무하無何는 이러한 시절의 소산이었으니 그는 곧 필자의 모습이자 독자제현讀者諸賢의 모습이 아니던가? 그는 미쳐, 혹은 거짓 미친 체로 천외척구天外隻驅 가엾은 나귀 하나를 벗 삼아, 방랑의 길을 떠났던 것이다. 그의 광태狂態와 광행狂行과 광언狂言을 웃어야 할지 울어야 할지? 군자君子 다만 그의 광질狂疾 속에 그의 고하려던 울분과 비애를 읽어 주시면, 필자의 소망은 이루어졌다 하리라.

1950년에 펴낸 수필집 ≪무하선생 방랑기≫의 서문이다. 이로 미루어 〈백리금파에서〉는 일제강점기에 쓴 글이다. '임정가곡역난위任情歌哭亦難爲' 곧 마음 놓고 웃지도 울지도 못하던 시절. 방랑의 길에 든 무하선생 앞에 펼쳐진 '무하유지향 이처광은지야無何有之鄕 以處壙垠之野 : 아무것도 없는 곳, 가없는 들판에서 삶'은 〈소요유逍遙遊〉에 보이는 자기에 대한 집착, 공功에 대한 집착, 명성에 대한 집착에서 완전히 벗어난 자유로운 세계, 그야말로 무위자연無爲自然의 세계가 아니다. 강압과 착취로 인한 고난과 궁핍이 방방곡곡 스미어 있는 삼천리 우리 강토이다. 그리고 황금물결 일렁이는 넓은 들판에서 주린 배를 움킨 채 '우여, 우여', '꽝꽝'에 쫓기는 참새들은 바로 우리 민족이다.

불합리한 억압에 저항하는 일이 꼭 외향적인 투쟁에 의해서 이루어지는 것은 아니다. 더구나 우리의 전통 문학에서의 참여는 판소리나 탈춤에서처럼 해학에 의존하는 경우가 허다하다. 〈백리금파에서〉에서 행하는 화자의 광태, 광행은 그냥 웃고 지나칠 수 있는 게 아니다. 이 해학의 이면에는 속박하는 모든 것으로부터 벗어나 자유로운 곳에 살고 싶어하는 화자의 희원이 숨어 있다.

소통이 단절된 사회 풍자

- 계용묵의 〈구두〉 조명

구두

계용묵桂鎔默(1904-1961) 본명 하태용河泰鏞. 소설가. 수필집 ≪상아탑≫

구두 수선修繕을 주었더니, 뒤축에다가 어지간히도 큰 징을 한 개씩 박아 놓았다. 보기가 흉해서 빼어 버리라고 하였더니, 그런 징이래야 한동안 신게 되고, 무엇이 어쩌구 하며 수다를 피는 소리가 듣기 싫어 그대로 신기는 신었으나, 점잖지 못하게 저벅저벅, 그 징이 땅바닥에 부딪치는 금속성 소리가 심히 귓맛에 역逆했다. 더욱이, 시멘트 포도의 딴딴한 바닥에 부딪쳐 낼 때의 그 음향音響이란 정말 질색이었다. 또그닥또그닥, 이건 흡사 사람이 아닌 말발굽 소리다.

어느 날 초어스름이었다. 좀 바쁜 일이 있어 창경원昌慶苑 겉 담을 끼고 걸어 내려오노라니까, 앞에서 걸어가던 이십 내외의 어떤 한 젊은 여자가 이 이상히 또그닥거리는 구두 소리에 안심이 되지 않는 모양으로, 슬쩍 고개를 돌려 또그닥 소리의 주인공을 물색하고 나더니, 별안간 걸음이 빨라진다.

그러는 걸 나는 그저 그러는가 보다 하고, 내가 걸어야 할 길만 그대로 걷고 있었더니, 얼마쯤 가다가 이 여자는 또 뒤를 한 번 힐끗 돌아다본다. 그리고 자기와 나와의 거리가 불과 지척咫尺임을 알고는 빨라지는 걸음이 보통이 아니었다. 뛰다 싶은 걸음으로 치맛귀가 옹이하게 내닫는다. 나의 그 또그닥거리는 구두 소리는 분명 자기를 위협하느라고 일부러 그렇게 따악딱 땅바닥을 박아 내며 걷는 줄로만 아는 모양이다.

그러나 이 여자더러 내 구두 소리는 그건 자연自然이요, 인위人爲가 아니니 안심하라고 일러드릴 수도 없는 일이고 해서, 나는 그 순간 좀 더 걸음을 빨리하여 이 여자를 뒤로 떨어뜨림으로 공포恐怖에의 안심을 주려고 한층 더 걸음에 박차를 가했더니, 그럴 게 아니었다. 도리어 이것이 이 여자로 하여금 위협이 되는 것이었다.

내 구두 소리가 또그닥또그닥, 좀 더 재어지자 이에 호음號音하여 또각또각, 굽 높은 뒤축이 어쩔 바를 모르고 걸음과 싸우며 유난히도 몸을 일어내는 분주함이란, 있는 마력馬力은 다 내보는 동작에 틀림없다. 그리하여 한참 석양 놀이 내려 비치기 시작하는 인적 드문 포도鋪道 위에서 또그닥또그닥, 또각또각 하는 이 두 음향의 속 모르는 싸움은 자못 그 절정에 달하고 있었다.

나는 이 여자의 뒤를 거의 다 따랐던 것이다. 2, 3보步만 더 내어 디디면 앞으로 나서게 될 그럴 계제였다. 그러나 이 여자 역시 힘을 다하는 걸음이었다. 그 2, 3보라는 것도 그리 용이히 따라지지 않았다. 한참 내 발부리에도 풍진風塵이 일었는데, 거기서 이 여자는 뚫어진 옆 골목으로 살짝 빠져 들어선다. 다행한 일이었다. 한숨이 나간다. 이 여자도 한숨이 나갔을 것이다. 기웃해 보니, 기다랗고 내뚫린 골목으로 이 여자는 휑하니 내닫는다. 이 골목 안이 저의 집인지, 혹은 나를 피하느라고 빠져 들어갔는지 그것을 알 바 없었으나, 나로선 이 여자가 나를 불량배로 영원히 알고 있을 것임이 서글픈 일이다.

여자는 왜 그리 남자를 믿지 못하는 것일까. 여자를 대하자면 남자는 구두 소리에까지도 인위人爲가 아니니 안심하라고 일러드릴 수도 없는 일이고 해서, 나는 그 다음으로 그 구두 징을 뽑아 버렸거니와 살아가노라면 별別한 데다가 다 신경을 써 가며 살아야 되는 것이 사람임을 알았다.

— 1955년 ≪상아탑象牙塔≫에 발표

사회는 각기 다른 개체가 모여 형성된다. 사람들이 처음 모둠생활을 하게 된 까닭은 개체, 곧 자기를 위한 것이었다. 다수의 힘으로, 생명을 위협하는 강자로부터 자기를 보호하고, 혼자서는 할 수 없는 힘든 일을 해결하기 위함이었다. 처음에는 같은 씨족이나 같은 구역 안에 사는 사람들로 이루어진 소집단이던 것이 차츰 인구가 불어남에 따라 그 범위가 넓어져 대집단을 형성하게 되어 오늘에 이르렀다.

대집단은 다양한 개체들이 모여 형성된다. 하는 일이 다르고, 생각이 다르고, 느낌이 다른 사람들이 광범위하게 흩어져 사는 사회 안에는 낯익은 사람보다 낯선 사람이 대다수일 수밖에 없다. 그래서 크고 작은 오해와 분쟁을 야기하는 일이 허다하다.

계용묵의 수필 〈구두〉에서 촌극寸劇이 펼쳐지는 연유가 바로 여기에 있다.

구두 수선修繕을 주었더니, 뒤축에다가 어지간히도 큰 징을 한 개씩 박아 놓았다. 보기가 흉해서 빼어 버리라고 하였더니, 그런 징이래야 한동안 신게 되고, 무엇이 어쩌구 하며 수다를 피는 소리가 듣기 싫어 그대로 신기는 신었으나, 점잖지 못하게 저벅저벅, 그 징이 땅바닥에 부딪치는 금속성 소리가 심히 귓맛에 역逆했다. 더욱이, 시멘트 포도의 딴딴한 바닥에 부딪쳐 낼 때의 그 음향音響이란 정말 질색이었다. 또그닥또그닥, 이건 흡사 사람이 아닌 말발굽 소리다.

구두를 한동안 신다 보면 가죽은 멀쩡한데 뒤축이 한 쪽만 닳아 불편을 주는 일이 많았다. 요즈음 같으면 뒤축을 갈아 붙이거나 아예 새로 사겠지만 예전엔 닳아진 부분을 깎아내고 거기에 징을 박아 신곤 했다. 징은 원래 고된 일을 많이 하는 말발굽에 박아 붙이는 것이지만 사람이 신는 구두에도 박는 일이 예사였다. 쇠로 만든 징을 박았으니 걸음을 걸을 때마다 금속성이 나는 것은 피할 수 없는 일. 금속은 원래 오래 쓸 수는 있지만 차갑고 날카로운 느낌을 준다. 식도食刀와 같이 오래 사용할 수 있는 이점이 있는 반면 장검이나 비수와 같이 위협적인 면도 강하다.

이 위협적인 금속성이 이 글에서 극적인 사건을 야기하는 표면적인 원인이 된다.

어느 날 초어스름이었다. 좀 바쁜 일이 있어 창경원昌慶苑 곁 담을 끼고 걸어 내려오노라니까, 앞에서 걸어가던 이십 내외의 어떤 한 젊은 여자가 이 이상히 또그닥거리는 구두 소리에 안심이 되지 않는 모양으로, 슬쩍 고개를 돌려 또그닥 소리의 주인공을 물색하고 나더니, 별안간 걸음이 빨라진다.

그러는 걸 나는 그저 그러는가 보다 하고, 내가 걸어야 할 길만 그대로 걷고 있었더니, 얼마쯤 가다가 이 여자는 또 뒤를 한 번 힐끗 돌아다본다. 그리고 자기와 나와의 거리가 불과 지척咫尺임을 알고는 빨라지는 걸음이 보통이 아니었다. 뛰다 싶은 걸음으로 치맛귀가 옹이하게 내닫는다. 나의 그 또그닥 거리는 구두 소리는 분명 자기를 위협하느라고 일부러 그렇게 따악딱 땅바닥을 박아내며 걷는 줄로만 아는 모양이다.

화자는 좀 바쁜 일 때문에 평상시보다 빨리 걷고 있을 뿐이다. '초어스름'이라는 시간적 배경과 호젓한 '창경원昌慶苑 겉 담'이라는 공간적 배경만으로도 무섬증을 일으킬 수 있는 분위기이다. 거기에 징을 박아 걸음을 옮길 때마다 나는 또그닥 소리는, 화자의 의도와는 전혀 상관없이 젊은 여자에게 불안감을 준다.

만약 젊은 여자가 되돌아보았을 때 또그닥 소리의 주인공이 낯익은 사람이었다면 어떠했을까? 불안감이 해소되어 갈등이 지속되지 않았을 것이다.

그러나 이 여자더러 내 구두 소리는 그건 자연自然이요, 인위人爲가 아니니 안심하라고 일러드릴 수도 없는 일이고 해서, 나는 그 순간 좀 더 걸음을 빨리하여 이 여자를 뒤로 떨어뜨림으로 공포恐怖에의 안심을 주려고 한층 더 걸음에 박차를 가했더니, 그럴 게 아니었다. 도리어 이것이 이 여자로 하여금 위협이 되는 것이었다.

그러나 낯모르는 사람이므로 갈등은 지속될 수밖에 없다. 징을 박은 내 구두 발자국 소리가 상대를 위협하기 위해서 일부러 내는 소리가 아니라 저절로 나는 소리라는 것을, 지레 겁을 먹은 여자에게 설명할 수도 없다. 그래서 생각해낸 것이 걸음을 빨리하여 여자를 앞지름으로써 오해를 해소시켜야겠다는 것이었다. 그러나 선의에서 비롯된 이 행동이 오히려 더 큰 갈등의 빌미가 된다.

내 구두 소리가 또그닥또그닥, 좀 더 재어지자 이에 호응呼應하여 또각또각, 굽 높은 뒤축이 어쩔 바를 모르고 걸음과 싸우며 유난히도 몸을 일어내는 분주함이란, 있는 마력馬力은 다 내보는 동작에 틀림없다. 그리하여 한참 석양 놀이 내려 비치기 시작하는 인적 드문 포도鋪道 위에서 또그닥또그닥, 또각또각 하는 이 두 음향의 속 모르는 싸움은 자못 그 절정에 달하고 있었다.

대부분의 갈등은 소통 단절에서 연유된다. 소통 단절은 갈등을 넘어 감정을 격앙시키다가 결국 싸움으로까지 번질 수도 있다. 발단에서 제시되었던 배경 '초어스름' '창경원 곁 담'이 '석양 놀' '인적 드문 포도'로 바뀐 것은 겉으로는 시간의 흐름에 의한 것이다. 그러나 시간적, 공간적 배경을 좀 더 구체화하여 공포 분위기를 조성하려는 의도가 숨어 있다. 화자의 의도와는 아무 상관없이 나는 또그닥또그닥 소리. 그 금속성이 귓맛에 거슬린다는 것은 화자도 알고 있다. 그래서 오해를 불식시키고자 한 것인데, 이를 알지 못하는 여자는 자기를 쫓아오는 남자를 불량배로 생각하고 공포에 사로잡혀 도망치듯 또각또각. 그래서 한참 석양 놀이 내려 비치기 시작하는 인적 드문 포도 위에서 또그닥또그닥과 또각또각의 속 모르는 싸움은 자못 그 절정에 달하고 있는 것이다.

나는 이 여자의 뒤를 거의 다 따랐던 것이다. 2, 3보步만 더 내어 디디면 앞으로 나서게 될 그럴 계제였다. 그러나 이 여자 역시 힘을 다하는 걸음이었다. 그 2, 3보라는 것도 그리 용이히 따라지지 않았다. 한참 내 발부리에도 풍진風塵이 일었는데, 거기서 이 여자는 뚫어진 옆 골목으로 살짝 빠져 들어선다.

화자가 걸음에 속력을 더하여 거의 따라잡으려 할 때 여자가 길옆 골목으로 살짝 빠져 들어가는 극적 전환은 최고조에 달한 긴장감을 한순간에 떨어뜨리고 만다. 자기의 진심을 여자에게 전달하기 위한 노력도 한순간에 허망한 짓이 되고 만 것이다.

만약 〈구두〉가 여기서 끝났다면 장편소설掌篇小說로 취급되어 마땅하다. 소설의 3요소인 '배경, 인물, 사건'을 갖추었을 뿐 아니라 인물 간의 갈등을 고조시켜 가는 과정 또한 소설의 전개 방법과 다르지 않을 뿐더러 급박하게 고조되어 가던 갈등을 절정에 이르러 한순간에 떨어뜨리는 기법은 장편소설掌篇小說에서 주로 쓰이기 때문이다.

다행한 일이었다. 한숨이 나간다. 이 여자도 한숨이 나갔을 것이다. 기웃해 보니, 기다랗고 내뚫린 골목으로 이 여자는 휑하니 내닫는다. 이 골목 안이 저의 집인지, 혹은 나를 피하느라고 빠져 들어갔는지 그것을 알 바 없었으나, 나로선 이 여자가 나를 불량배로 영원히 알고 있을 것임이 서글픈 일이다.

고조된 갈등에서 벗어났다는 데서 나오는 안도의 한숨, 골목길을 내닫는 여자도 안도의 한숨을 쉴 수 있을까? 이는 화자가 골목 입구를 지나쳤기 때문에 여자가 안도의 한숨을 쉬었을 것이라 생각한 것이다. 그러나 앞에 가던 여자에게 끝내 진심을 전하지 못하게 되어 영원한 불량배로 오해받게 된 일이 마음에 걸린다. 소통 단절에서 오는 서글픔이다.

여자는 왜 그리 남자를 믿지 못하는 것일까. 여자를 대하자면 남자는 구두 소리에까지도 인위人爲가 아니니 안심하라고 일러드릴 수도 없는 일이고 해서, 나는 그 다음으로 그 구두 징을 뽑아버렸거니와 살아가노라면 별別한 데다가 다 신경을 써 가며 살아야 되는 것이 사람임을 알았다.

〈구두〉의 화자는 오해로 인한 갈등의 소지를 없애기 위하여 징을 뽑아버림으로써 자신이 불편을 감수하는 조치를 취한다. 그러나 개성이 다르고, 직업이 다르고, 소속이 다른 사회 안에서는 그렇게 간단히 해결되지 않는 경우가 많다. 문제는 소통에 있다. 피차간의 소통으로 상대의 진심을 파악하고 이해한다면 대부분의 갈등은 해소된다.

〈구두〉는 일상에서 일어날 수 있는 사소한 일에 소설적 요소를 도입하여 갈등을 일으키고, 조금은 과장된 표현으로 갈등을 고조, 심화시켜 풍자적 성격을 취득하고 있다. 이러한 점에서 소통이 단절된 사회를 풍자한 수필이라 할 수 있다.

얼핏, 담담한 문체와 기복이 심하지 않은 전개로 사유의 깊이를 드러낸다는 수필의 성격과는 어울리지 않는 듯하나, 기존의 틀 안에 안주하여 가라앉아 있는 느낌에서 벗어나 전개와 표현에 역동성을 주었다는 특장特長까지 배척할 수는 없다. 이러한 점이 일반적인 기법으로 활용된다면 수필의 활로를 넓히는 계기가 될 수 있다고 본다.

자연 순환에 따르는 절대가치 구현

- 한흑구의 〈보리〉 조명

보리

한흑구韓黑鷗(1909-1975) 수필집 ≪동해산문≫ 등

1

보리.

너는 차가운 땅속에서 온 겨울을 자라 왔다.

이미 한 해도 저물어, 벼도 아무런 곡식도 남김없이 다 거두어들인 뒤에, 해도 짧은 늦은 가을날, 농부는 밭을 갈고, 논을 잘 손질하여서, 너를 차디찬 땅속에 깊이 묻어 놓았었다.

차가움에 응결된 흙덩이들을, 호미와 고무래로 낱낱이 부숴 가며, 농부는 너를 추위에 얼지 않도록 주의해서 굳고 차가운 땅속에 깊이 심어 놓았었다.

"씨도 제 키의 열 길이 넘도록 심어지면, 움이 나오기 힘이 든다."

옛 늙은이의 가르침을 잊지 않으며, 농부는 너를 정성껏 땅속에 묻어 놓고, 이에 늦은 가을의 짧은 해도 서산을 넘은 지 오래고, 날개를 자주 저어 까마귀들이 깃을 찾아간 지도 오랜, 어두운 들길을 걸어서, 농부는

희망의 봄을 머릿속에 간직하며, 굳어진 허리도 잊으면서 집으로 돌아오곤 했다.

2

온갖 벌레들도, 부지런한 꿀벌들과 개미들도, 다 제 구멍 속으로 들어가고, 몇 마리의 산새들만이 나지막하게 울고 있던 무덤가에는, 온 여름 동안 키만 자랐던 억새풀 더미가 갈대꽃 같은 솜꽃만을 싸늘한 하늘에 날리고 있었다.

물도 흐르지 않고, 다 말라 버린 갯강변 밭둑 위에는 앙상한 가시덤불 밑에 늦게 핀 들국화들이 찬 서리를 맞고 고개를 숙이고 있었다.

논둑 위에 깔렸던 잔디들도 푸른빛을 잃어버리고, 그 맑고 높던 하늘도 검푸른 구름을 지니고 찌푸리고 있는데, 너, 보리만은 차가운 대기大氣 속에서도 솔잎과 같은 새파란 머리를 들고, 하늘을 향하여, 하늘을 향하여 솟아오르고만 있었다.

이제, 모든 화초는 지심地心 속에 따스함을 찾아서 다 잠자고 있을 때, 너, 보리만은 그 억센 팔들을 내뻗치고, 새말간 얼굴로 생명의 보금자리를 깊이 뿌리박고 자라왔다.

날이 갈수록 해는 빛을 잃고, 따스함을 잃었어도, 너는 꿈쩍도 아니하고, 그 푸른 얼굴을 잃지 않고 자라왔다.

칼날같이 매서운 바람이 너의 등을 밀고, 얼음같이 차디찬 눈이 너의 온몸을 덮어 엎눌러도, 너는 너의 푸른 생명을 잃지 않았었다.

지금, 어둡고 찬 눈 밑에서도, 너, 보리는 장미꽃 향내를 풍겨오는 그윽한 유월의 훈풍薰風과, 노고지리 우짖는 새파란 하늘과, 산 밑을 훤히 비추어 주는 태양을 꿈꾸면서, 오로지 기다림과 희망 속에서 아무 말 없이 참고 견디어 왔으며, 오월의 맑은 하늘 아래서 아직도 쌀쌀한 바람에 자라고 있었다.

3

춥고 어두운 겨울이 오랜 것은 아니었다.

어느덧 남향 언덕 위에 누렇던 잔디가 파아란 속잎을 날리고, 들판마다 민들레가 웃음을 웃을 때면, 너, 보리는 논과 밭과 산등성이에까지, 이미 푸른 바다의 물결로써 온 누리를 뒤덮는다.

보리다.

낮은 논에도, 높은 밭에도, 산등성이 위에도 보리다.

푸른 보리다. 푸른 봄이다.

아지랑이를 몰고 가는 봄바람과 함께 온 누리는 푸른 물결을 이고, 들에도, 언덕 위에도, 산등성이 위에도, 봄의 춤이 벌어진다.

푸르른 생명의 춤, 새말간 봄의 춤이 흘러넘친다.

이윽고 봄은 너의 얼굴에서, 또한 너의 춤 속에서 노래하고 또한 자라난다.

아침 이슬을 머금고, 너의 푸른 얼굴들이 새날과 함께 빛날 때에는, 노고지리들이 쌍쌍이 짝을 지어 너의 머리 위에서 봄의 노래를 자지러지게 불러대고, 또한 너의 깊고 아늑한 품속에 깃을 들이고, 사랑의 보금자리를 틀어 놓는다.

4

어느덧 갯가에 서 있는 수양버들이 그의 그늘을 시내 속에 깊게 드리우고, 나비들과 꿀벌들이 들과 산위를 넘나들고, 뜰 안에 장미들이 그 무르익은 향기를 솜같이 부드러운 바람에 풍겨 보낼 때면, 너, 보리는 고요히 머리를 숙이기 시작한다.

온 겨울의 어둠과 추위를 다 이겨 내고, 봄의 아지랑이와, 따뜻한 햇볕과 무르익은 장미의 그윽한 향기를 온몸에 지니면서, 너, 보리는 이제 모든 고초苦楚와 비명悲鳴을 다 마친 듯이 고요히 머리를 숙이고, 성자聖者인 양 기도를 드린다.

5

이마 위에는 땀방울을 흘리면서, 농부는 기쁜 얼굴로 너를 한 아름 덥석 안아서, 낫으로 스르릉스르릉 너를 거둔다.

너, 보리는 그 순박하고, 억세고, 참을성 많은 농부들과 함께 자라나고, 또한 농부들은 너를 심고, 너를 키우고, 너를 사랑하면서 살아간다.

6

보리, 너는 항상 순박하고, 억세고, 참을성 많은 농부들과 함께, 이 땅에서 영원히 사라지지 않을 것이다.

— 1955년 〈동아일보〉에 발표

한흑구의 〈보리〉는 한국의 현대수필을 대표하는 작품 중의 하나이다. 다년간 중등학교 국어교과에 실려 있어 교과 담당 선생님들이 저마다 찬사를 쏟아낸 명수필이기도 하다. 그런데 〈보리〉가 어째서 명수필인지에 대한 설명이 똑같지는 않았을 것이다, 그리고 유명세에 밀려 어떤 오류를 범하고 있는지를 지적하지도 않았을 것이다.

이 글에서는 〈보리〉를 재조명함으로써 수필작품으로서의 우수성과 함께 작가가 범하고 있는 오류에 대해 냉철한 고찰을 시도해보려 한다.

〈보리〉의 줄거리 전개는 계절의 변화에 따른다. 가을, 겨울, 봄, 여름으로 이어진다. 대부분의 농작물은 봄에 파종하면 발아하여 여름에 성장하고 가을이면 결실, 수확한다. 계절에 따른 발아, 성장, 결실에 적정한 기온이 필요하기 때문이다. 그런데 보리는 대부분의 농작물을 수확한 이후, 쌀쌀한 늦가을에 파종, 발아하면 혹한의 겨울을 견디고, 논에 못자리를 하는 이른 봄부터 성장하여 모내기가 시작되는 초여름에 결실하고 모내기가 끝날 무렵 수확한다. 이것이 작가가 〈보리〉를 쓰게 된 모티브이다. 그러나 작가가 주목하는 것은 보리의 파종, 성장, 결실 과정에 따른 생태적 특성이 아니다.

보리.
너는 차가운 땅속에서 온 겨울을 자라 왔다.

이 〈보리〉의 첫머리에 유의해야 한다. 화자에게 보리는 일반적인 곡물이 아니라 '너'이다. '자네'나 '당신' 같은 이인칭 대명사가 아니라 허물없는 친구나 가까운 동생을 지칭할 때 사용하는 '너'이다. 여기에는 친구나 동생이 고난에 굴하지 않고 맡은 바 임무를 수행했을 때 느끼는 대견함이 배어 있다.

　이미 한 해도 저물어, 벼도 아무런 곡식도 남김없이 다 거두어들인 뒤에, 해도 짧은 늦은 가을날, 농부는 밭을 갈고, 논을 잘 손질하여서 너를 차디찬 땅속에 깊이 묻어 놓았었다.
　차가움에 응결된 흙덩이들을, 호미와 고무래로 낱낱이 부숴 가며, 농부는 너를 추위에 얼지 않도록 주의해서 굳고 차가운 땅속에 깊이 심어 놓았었다.
　"씨도 제 키의 열 길이 넘도록 심어지면, 움이 나오기 힘이 든다."
　옛 늙은이의 가르침을 잊지 않으며, 농부는 너를 정성껏 땅속에 묻어 놓고, 이제 늦은 가을의 짧은 해도 서산을 넘은 지 오래고, 날개를 자주 저어 까마귀들이 깃을 찾아간 지도 오랜, 어두운 들길을 걸어서, 농부는 희망의 봄을 머릿속에 간직하며, 굳어진 허리도 잊으면서 집으로 돌아오곤 했다.

　보리의 파종이다. 파종은 농부의 몫이다. 추위에 얼어 죽지 않게, 움이 잘 트도록 너무 얕거나 너무 깊지 않게 잘게 부순 흙 속에 정성을 기울여 심은 씨가 무성히 자라 녹색의 물결로 일렁일 날을 꿈꾸며 어스름에야 귀가하는 농부. 농부는 온종일 파종에 지친 몸인데도 피로를 잊는다. 보리에 의탁한 농부의 희망이다.

온갖 벌레들도, 부지런한 꿀벌들과 개미들도, 다 제 구멍 속으로 들어가고, 몇 마리의 산새들만이 나지막하게 울고 있던 무덤가에는, 온 여름 동안 키만 자랐던 억새풀 더미가 갈대꽃 같은 솜꽃만을 싸늘한 하늘에 날리고 있었다.

물도 흐르지 않고, 다 말라 버린 갯강변 밭둑 위에는 앙상한 가시덤불 밑에 늦게 핀 들국화들이 찬 서리를 맞고 고개를 숙이고 있었다.

논둑 위에 깔렸던 잔디들도 푸른빛을 잃어버리고, 그 맑고 높던 하늘도 검푸른 구름을 지니고 찌푸리고 있는데, 너, 보리만은 차가운 대기大氣 속에서도 솔잎과 같은 새파란 머리를 들고, 하늘을 향하여, 하늘을 향하여 솟아오르고만 있었다.

늦가을 보리의 발아이다. 늦가을의 황량한 분위기와 보리의 발아를 대조시킨 기법은 탁월하다. 그런데 늦가을의 황량한 분위기 묘사 중 '무덤가에는, 온 여름 동안 키만 자랐던 억새풀 더미가 갈대꽃 같은 솜꽃만을 싸늘한 하늘에 날리고 있었다.'는 어색하다. 우선 억새가 자라는 산과 갈대가 자라는 해변이나 강변은 가깝지가 않다. 더구나 억새꽃이 바람에 날리는 모양을 갈대꽃과 직유直喩한 것도 어색하다. 두 꽃은 얼핏 유사해 보이지만 조금만 유의해 보면 갈대꽃은 꽃의 엉킴이 강해 솜을 연상할 수 있지만 억새꽃은 엉킴이 없어 깃털을 연상시킨다. 그리고 그 색도 갈대꽃은 자갈색을 띠는데 비해 억새꽃은 백색이다.

'너, 보리만은 차가운 대기大氣 속에서도 솔잎과 같은 새파란 머리를 들고, 하늘을 향하여, 하늘을 향하여 솟아오르고만 있었다.'는 압권이다. '솔잎'은 침엽針葉이다. 보리 싹이 차가운 흙을 뚫고 나오는데 활엽闊葉은 감당할 수 없다.

'하늘'의 상징성 역시 뛰어나다. 하늘은 무한한 자유, 절대적 가치의 상징이다.

이제, 모든 화초는 지심地心 속에 따스함을 찾아서 다 잠자고 있을 때, 너, 보리만은 그 억센 팔들을 내뻗치고, 새말간 얼굴로 생명의 보금자리를 깊이 뿌리박고 자라왔다.

날이 갈수록 해는 빛을 잃고, 따스함을 잃었어도, 너는 꿈쩍도 아니하고, 그 푸른 얼굴을 잃지 않고 자라왔다.

칼날같이 매서운 바람이 너의 등을 밀고, 얼음같이 차디찬 눈이 너의 온몸을 덮어 엎눌러도, 너는 너의 푸른 생명을 잃지 않았었다.

지금, 어둡고 찬 눈 밑에서도, 너, 보리는 장미꽃 향내를 풍겨오는 그윽한 유월의 훈풍薰風과, 노고지리 우짖는 새파란 하늘과, 산 밑을 훤히 비추어 주는 태양을 꿈꾸면서, 오로지 기다림과 희망 속에서 아무 말 없이 참고 견디어 왔으며, 오월의 맑은 하늘 아래서 아직도 쌀쌀한 바람에 자라고 있었다.

보리의 강인함이다. 차가운 기온 속에서 푸른빛을 잃지 않고 자라는 보리의 강인한 생명력이다. '칼날같이 매서운 바람' '얼음같이 차디찬 눈'은 보리를 엎눌러 생명을 위협하는 존재이다. 부토敷土를 해주거나 밟아주지 않으면 자칫 얼어 죽을 수도 있다.

　수사적修辭的 관점에서 눈은 구속, 압박을 암시한다. 부정적 상황인 것이다.

　'지금 눈 내리고
　매화 향기 홀로 아득하니
　내 여기 가난한 노래의 씨를 뿌려라.

　다시 천고千古의 뒤에
　백마白馬 타고 오는 초인이 있어
　이 광야에서 목 놓아 부르게 하리라.'

　이육사의 〈광야〉 넷째 연과 다섯째 연이다. 이 시의 '지금 눈 내리고' 역시 현재 처해 있는 부정적 상황이라는 점에서는 〈보리〉의 눈과 동일하다. 그러나 〈광야〉의 눈은 싸워서 이겨야 할 대상이다. 그래서 아득한 매화 향기를 꿈꾸며 눈 내리는 광야에 노래의 씨를 뿌린다. 얼어붙은 땅에 씨를 뿌리는 행위는 저항이다. 이를 통해 언젠가는 매화가 활짝 피어 향기를 내뿜는 봄이 와 마음껏 노래 부를 수 있는 날을 갈망하고 있다. 싸워서 찾아야 할 기약되지 않은 봄인 것이다.
　그러나 〈보리〉에서의 눈은 부정적 상황이라는 점에서는 〈광야〉의 눈과 다르지 않지만 부정적인 상황을 극복하는 방법에서는 〈광야〉와 다르다. 저항해야 할 대상이 아니라, 견뎌내야 할 대상인 것이다. 희망을 품고 견디고 있으면 계절의 순환에 따라 봄은 저절로 온다. 이 이법은 어떤 인위적인 힘으로도 제어할 수가 없다.

　춥고 어두운 겨울이 오랜 것은 아니었다.
　어느덧 남향 언덕 위에 누렇던 잔디가 파아란 속잎을 날리고, 들판마다 민들레가 웃음을 웃을 때면 너, 보리는 논과 밭과 산등성이에까지 이미 푸른 바다의 물결로써 온 누리를 뒤덮는다.
　보리다.
　낮은 논에도, 높은 밭에도, 산등성이 위에도 보리다.
　푸른 보리다. 푸른 봄이다.
　아지랑이를 몰고 가는 봄바람과 함께 온 누리는 푸른 물결을 이고, 들에도, 언덕 위에도, 산등성이 위에도, 봄의 춤이 벌어진다.
　푸르른 생명의 춤, 새말간 봄의 춤이 흘러넘친다.
　이윽고 봄은 너의 얼굴에서, 또한 너의 춤 속에서 노래하고 또한 자라난다.
　아침 이슬을 머금고, 너의 푸른 얼굴들이 새 날과 함께 빛날 때에는 노고지리들이 쌍쌍이 짝을 지어 너의 머리 위에서 노래를 자지러지게 불러대고, 또한 너의 깊고 아늑한 품속에 깃을 들이고, 사랑의 보금자리를 틀어 놓는다.

　드디어 봄이다. 황량한 가을과 고난의 겨울을 견디고 무성하게 자란 보리에 대한 감격이다. 화자는 이 감격에 격앙되어 운문에 가까운 표현을 하고 있다. 논도, 밭도, 산등성이도 푸르게 뒤덮은 보리의 물결에서 느끼는 벅찬 환희에 격앙된 것이다. 이 환희는 생명의 절대적 가치를 가슴으로 받아들이는 데서 기인한다.

어느덧 갯가에 서 있는 수양버들이 그의 그늘을 시내 속에 깊게 드리우고, 나비들과 꿀벌들이 들과 산위를 넘나들고, 뜰 안에 장미들이 그 무르익은 향기를 솜같이 부드러운 바람에 풍겨 보낼 때면, 너, 보리는 고요히 머리를 숙이기 시작한다.

온 겨울의 어둠과 추위를 다 이겨 내고, 봄의 아지랑이와, 따뜻한 햇볕과 무르익은 장미의 그윽한 향기를 온몸에 지니면서, 너, 보리는 이제 모든 고초苦楚와 비명悲鳴을 다 마친 듯이 고요히 머리를 숙이고, 성자聖者인 양 기도를 드린다.

보리의 결실이다. 여름이 온 것이다.

그런데 문제가 있다. 섬세한 초여름의 분위기 묘사는 탁월하나 보리 이삭에 대한 묘사에는 오류가 있다. '너, 보리는 고요히 머리를 숙이기 시작한다,' '고요히 머리를 숙이고 성자인 양 기도를 드린다.' 문학평론가 오하근吳河根이 1970년대에 고등학교 국어 교과서에 실린 글들에서 발견한 오류 중의 하나로 지적한 바 있다. 보리는 이삭이 팰 때에도 익어서도 고개를 숙이지 않는다. 익을수록 살을 더 벌리고 하늘을 향해 꼿꼿하다.

그리고 보리를 고개를 숙여 기도하는 성자의 모습으로 비유한 것은 〈보리〉의 주제를 흐리게 하는 측면이 있다. '너, 보리만은 차가운 대기大氣 속에서도 솔잎과 같은 새파란 머리를 들고, 하늘을 향하여, 하늘을 향하여 솟아오르고만 있었다.'

'하늘을 향하여 솟아오르고만'의 이미지는 하늘을 향해 살을 벌리고 있는 보리 이삭이 하늘을 받드는 성자의 모습으로 이어지게 한다. '하늘을 향하여'의 반복과 '솟아오르고만'에서 '— 만'이 오직 특정한 대상으로 한정하는 보조사라는 것을 감안하면 하늘, 곧 절대적 가치를 받드는 성자의 모습과 결부되어 주제를 뚜렷하게 하는 역할도 한다.

이마 위에는 땀방울을 흘리면서, 농부는 기쁜 얼굴로 너를 한 아름 덥석 안아서, 낫으로 스르릉스르릉 너를 거둔다.

너, 보리는 그 순박하고, 억세고, 참을성 많은 농부들과 함께 자라나고, 또한 농부들은 너를 심고, 너를 키우고, 너를 사랑하면서 살아간다.

글의 끝에서 두 번째 단락이다. 여기서 비로소 수확하는 농부가 등장한다. 첫머리 두 번째 단락의 파종 이후에 전혀 언급이 없던 농부다.

이 수필에서 농부는 시작과 끝을 관장한다. 농작물은 농부의 발소리를 듣고 자란다 하지 않던가. 보리가 추위와 어둠 속에서 겪은 고난은 농부의 고난과 동일하고 보리가 겨울의 어둠을 참고 견뎌 결실에 이르는 과정 또한 농부가 끈질긴 참을성으로 심고 가꾸어 수확하는 과정과 다르지 않다. 그래서 보리는 농부와 동류이다.

보리, 너는 항상 순박하고, 억세고, 참을성 많은 농부들과 함께, 이 땅에서 영원히 사라지지 않을 것이다.

〈보리〉의 끝맺음 단락이다. 보리와 농부의 동일성과 영원성을 제시하고 있다. 보리는 계절에 따라 싹이 트고 자라고 열매를 맺는다. 농부도 계절에 따라 보리를 심고 가꾸고 수확한다. 아득히 먼 날부터 아득한 훗날까지 계속될 순환이다. 과거의 농부가 그래 왔고, 미래의 농부도 그럴 테니 말이다. 자연 순환의 이법에 따른 것이다. 보리의 순환주기는 짧고, 농부의 순환주기는 길다는 차이가 있을 뿐, 자연의 순환은 절대적이다.

상대적 가치는 시대나 지역 또는 상황에 따라 유동적일 수 있다. 그래서 그 시대가 지나거나 그 지역 밖에서, 또는 그 상황에서 벗어나면 가치가 떨어진다. 그러나 절대적 가치는 언제, 어디, 어떤 상황에서도 변하지 않는다. 그 대표적인 것이 하늘로 상징되는 자연이다.

〈보리〉는 자연 순환에 따르는 절대적 가치를 일깨우고 있다.

시대상을 담은 그림

— 김태길의 〈복덕방이 있는 거리〉 조명

복덕방이 있는 거리

김태길金泰吉(1920−2009) 수필집 ≪웃는 갈대≫ ≪멋없는 세상 멋있는 사람≫ 등

대문을 나서면 큰길가에 수양버들 한 그루가 비스듬히 서 있다. 수십 년의 연륜을 견디기 어려워 굵고 큰 줄기는 껍질이 벗겨지고 알맹이까지 썩어서 달아나 반쪽만 남았다. 그래도 젊은 가지가지에는 새로운 잎이 피어서 대견한 그늘을 마련한다.

수양버들 중허리에 때 묻은 천으로 만든 약식 간판 한 장이 걸려 있다. 가로되 '복덕방' 간판 아래 긴 나무때기 의자가 하나 가로놓였다. 그것밖에는 아무런 비품도 없는 간이 복덕방이다.

나무때기 의자에는 할아버지 두 분이 걸터앉았다. 두 분이 다 당목 고의적삼을 입으셨다. 한 분은 거무튀튀한 파나마모자를 앞이 올라가게 쓰셨고, 다른 한 분은 하얀 맥고모자를 눌러쓰셨다.

파나마모자는 긴 담뱃대를 들었고 풍덩 품이 넓은 조끼를 입으셨다. 담뱃대에서 연기는 나지 않고 조끼 단추는 꿰어지지 않았다. 맥고모자는 바른손에 부채를 쥐시고 왼편에 단장을 기대 놓으셨다.

부채질은 하지 않으신다. 두 분은 모두 흰 고무신을 신으셨고 대님을 매셨다. 두 분은 마치 그림 속의 인물처럼 그저 묵묵히 앉아 계신다.

저녁 햇빛을 받고 버드나무 그늘이 길게길게 뻗기 시작하자, 이곳 한산한 거리에도 오가는 사람들의 숫자가 늘어난다. 열 사람들이 열 가지의 차림차림과 열 가지의 걸음걸이로 지나간다. 그들의 갖가지 모습에는 각자의 나이와 직업 그리고 성격을 알리는 도장이 혹은 진하게 혹은 흐리게 찍혀 있다. 즐거움과 괴로움이 같은 길을 나란히 걸어가고 희망과 근심이 잠깐 소매를 스치고 남과 북으로 사라진다.

까만 바탕에 은빛 테를 두른 승용차 한 대가 먼지를 피우며 달려온다. 땀 찬 러닝셔츠에 검정 바지를 걸친 신문 배달의 바쁜 다리가 경적 소리에 놀라서 달아난다. 차 뒤칸에 탄 회색 양복의 표정에 자신감이 넘친다.

흰 블라우스와 감색 스커트가 대조를 이룬 교복 두 벌이 무엇을 소곤대며 골목길로 접어든다. 어느 연못의 금잉어처럼 투실투실 살이 오른 중년부인 한 사람이 바다같이 파아란 파라솔을 이고 하느작하느작 비탈길을 올라간다. 발걸음 옮길 때마다 엷은 하늘색 치마 사이로 백설 같은 속옷자락이 보일락 말락 숨바꼭질을 한다.

미색 바탕에 수박색과 밤색 무늬를 굵직하게 놓은 원피스 하나가 놔먹인 말처럼 미끈하게 자란 젊은 몸집을 뾰족구두 한 켤레에 의탁하고 음악에라도 맞추는 듯 맵시 있게 걸어온다. 그는 왼손을 들어서 밉지 않게 생긴 이마로 흘러내리는 머리카락을 쓸어 올린다. 우유 같은 손이로되 반지는 보이지 않는다. 여체의 우아한 하반신의 곡선이 더위와 서늘함이 섞인 해거름의 공기를 부드럽게 어루만진다.

팔다 남은 돗자리와 발簾 짐이 오늘의 장사를 마치고 숙소로 발길을 재촉한다. "이 노릇도 이문이 없어 못해 먹겠당게유. 이거나 떨이로 팔곤 낼이면 고향으로 농사지러 갈랍니다. 이거 참 헐값이래유." 하고 일주일 전에 우리 집에서 삼만 원의 매상고를 올린 바로 그 행상이다.

터덜터덜 빈 아이스케이크 통을 어깨에 멘 10대 소년이 아무 말 없이 비탈길을 내려온다. 있는 듯 만 듯 인색한 바람이 수양버들 가지를 약간 흔들었다.

복덕방 영감님 두 분은 아직도 그 자리에 앉아 계신다. 전설을 지닌 옛날 벽화처럼.

- ≪웃는 갈대(1961)≫에 수록

시간과 공간은 별개의 것으로 인식하기 쉽지만 찬찬히 따져보면 서로 연결되어 있음을 인지하게 된다. 시간은 공간 속에서 흐르는 것이며 공간은 시간 속에 머물러 있는 것이기 때문이다. 음악은 시간예술, 미술은 공간예술로 분류하는 경향이 있다. 그러나 미술관에 걸려 있는 명화는 끊임없이 흐르는 시간과 함께하며 감미롭게 흐르는 쇼팽의 피아노곡은 특정한 홀에서 연주된다. 그러한 관점에서 예술을 시간과 공간으로 나누는 것은 특별한 의미가 없다. 차라리 직관적인 예술과 간접적인 예술로 분류해볼 법도 하다.

선과 색으로 표현되는 그림은 그 작품의 전모를 눈앞에 펼쳐놓는다. 감상안의 정도에 따라 음미의 차이는 있지만 직관적이다. 언어로 표현되는 문학은 한눈에 들어오는 아주 짧은 작품일지라도 눈앞에 제시된 것은 문자뿐이다. 언어는 그 자체로는 감동의 주체가 될 수 없다. 시 한 수, 수필이나 소설 한 편을 다 읽은 뒤에야 거기에 담긴 서정이나 사상에서 감동을 받는다. 그러니까 문학은 간접적인 예술이다. 그래서 헤겔은 공간을 '외형을 위한 직관적인 틀'이라 규정하고 칸트는 시간을 '내부 축적의 차원'으로 보았는지도 모른다.

그런데도 직관적인 예술과 간접적인 예술 곧 미술과 문학은 상호 보완적이다. 미술은 문학의 영역인 정서와 사상을 취하고 문학은 미술의 영역인 직관을 활용한다. 그래서 추상미술이 창작되고 묘사적 기법의 문학이 창작된다.

김태길의 〈복덕방이 있는 거리〉는 언어를 통해 그려놓은 한 폭의 그림이다. 얼핏 문학적인 성격보다 미술적인 성격이 강해 보인다. 화자가 사는 집 앞의 풍경을 섬세하게 묘사해 놓았기 때문이다. 하지만 문학이기 때문에 그림 안에는 서정과 사상이 함축되어 있다.

　대문을 나서면 큰길가에 수양버들 한 그루가 비스듬히 서 있다. 수십 년의 연륜을 견디기 어려워 굵고 큰 줄기는 껍질이 벗겨지고 알맹이까지 썩어서 달아나 반쪽만 남았다. 그래도 젊은 가지가지에는 새로운 잎이 피어서 대견한 그늘을 마련한다.

서두에 제시된 대문 앞에 서 있는 수양버들. 줄기는 거의 썩어 반쪽이 되었으나 젊은 가지들에는 새로운 잎이 피어 그늘을 마련해주고 있는 늙은 수양버드나무. 이는 그냥 사실事實을 묘사한 것은 아니다.

늙어 반쪽만 남은 줄기와 젊은 가지에 새로 핀 잎의 대조를 통해 오래된 것과 새로운 것이 공존하는 시대 상황을 암시하고 있다.

수양버들 중허리에 때 묻은 천으로 만든 약식 간판 한 장이 걸려 있다. 가로되 '복덕방' 간판 아래 긴 나무때기 의자 하나 가로놓였다. 그것밖에는 아무런 비품도 없는 간이 복덕방이다.

1960년 전후에 도시 변두리에서 흔히 볼 수 있었던 풍경이다. 그런데 버드나무 중허리에 걸린 때 묻은 천에 쓴 '복덕방' 간판. 이는 조선시대로부터 내려온 전통적인 장면이다. 원래 장터에서는 소, 객주에서는 인삼, 건어물과 같은 상품에 그 값을 매겨 흥정함으로써 거래를 성사시키는 일을 거간이라 하고 거간질을 하는 사람을 거간꾼이라 했다. 이것이 도시가 형성되면서 부동산 거래가 주가 되었고 이 부동산 거래의 중개인이 낸 것이 복덕방이다.

부동산의 임대, 매매를 중개하고 구전을 받던 복덕방이 신개발지인 변두리로 몰리기 시작한 것이 바로 이 시기이다. 사무실을 갖출 필요도 없고 사무실이 없으니 비품도 필요 없다. 나무때기 의자 하나면 충분하다. 복덕방 주인은 신개발 적지의 산이나 밭이나 논, 곧 개발 적지의 매물만 확보하고 있으면 된다. 우리나라에 불어닥친 부동산 투기의 전초기지인 셈이다.

나무때기 의자에는 할아버지 두 분이 걸터앉았다. 두 분이 다 당목 고의적삼을 입으셨다. 한 분은 거무튀튀한 파나마모자를 앞이 올라가게 쓰셨고, 다른 한 분은 하얀 맥고모자를 눌러쓰셨다.

파나마모자는 긴 담뱃대를 들었고 풍덩 품이 넓은 조끼를 입으셨다. 담뱃대에서 연기는 나지 않고 조끼 단추는 꿰어지지 않았다. 맥고모자는 바른손에 부채를 쥐시고 왼편에 단장을 기대 놓으셨다.

부채질은 하지 않으신다. 두 분은 모두 흰 고무신을 신으셨고 대님을 매셨다. 두 분은 마치 그림 속의 인물처럼 그저 묵묵히 앉아 계신다.

복덕방 주인인 두 노인의 외양 묘사다. 이들의 공통점은 재래식 복장(당목 고의적삼, 조끼, 대님, 하얀 고무신)을 하고 있는 점이다. 썩어 반쪽만 남은 버드나무 중허리에 걸려 있는 때 묻은 천으로 만든 간판과 유사한 이미지이다. 이런 구식 복덕방이 부동산 투기의 전초 기지 같지는 않아 보인다. 무대의 배경 장치쯤으로 보인다.

저녁 햇빛을 받고 버드나무 그늘이 길게 뻗기 시작하자, 이곳 한산한 거리에도 오가는 사람들의 숫자가 늘어난다. 열 사람들이 열 가지의 차림차림과 열 가지의 걸음걸이로 지나간다. 그들의 갖가지 모습에는 각자의 나이와 직업 그리고 성격을 알리는 도장이 혹은 진하게 혹은 흐리게 찍혀 있다. 즐거움과 괴로움이 같은 길은 나란히 걸어가고 희망과 근심이 잠깐 소매를 스치곤 남과 북으로 사라진다.

벽화처럼 정지된 화면 앞에서 오가는 사람들을 등장시켰다. 구체적인 묘사나 색채는 아직 없다. 한 폭의 미술품을 완성하기 위한 밑그림이다. 그래서 어떤 그림을 그릴 것인가를 암시했다. 오가는 사람들의 모습에서 그 사람들이 어떤 사람인가를 가늠한다든가 '즐거움과 괴로움이' 동행하고 '희망과 근심이' 잠깐 스치고 헤어진다 함은 작가의 내면에 축적된 안목의 소이이다.

까만 바탕에 은빛 테를 두른 승용차 한 대가 먼지를 피우며 달려온다. 땀 찬 러닝셔츠에 검정 바지를 걸친 신문 배달의 바쁜 다리가 경적 소리에 놀라서 달아난다. 차 뒤칸에 탄 회색 양복의 표정에 자신감이 넘친다.

승용차 뒷좌석에 탄 회색 양복과 땀 찬 러닝셔츠의 신문 배달, 자신감 넘치는 회색 양복과 생활에 쫓기는 신문 배달과의 대조는 단순히 신분이나 빈부의 차이를 시사示唆하는 데서 그치지 않는다. 대등해야 할 인간의 존재 가치가 어긋나 있음을 암시한다.

흰 블라우스와 감색 스커트가 대조를 이룬 교복 두 벌이 무엇을 소곤대며 골목길로 접어든다. 어느 연못의 금잉어처럼 투실투실 살이 오른 중년 부인 한 사람이 바다같이 파아란 파라솔을 이고 하느작하느작 비탈길을 올라간다. 발걸음 옮길 때마다 엷은 하늘색 치마 사이로 백설 같은 속옷 자락이 보일락 말락 숨바꼭질을 한다.

미색 바탕에 수박색과 밤색 무늬를 굵직하게 놓은 원피스 하나가 뇨먹인 말처럼 미끈하게 자란 젊은 몸집을 뾰족구두 한 켤레에 의탁하고 음악에라도 맞추는 듯 맵시 있게 걸어온다. 그는 왼손을 들어서 밉지 않게 생긴 이마로 흘러내리는 머리카락을 쓸어 올린다. 우유 같은 손이로되 반지는 보이지 않는다. 여체의 우아한 하반신의 곡선이 더위와 서늘함이 섞인 해거름의 공기를 부드럽게 어루만진다.

단정한 교복을 입고 무엇인가 소곤거리며 골목에 접어드는 여학생과 파란 파라솔을 받고 하늘색 얇은 치마 뒷문으로 하얀 속옷자락이 보일 듯 말 듯 비탈길을 오르는 중년 부인의 대조, 이는 순수성을 잃어가는 사회적 징후를 암시한다. 몸에 착 달라붙은 원피스에 하이힐을 신고 춤추듯 걸어오는 젊은 여인의 모습과 동작은 매우 선정적이다. 중년 부인이 정비석의 〈자유부인〉을 연상시킨다면 젊은 여인은 앞으로 다가올 에로틱한 여인상을 보여준다.

지구가 멈추지 않는 한 시간은 흐르고, 시간이 흐름에 따라 시대는 변한다. 이 변화가 여러 가지 요인에 따라 세태를 변화시킨다. 여학생과 중년 부인, 그리고 젊은 여인의 모습은 시대의 변화가 가져온 세태의 단면들이다. 그러나 아직 정착되지 않은 과도기적 세태이다. 이 과도기적 세태를 관망하는 화자의 내심에는 스멀스멀 불안이 일고 있다. 사람이 살면서 당연히 지켜야 할 중요한 요소가 퇴색해 가거나 무너져 감을 감지하고 있기 때문이다.

팔다 남은 돗자리와 발簾 짐이 오늘의 장사를 마치고 숙소로 발길을 재촉한다. "이 노릇도 이문이 없어 못해 먹겠당게유. 이거나 떨이로 팔곤 낼이면 고향으로 농사지러 갈랍니다. 이거 참 헐값이래유." 하고 일주일 전에 우리 집에서 삼만 원의 매상고를 올린 바로 그 행상이다.

돗자리와 발을 걸멘 행상이 지나간다. 지금은 숙소를 향해 발길만 재촉하는 그이지만, 일주일 전에는 우리 집에 와서 그럴듯한 말솜씨로 무려 삼만 원어치를 팔고 간 사람이다. 떨이하고 고향으로 내려가겠다던 사람이 일주일 뒤에도 행상을 하고 있다. 헐값이라는 말도 믿을 게 못 된다. 거짓으로 말하고 행동해야 목적을 이룰 수 있는 사회의 한 단면을 제시한 것이다.

그리고 〈복덕방이 있는 거리〉에 등장하는 승용차를 탄 회색 양복, 하늘색 파라솔을 받고 비탈을 오르는 중년 부인, 하이힐로 몸을 지탱하고 몸에 착 달라붙는 원피스로 몸매를 자랑하며 걸어오고 있는 젊은 여인. 이들도 그들이 살아가는 방식은 거짓으로 물건을 파는 돗자리와 발 짐과 동일 선상에 있음을 가늠할 수 있다.

자기를 위해 행하는 거짓은 죄악 중의 죄악이다. 단테는 〈신곡神曲〉에서 거짓이 살인보다 엄중한 죄악임을 암시한 바 있다. 그러한 관점에서 거짓은 인간이 지켜야 할 중요한 가치를 무너뜨리는 첫 번째 요인이다. 이는 개인에 국한되지 않고 그가 사는 사회나 국가를 병들어 죽게 하는 무서운 놈이다.

터덜터덜 아이스케이크 통을 어깨에 멘 10대 소년이 아무 말 없이 비탈길을 내려온다. 있는 듯 만 듯 인색한 바람이 수양버들 가지를 약간 흔들었다.

하루 내내 아이스케이크 통을 어깨에 메고 이곳저곳을 헤매고 다니다가 지친 모습으로 비탈길을 내려오는 소년은 신문팔이 소년과 함께 시대의 저변에 깔려 있는 고달프나 순수한 모습의 단면이다. 그 모습에는 거짓 상술도 없고, 자기 과시도 없다. 살아가기 위한 노고가 있고 건전한 희망이 있을 뿐이다. 그래서 썩어 반쪽만 남은 줄기에서 벋은 수양버들 가지가 인색한 바람에 약간 흔들린다. 인간이 지켜야 할 절대적 가치가 퇴행하는 시대 상황에서도 새로운 세대들이 그 가치를 지켜주기를 바라는 일말의 기대를 암시한다.

복덕방 영감님 두 분은 아직도 그 자리에 앉아 계신다. 전설을 지닌 옛날 벽화처럼.

복덕방 앞을 오가는 사람들에 색을 칠하고 구체적인 움직임을 더하여 생명력을 불어넣은 그림. 그러나 이름은커녕 인칭대명사마저 불허했던 사람들. 작가는 그 그림이 마땅찮다. 그래서 다시 복덕방 영감 두 분이 나무의자에 앉아 있는 모습을 제시한다. 그것도 전설 지닌 옛날 벽화에 비유하면서.

현대인의 고독을 구제하는 길

－전숙희의 〈설〉 조명

설

전숙희田淑禧(1919-2010) 수필집 ≪탕자의 변≫ ≪이국의 정서≫ ≪삶은 즐거
워라≫ 등

　설이 가까워 오면, 어머니가 가족들의 새 옷을 준비하고 정초 음식 차
리기를 서두르셨다.

　가으내 다듬이질을 해서 곱게 매만진 명주明紬로 안을 받쳐 아버님의
옷을 지으시고, 색깔 고운 인조견人造絹을 떠다가는 우리들의 설빔을 지으
셨다. 우리는 그 옆에서, 마름질하다 남은 헝겊 조각을 얻어 가지는 것이
또한 큰 기쁨이기도 했다. 하루 종일 살림에 지친 어머니는 그래도 밤늦게
까지 가는 바늘에 명주실을 꿰어 한 땀 한 땀 새 옷을 지으셨다. 우리는
눈을 비벼 가며 들여다보다가 잠이 들었다.

　착한 아기 잠 잘 자는 베갯머리에

　어머님이 홀로 앉아 꿰매는 바지

　꿰매어도, 꿰매어도 밤은 안 깊어.

　잠든 아기는 어머니가 꿰매 주신 바지를 입고 산줄기를 타며 고함도

지를 것이다. 우리는 설빔을 입고 널뛰는 꿈도 꾸었다.

설빔이 끝나면 음식으로 접어든다. 역시 즐거운 광경들이었다.

어머니는 미리 장만해둔 엿기름가루로 엿을 고고 식혜를 만드셨다. 아궁이에서는 통장작불이 활활 타고 쇠솥에선 커피색 엿물이 끓었다. 그러면, 이제 정말 설이 오는구나 하는 실감實感으로 내 마음은 온통 그 아궁이의 불처럼 행복하게 타올랐다. 오래오래 달인 엿을 식혀서는 강정을 만들었다. 검은콩은 볶고 호콩은 까고 깨도 볶아 놓았다가, 둥글둥글하게 콩강정도 만들고 깨강정도 만들었다. 소쿠리에 강정이 수북이 쌓이면서 굳으면, 어머니는 독 안에다 차곡차곡 담으셨다.

수정과水正果를 담그는 일도 쉽지 않다. 우선 감을 깎아 가으내 말려서 곶감을 만들어 두어야 한다. 알맞게 건조乾燥한 곶감은 바알갛게 투명透明하기까지 하고, 혀끝에 녹는 듯한 감칠맛이 있다. 이것을 향기로운 새앙물에 띄우고, 한약방에서 구해 온 계피桂皮를 뽑아 뿌리는 것이다.

빈대떡도 손이 많이 가는 음식이다. 우선 녹두綠豆를 맷돌로 타서 물에 불려 거피를 내고 다시 맷돌에 곱게 갈아, 돼지고기와 배추김치도 알맞게 썰어 넣은 다음, 넉넉하게 기름을 두르고 부쳐 내는 것이다. 며칠씩 소쿠리에 담아 놓고 손님상에 내놓기도 좋거니와, 솥뚜껑에 푸짐히 부쳐 가며 온 가족이 둘러앉아 먹는 것도 별미別味였다.

그러나 정초 음식의 주제主題는 역시 흰떡이다. 흰 쌀을 물에 담갔다가 잘 씻고 일어선 차례로 쪄내고, 앞뜰에 떡판을 놓고는 장정 두어 사람이 철컥철컥 쳤다. 떡판에선 김이 무럭무럭 올랐고, 우리들은 군침이 돌았다. 장정들이 떡을 쳐내면 어머니는 밤을 새워 떡가래를 뽑고 알맞게 굳으면 이것을 써셨다. 그리고 세배꾼이 오는 대로 맛있는 떡국을 끓이고, 부침개며 나물이며 강정이며 수정과며 한 상씩 차려 내셨다.

나는 지금도 설날이 되면, 어머니 옆에서 설빔이 되기를 기다리던 그 초조한 기쁨, 엿을 고고 강정을 만들고 수정과를 담그고 흰떡을 치던 모습, 빈대떡 부치던 냄새, 이런 흐뭇한 기억이 되살아나 향수鄕愁에 잠긴다.

우리 어머니들은 설빔 하나 만드는 데도, 설상 하나 차리는 데도 이처럼 수많은 절차節次를 거치고, 알뜰한 정성과 사랑을 쏟아 가족을 돌보고 이웃을 대접했다. 그런데 지금의 우리들은 어떤가?

기성복상旣成服商에는 항상, 맞춘 것 이상으로 척척 들어맞는 옷들이 가득 차 있으니, 언제든지 돈만 들고 나가면 당장에 몇 벌이라도 골라 입을 수 있다. 설이 돌아와도 여자가 그의 남편이나 아이들을 위해서 밤새워 옷을 지을 필요가 없게 되었다. 식료품상食料品商에는 다 만든 강정이 쌓여 있고, 다 갈아 놓은 녹두도 있다. 아니, 빈대떡도 얼마든지 살 수 있다. 흰떡도 치거나 뽑을 필요가 없이, 쌀만 일어 가지고 가면 금방 떡가래를 찾아올 수 있다.

세상이 모두 기계화되었으니, 필요한 것은 돈과 시간뿐이요, 솜씨나 노력이나 정성이나 사랑이 아니다. 참으로 편리한 세상이 되었다. 그러나 그 '편리' 속에 짙은 향수가 겹치는 것은 무슨 까닭일까? 우리는 정작 귀한 것을 잃어 가고 있는 것은 아닐까?

한국 여성들의 그 정성과 사랑을 우리는 이어받지 못하고 있다는 생각이 든다. 가족의 옷 한 가지 짓는 데도, 남편의 밥 한 그릇 마련하는 데도, 조상의 제사상祭祀床 하나 차리는 데도, 이웃에 부침개 한 접시 보내는 데도, 우리 여성들은 말할 수 없는 정성과 사랑을 다 바쳤다. 옛날의 우리 의생활과 식생활은 여성들의 무한한 노고와 인내를 요구하는 것이었지만, 우리 여성들은 오로지 정성과 사랑으로, 노고를 노고로, 인내를 인내로 알지 않았다. 밤새도록 시어머니의 버선볼을 박던 며느리, 손 시린 한겨울에도 찬물을 길어다 흰 빨래를 하고 풀을 먹이고 다듬이질을 하고, 희미한 호롱불 밑에서 바느질을 하던 아내와 어머니, 한국 여인들의 그 아름다운 마음씨를 누가 감히 따를 수 있을까?

오늘의 우리는 그들의 마음을 잃어 가고 있다. 마음을 잃어 가고 있으므로 생활도 잃어 간다. 아침이면 뿔뿔이 헤어지고, 저녁에 모여선 빵과 통조림으로 끼니를 때우고, 텔레비전 앞에서 대화 없는 몇 시간을 지내다가 또 뿔뿔이 헤어져 잠자리에 드는 사람들도 많다. 편리하지만 참생활이 없다. 그래서 현대인들은 고독한지도 모른다.

우리가 어려서 우리 어머니들에게 느끼던 그 '어머니'를 오늘의 우리가 우리 아이들에게 느끼게 하지를 못한다. 사서 입히고 사서 먹이는 동안에 우리는 정성과 사랑이 식어 간 것이다. 뼈저린 고생이 없는 대신, 그 뒤에 오는 샘물 같은 기쁨도 없어졌다. 그래서 우리 아이들은 고독하게 자라는지도 모른다. '편리'도 중요하지만, 어떻게 뜨겁게 사느냐 하는 것이 더 중요하지 않을까?

새삼스럽게 옛날로 돌아가자는 것은 아니다. 다만 우리 여성들이 보여준 그 정성과 사랑의 며느리, 아내, 어머니의 마음만은 이어받자는 것이다. 아무리 기계화된 생활이라 할지라도 정성과 사랑은 쏟을 데가 있을 것이다. 이야말로 삭막해져 가는 우리의 생활을 인간다운 것으로 되돌리며, 현대인의 고독을 치유治癒하는 길이리라. 아니, 이렇게 거창하게 말할 필요까지도 없다. 나의 남편과 아이들로 하여금, 고독을 모르는 기쁜 생활을, 행복을 누리게 하는 길이라고 믿자.

명절이 돌아오면 나의 고독한 눈에 어머니가, 어머니가 자꾸만 떠오른다.

— ≪삶은 즐거워라(1972)≫에 수록

우리의 가장 큰 명절은 추석과 설이다. 농경생활을 해온 우리 선대들은 의식주에 관한 대부분의 재료들을 경작을 통해 조달했으므로 명절이 농경 과정과 연관되어 있음은 당연한 일이다. 추석이 첫 수확한 곡물과 과일로 상을 차려 그 해 농사를 무탈하게 도운 하늘과 조상님께 감사드리는 명절이라면 설은 새해 새날을 맞아 묵은해의 횡액橫厄을 떨쳐버리고 새해의 행운幸運이 트이기를 하늘과 조상님께 기원하는 명절이라 할 것이다. 신라 시대의 일월신배례日月神拜禮, 고려 시대의 횡수막이가 주를 이루던 것이 조선 시대에 이르러서는 조상신에게 복을 비는 유교적 제례의식으로 변하게 되었다.

설이 가까워 오면, 어머니가 가족들의 새 옷을 준비하고 정초 음식 차리기를 서두르셨다.

〈설〉의 서두이다. 화자가 어릴 적에 설을 맞던 정황을 소개한 이한 문장에 이 수필의 주요 소재와 주제가 암시되어 있다. 설을 준비하는 어머니와 그 어머니의 마음을 헤아리는 어린 딸의 시각. 그래서 〈설〉은 순수하고 감성적인 느낌으로 독자의 추억을 자극하면서 시작 된다.

가으내 다듬이질을 해서 곱게 매만진 명주明紬로 안을 받쳐 아버님의 옷을 지으시고, 색깔 고운 인조견人造絹을 떠다가는 우리들의 설빔을 지으 셨다. 우리는 그 옆에서, 마름질하다 남은 헝겊 조각을 얻어 가지는 것이 또한 큰 기쁨이기도 했다. 하루 종일 살림에 지친 어머니는 그래도 밤늦게 까지 가는 바늘에 명주실을 꿰어 한 땀 한 땀 새 옷을 지으셨다. 우리는 눈을 비벼 가며 들여다보다가 잠이 들었다.

착한 아기 잠 잘 자는 베갯머리에

어머님이 홀로 앉아 꿰매는 바지

꿰매어도, 꿰매어도 밤은 안 깊어.

잠든 아기는 어머니가 꿰매 주신 바지를 입고 산줄기를 타며 고함도 지를 것이다. 우리는 설빔을 입고 널뛰는 꿈도 꾸었다.

설 준비의 시작은 설빔을 짓는 일에서부터 시작했다. 먼저 어른의 옷을 지었다. 손수 길쌈을 해 마전해 두었던 칠성 무명베와 명주로 집안 어른인 할아버지, 아버지의 바지저고리와 두루마기를 지어 다 림질을 해서 장롱 속에 보관했다. 다음으론 아이들의 설빔을 지었다. 포목전에서 떠온 색깔 고운 옷감으로 노랑저고리와 다홍치마를 짓는 게 보통이었지만 바지를 짓기도 했다. 어린 딸은 어머니가 마름질하면서 베어내고 남은 천 조각을 주워 곱게 접어 간직하는 기쁨을 누렸다. 그 천 조각은 예쁜 상자에 간직해 두었다가 나중에 또래들 앞에 펼쳐놓는 자랑거리가 되기도 했다.

어머니는 등잔불 옆에서 밤이 깊은 줄도 모르고 식구들의 설빔 짓기에 몰두할 때 어린 딸은 졸음을 이기지 못하고 잠이 들었다. 잠이 든 아이는 어머니가 한 땀 한 땀 정성 들여 지은 설빔을 입고 세배를 다니기도 하고 널을 뛰는 꿈을 꾸었다. 어머니가 밤을 새워가며 설빔을 짓는 정경, 그 설빔을 입고 뛰어놀 어린 딸의 부푼 기대감이 선연하다.

설빔이 끝나면 음식으로 접어든다. 역시 즐거운 광경들이었다.

어머니는 미리 장만해둔 엿기름가루로 엿을 고고 식혜를 만드셨다. 아궁이에서는 통장작불이 활활 타고 쇠솥에선 커피색 엿물이 끓었다. 그러면 이제 정말 설이구나 하는 실감實感으로 내 마음은 온통 그 아궁이의 불처럼 행복하게 타올랐다. 오래오래 달인 엿을 식혀서는 강정을 만들었다. 검은콩은 볶고 호콩은 까고 깨도 볶아 놓았다가, 둥글둥글하게 콩강정도 만들고 깨강정도 만들었다. 소쿠리에 강정이 수북이 쌓이면서 굳으면, 어머니는 독 안에다 차곡차곡 담으셨다.

수정과水正果를 담그는 일도 쉽지 않다. 우선 감을 깎아 가으내 말려서 곶감을 만들어 두어야 한다. 알맞게 건조乾燥한 곶감은 바알갛게 투명透明하기까지 하고 혀끝에 녹는 듯한 감칠맛이 있다. 이것을 향기로운 새앙물(생강물)에 띄우고, 한약방에서 구해 온 계피桂皮를 뽑아 뿌리는 것이다.

빈대떡도 손이 많이 가는 음식이다. 우선 녹두綠豆를 맷돌로 타서 물에 불려 거피를 내고 다시 맷돌에 곱게 갈아, 돼지고기와 배추김치도 알맞게 썰어 넣은 다음, 넉넉하게 기름을 두르고 부쳐 내는 것이다. 며칠씩 소쿠리에 담아 놓고 손님상에 내놓기도 좋거니와, 솥뚜껑에 푸짐히 부쳐 가며 온 가족이 둘러앉아 먹는 것도 별미別味였다.

그러나 정초 음식의 주제主題는 역시 흰떡이다. 흰 쌀을 물에 담갔다가 잘 씻고 일어선 차례로 쪄내고, 앞뜰에 떡판을 놓고는 장정 두어 사람이 철컥철컥 쳤다. 떡판에선 김이 무럭무럭 올랐고 우리들은 군침이 돌았다. 장정들이 떡을 쳐내면 어머니는 밤을 새워 떡가래를 뽑고 알맞게 굳으면 이것을 써셨다. 그리고 세배꾼이 오는 대로 맛있는 떡국을 끓이고, 부침개며 나물이며 강정이며 수정과며 한 상씩 차려 내셨다.

설빔 짓기가 끝나면 설음식을 만들기 시작했다. 설음식은 그 종류가 많고 만드는 과정이 복잡하지만 차례상에 올리는 제물祭物이니 재료를 택하는 데서부터 만드는 과정에 이르기까지 정성을 다해야 했다. 명절은 살아 있는 사람들이 먹고 마시며 놀이를 즐기기에 앞서 조상님들에게 바침으로써 그분들의 음덕을 받고자 하는 기복祈福 성격이 강하기 때문이었다.

설음식은 엿을 고는 일에서부터 시작했다. 엿을 고는 일은 시간이 많이 걸리기도 하지만 여러 과정을 거쳐야 했다. 미리 빻아둔 엿기름 가루를 채에 걸러 받은 엿기름물에 고두밥을 타 가마솥에 넣고 아궁이에 장작불을 피워 불 조절에 신경을 쓰며 쉬지 않고 저어야 하는

엿 고는 일은 많은 수고와 인내를 요구한다. 고아 낸 엿은 유과에 옷을 입히는 데도 사용하고, 강정을 만드는 데도 사용했다. 유과와 강정은 소쿠리나 석작에 담아 시원한 곳에 저장했다.

그밖에 설음식으로는 수정과, 빈대떡, 부침개 등이 있으나, 빠져서는 안 되는 것은 역시 흰떡이다. 흰떡으로는 가래떡을 만들어 엇비슷이 썰어 설의 주 음식인 떡국을 끓이고 떡살로 찍어 절편을 만들기도 했다.

설음식 만드는 과정을 구체적으로 그려내고 있다. 여성의 섬세한 시각을 통해 구체화하여 이제 곧 설이라는 설렘을 실감하게 한다.

나는 지금도 설날이 되면, 어머니 옆에서 설빔이 되기를 기다리던 그 초조焦燥한 기쁨, 엿을 고고 강정을 만들고 수정과를 담그고 흰떡을 치던 모습, 빈대떡 부치던 냄새, 이런 흐뭇한 기억이 되살아나 향수鄕愁에 잠긴다.

우리 어머니들은 설빔 하나 만드는 데도, 설상 하나 차리는 데도 이처럼 수많은 절차節次를 거치고, 알뜰한 정성과 사랑을 쏟아 가족을 돌보고 이웃을 대접했다. 그런데, 지금의 우리들은 어떤가?

화자는 어릴 적 겪었던 설에 대한 기억에서 벗어나 현재로 돌아오고 있다. 성인이 된 현재의 입장에서 아름답던 그 시절을 되살리며 향수에 젖는다. 화자의 마음에 깊이 각인된 어머니, 어머니는 설빔을 짓고 설음식을 만드는 주체였다. 그 어머니의 가족과 이웃에 대한 정성과 사랑이 있어 설은 아름다울 수 있었다.

'그런데, 지금은 어떠한가?'는 전환의 시작을 알려준다.

기성복상旣成服商에는 항상, 맞춘 것 이상으로 척척 들어맞는 옷들이 가득 차 있으니, 언제든지 돈만 들고 나가면 당장에 몇 벌이라도 골라 입을 수 있다. 설이 돌아와도 여자가 그의 남편이나 아이들을 위해서 밤새워 옷을 지을 필요가 없게 되었다. 식료품상食料品商에는 다 만든 강정이 쌓여 있고, 다 갈아 놓은 녹두도 있다. 아니, 빈대떡도 얼마든지 살 수 있다. 흰떡도 치거나 뽑을 필요가 없이, 쌀만 일어 가지고 가면 금방 떡가래를 찾아올 수 있다.

세상이 모두 기계화되었으니, 필요한 것은 돈과 시간뿐이요, 솜씨나 노력이나 정성이나 사랑이 아니다. 참으로 편리한 세상이 되었다. 그러나 그 '편리' 속에 짙은 향수鄕愁가 겹치는 것은 무슨 까닭일까? 우리는 정작 귀한 것을 잃어 가고 있는 것은 아닐까?

기계화가 일반화된 세상이 생활의 편리를 가져왔다. 손수 경작한 농산물로 손수 만들어 먹고 손수 길쌈해 입던 세상이 사라졌다. 여인들은 밤을 새워 설빔을 짓고 많은 인내와 노력으로 설음식을 만들 필요가 없게 되었다. 그 편리한 생활 속에서 느끼는 상실감이 불러일으키는 향수. 화자는 기계문명이 인간의 소중한 것을 앗아간다는 것을 비판하고 있다.

한국 여성들의 그 정성과 사랑을 우리는 이어받지 못하고 있다는 생각이 든다. 가족의 옷 한 가지 짓는 데도, 남편의 밥 한 그릇 마련하는 데도, 조상의 제사상祭祀床 하나 차리는 데도, 이웃에 부침개 한 접시 보내는 데도, 우리 여성들은 말할 수 없는 정성과 사랑을 다 바쳤다. 옛날의 우리 의생활과 식생활은 여성들의 무한한 노고와 인내를 요구하는 것이었지만, 우리 여성들은 오로지 정성과 사랑으로, 노고를 노고로, 인내를 인내로 알지 않았다. 밤새도록 시어머니의 버선볼을 박던 며느리, 손 시린 한겨울에도 찬물을 길어다 흰 빨래를 하고 풀을 먹이고 다듬이질을 하고, 희미한 호롱불 밑에서 바느질을 하던 아내와 어머니, 한국 여인들의 그 아름다운 마음씨를 누가 감히 따를 수 있을까?

편리한 세상을 선사한 기계문명에 빼앗긴 것은 외형적인 것이 아니다. 가족을 위해, 조상을 위해, 또는 이웃을 위해 정성과 사랑을 아낌없이 베풀던 한국 여성들의 그 소중한 마음이다. 사랑하는 마음이 정성으로 드러나고 사랑과 정성으로 하는 일은 아무리 힘겨운 노고도 노고로 여겨지지 않는다. 노고를 노고로 여기지 않는 힘겨운 생활. 그 아름다운 한국 여인의 마음에 대한 찬양이다. 그 아름다움을 추억하며 향수를 느껴야 하는 화자의 입장을 토로하고 있다.

오늘의 우리는 그들의 마음을 잃어 가고 있다. 마음을 잃어 가고 있으므로 생활도 잃어 간다. 아침이면 뿔뿔이 헤어지고, 저녁에 모여선 빵과 통조림으로 끼니를 때우고, 텔레비전 앞에서 대화 없는 몇 시간을 지내다간 또 뿔뿔이 헤어져 잠자리에 드는 사람들도 많다. 편리하지만 참생활이 없다. 그래서 현대인들은 고독한지도 모른다.

우리가 어려서 우리 어머니들에게 느끼던 그 '어머니'를 오늘의 우리가 우리 아이들에게 느끼게 하지를 못한다. 사서 입히고 사서 먹이는 동안에 우리는 정성과 사랑이 식어 간 것이다. 뼈저린 고생이 없는 대신, 그 뒤에 오는 샘물 같은 기쁨도 없어졌다. 그래서 우리 아이들은 고독하게 자라는지도 모른다. '편리'도 중요하지만, 어떻게 뜨겁게 사느냐 하는 것이 더 중요하지 않을까?

사랑과 정성으로 지어 입히고 만들어 먹이던 그 여인들의 마음을 잃어가는 현실에는 진정한 생활도 잃어간다. 기계문명이 가져온 생활이 겉으로는 편리하지만 인간적인 소통을 단절시켜 참생활을 없애고 그래서 현대인은 고독하게 산다. 화자가 어릴 적 겪었던 어머니의 사랑과 정성이 식어가기 때문이다. 편리한 생활을 좇다보면 뼈저린 고통이 사라지고 그 고통을 견뎌내야만 얻을 수 있는 기쁨도 사라지게 마련이다. 그 비정한 기계가 가져다준 편리보다는 고통을 이겨내고서야 얻을 수 있는 가족과 이웃에 대한 뜨거운 사랑이 중요하다. 그럴 때에야 고독에서 벗어나게 되고 따뜻한 인간관계를 유지할 수 있어 삭막한 현대사회의 약점을 보완할 수 있다.

기계문명이 인간을 비정하게 하고 종국에는 인간성을 상실케 한다는 문명비판적인 화자의 생각을 엿볼 수 있다.

새삼스럽게 옛날로 돌아가자는 것은 아니다. 다만 우리 여성들이 보여준 그 정성과 사랑의 며느리, 아내, 어머니의 마음만은 이어받자는 것이다. 아무리 기계화된 생활이라 할지라도 정성과 사랑은 쏟을 데가 있을 것이다. 이야말로 삭막素漠해져 가는 우리의 생활을 인간다운 것으로 되돌리며, 현대인의 고독을 치유治癒하는 길이리라. 아니, 이렇게 거창하게 말할 필요까지도 없다. 나의 남편과 아이들로 하여금, 고독을 모르는 기쁜 생활을, 행복을 누리게 하는 길이라고 믿자.

시대의 흐름을 거스를 수는 없다. 과거에 가치 있던 것이 현재에 와서 도외시된다고 해서 과거로 되돌릴 수 없는 것이 역사이다. 손수 만들어 쓰고 만들어 먹어야 하는 농경사회는 많은 가족의 일손이 필요했으므로 대가족제도를 형성시켰으며 그 사회와 제도에서는 공동체생활을 할 수밖에 없었다. 그러나 사서 쓰고 사 먹는 산업사회로 접어들면 가족의 일손은 대부분 기계가 담당하게 되어 대가족제도가 무너짐에 따라 공동체생활이 와해되었다. 가족은 직장을 따라 뿔뿔이 흩어지고, 한집에 사는 식구들에게서조차 공동체의식은 사라지거나 변질되었다. 그 결과 현대인들은 자기만의 섬에 갇혀 살게 되었다. 이 삭막한 현실 속의 고독한 삶은 인간성마저 앗아가는 기계문명에서 연유한다.

화자는 이러한 현실을 안타까워하며 이를 타파할 수 있는 처방은 농경사회에서 여인들이 가족과 이웃을 위해 정성을 다하고 사랑을 베풀던 그 마음만이라도 이어받는 것이라 하고 있다.

명절이 돌아오면 나의 고독한 눈에, 어머니가, 어머니가 자꾸만 떠오른다.

한 문장으로 표현한 결말이다. 어머니는 어릴 적 밤잠을 설치며 설빔을 짓고 며칠씩의 고역을 감내하며 설음식을 만들던 화자의 어머니이면서 모든 여인들이다. 삭막하고 고독한 산업사회에 살면서 그 여인들이 떠오른다 함은 그들의 정성과 사랑이 절실하다는 것을 거듭 강조한 것이다.

이 수필은 전반부와 후반부가 확연히 다르다. 어릴 적의 설을 회상한 전반부는 묘사와 서사 위주의 표현으로 형상화가 되어 있는 반면 후반부에서는 설명과 설득 위주의 표현으로 돌변하여 문학성을 삭감하고 있다. 이는 기계문명이 가져다준 표면적인 편리함이 불편한 노작勞作을 통해 지탱해온 내면적 감동을 앗아감으로써 삭막해진 사회, 고독해진 개인을 구제할 수 있는 것은 어머니(여인들)의 정성과 사랑이라는 것을 강조하려는 작가의 주관에 치우친 탓이다. 주제가 선명한 것은 좋으나 후반부에서 문학적 형상화를 획득하지 못한 점이 못내 아쉽다.

짧은 울림, 긴 여운

－윤오영의 〈달밤〉 조명

달밤

윤오영尹五榮(1907-1978) 수필집 《고독의 반추》 《방망이 깎던 노인》

내가 잠시 낙향해서 있었을 때의 일.

어느 날 밤이었다. 달이 몹시 밝았다. 서울서 이사 온 윗마을 김군을 찾아갔다. 대문은 깊이 잠겨 있고 주위는 고요했다. 나는 밖에서 혼자 머뭇거리다가 대문을 흔들지 않고 그대로 돌아섰다.

맞은편 집 사랑 툇마루에 웬 노인이 한 분 책상다리를 하고 앉아서 달을 보고 있었다. 나는 걸음을 그리로 옮겼다. 그는 내가 가까이 가도 별 관심을 보이지 아니했다.

"좀 쉬어 가겠습니다." 하며 걸터앉았다. 그는 이웃 사람이 아닌 것을 알자,

"아랫마을서 오셨소?" 하고 물었다.

"네, 달이 하도 밝기에…"

"음, 참 밝소" 허연 수염을 쓰다듬었다. 두 사람은 각각 말이 없었다. 푸른 하늘은 먼 마을에 덮여 있고, 뜰은 달빛에 젖어 있었다.

노인이 방으로 들어가더니, 안으로 통한 문소리가 나고, 얼마 후에 다시 문소리가 들리더니, 노인은 방에서 상을 들고 나왔다. 소반에는 무청김치 한 그릇, 막걸리 두 사발이 놓여 있었다.

"마침 잘 됐소. 농주 두 사발이 남았더니…." 하고 권하며, 스스로 한 사발을 쭉 들이켰다. 나는 그런 큰 사발의 술을 먹어 본 적은 일찍이 없었지만 그 노인이 마시는 바람에 따라 마셔 버렸다.

이윽고,

"살펴 가우." 하는 노인의 인사를 들으며 내려왔다. 얼마쯤 내려오다 돌아보니, 노인은 그대로 앉아 있었다.

－ ≪고독의 반추(1974)≫에 수록

우리의 전통악기 중에 징이 있다. 사물놀이 등의 민속음악을 합주할 때 쓰이는 금부金部 체명악기體鳴樂器의 하나로 곡의 박자를 담당한다. 모양은 꽹과리와 같으나 훨씬 크고 채는 날렵한 꽹과리의 그것과 달리 손아귀에 차는 나무 막대기 끝부분에 짚이나 헝겊으로 두툼하게 감아 뭉뚝하다. 칠 때에 징채가 징 중앙에 정확하게 맞아야 맑으면서 긴 여운을 남기는 소리를 낼 수 있다.

징은 꽹과리와 달리 현란한 기교를 부리지 않고 리듬에 맞추어 정확한 마디마디를 짚어 뚜벅뚜벅 치면 된다. 그렇다고 강약이나 속도를 무시하고 아무 때나 마구잡이로 쳐서는 안 된다. 가락의 맥을 정확히 짚어 전체의 조화를 이끌어가야 하는 것이다. 단 한 번이라도 치지 말아야 할 때 치거나 쳐야 할 때 치지 않거나 소리의 강약을 맞추지 않으면 합주 전체를 망쳐버리는 결과를 가져오고 만다.

수필도 징소리와 같다. 체험에서 얻은 생각과 느낌을 마구잡이로 쓴 것은 수필이 아니다. 생각과 느낌을 철학에 접목시켜 간결하고 선명하게 씀으로써 멀리서 들리는 징소리와 같은 여운을 자아낼 수 있을 때 비로소 수필의 자격을 취득한다. 그 울림에는 개인적 체험에 철학적 사유가 용해되어 있어야 하며, 가슴을 거쳐 심장 깊은 곳에까지 스며들 수 있어야 한다. 그래야 좋은 수필이 된다.

윤오영의 〈달밤〉은 전문이 200자 원고용지 4장 정도의 아주 짧은 수필이다. 짧으면서도 어디 한 군데를 더하거나 뺀다면 작품 전체가 무너지는 그런 완벽에 가까운 구조를 갖추었다. 그래서 아귀 잘 맞은 틀과 같은 안정감을 준다. 헐겁거나 빈틈을 주지 않아 안락감을 준다. 내면에 흐르는 정서는 시적 서정이며 표면에 드러낸 문장은 소설적 묘사이다. 시적 서정과 소설적 묘사가 우리의 전통에 맞닿아 있어 읽는 이의 내면에 바로 스며든다. 그래서 징소리 같은 여운을 준다.

우선 이 수필은 작중 시간이 짧다. 길어야 삼십 분쯤 될까? 작가는 그동안의 체험을 아주 간결하게 써 놓았다. 체험이라야 무슨 특별한 것도 아니다.

지리적 배경은 고향 곧 시골이며 시간적 배경은 밤, 달이 밝은 밤이다. 귀향하여 아랫마을에 살고 있는 후배를 찾아 간다. 아마 무슨 긴요한 용건이 있어서일 수도 있고, 시골에서 지내기가 답답해서일 수도 있고, 달이 하도 밝아서일 수도 있다.

내가 잠시 낙향해서 있었을 때 일.

서두의 첫 문장이다. 서두를 서술어의 서술격 조사마저 생략해버린 간결한 문장 하나로 표현하고 만다. 이러한 생략을 통한 압축은 중국의 한시나 우리의 옛시조에서 비롯된 것이다.

재 너머 성 권농勸農 집에 술 익단 말 어제 듣고
누운 소 발로 박차 언치 놓아 지즐 타고
아이야, 네 권농 계시냐 정좌수鄭座首 왔다 하여라.

송강松江은 이 시조에서 시간과 공간을 아주 자연스럽게 생략하고 있다. 소를 타고 재 너머 성 권농 집에 가기까지의 시간과 공간을 감쪽같이 지워버린 것이다. 그렇게 함으로써 시적 자아詩的自我 곧 정좌수의 친구를 찾아가는 다급한 심경을 선명하게 드러내고 있다.
〈달밤〉에서는 첫 문장뿐 아니라 단락과 단락 사이에는 시간 또는 시간과 공간이 생략되어 있다. 생략을 통해 간결미를 획득하면서 그 간결함에서 압축의 묘미를 살리고 있다. 외형상 짧은 글 속에 긴 이야기를 담아 놓은 것이다.

어느 날 밤이었다. 달이 몹시 밝았다. 서울서 이사 온 윗마을 김군을 찾아갔다. 대문은 깊이 잠겨 있고 주위는 고요했다. 나는 밖에서 혼자 머뭇거리다가 대문을 흔들지 않고 그대로 돌아섰다.

달밤의 정취는 착 가라앉는 느낌이다. 그 정취는 고요와 통한다. 그래서 '대문은 깊이 잠겨' 있는 것이며, 그 고요를 깨뜨릴 수가 없어 '대문을 흔들지 않고 그대로' 돌아서는 것이다. 이런 표현은 동양인이 아니고는 흉내낼 수 없다. 이는 간결미와도 통한다.

맞은편 집 사랑 툇마루엔 웬 노인 한 분이 책상다리를 하고 앉아서 달을 보고 있었다. 나는 걸음을 그리로 옮겼다. 그는 내가 가까이 가도 별 관심을 보이지 아니했다.
"좀 쉬어가겠습니다." 하며 걸터앉았다. 그는 이웃 사람이 아닌 것을 알자
"아랫마을서 오셨소?" 하고 물었다.
"네. 달이 하도 밝기에…."
"음! 참 밝소" 허연 수염을 쓰다듬었다.

화자는 맞은편 집 툇마루에 책상다리를 하고 앉아 달을 보고 있는 수염이 허연 노인을 발견하고 그리로 간다. 두 사람이 만나는 데는 대문이 없다. 달밤의 정서를 공유하고 있기 때문이다. 이러한 집단 무의식의 발로는 남녀노소 간의 차이가 없다. 전통문화를 공유한 집단에서는 극히 자연스러운 현상이다. 그래서 초면이며 나이 차가 있는 두 사람이 스스럼없이 함께 앉아 달을 볼 수가 있다. 그리고 두 사람이 주고받는 몇 마디 대화는 대화로서의 별다른 의미가 없다. 희곡이나 소설에서와 같은 긴장감 조성이나 전개나 전환의 기능을 갖

지 못한다. 그저 정서의 공유를 확인하고 있을 뿐이다.

두 사람은 각각 말이 없었다. 푸른 하늘은 먼 마을에 덮여 있고, 뜰은 달빛에 젖어 있었다.

그러나 여기 한 폭 수묵화水墨畵에 이르면 이야기는 달라진다. 두 사람의 별 의미 없는 대화도 이 수묵화 속에 녹아드는 것이다. 원근遠近이 선명한 이 수묵화 속에 두 사람의 대화는 오히려 정밀감靜謐感을 조장한다.

노인이 방으로 들어가더니 안으로 통한 문소리가 나고 얼마 후에 다시 문소리가 들리더니, 노인은 방에서 상을 들고 나왔다. 소반에는 무청김치 한 그릇, 막걸리 두 사발이 놓여 있었다.
"마침 잘됐소, 농주農酒 두 사발이 남았더니…"하고 권하며, 스스로 한 사발을 쭉 들이켰다. 나는 그런 큰 사발의 술을 먹어본 적은 일찍이 없었지만, 그 노인이 마시는 바람에 따라 마셔 버렸다.

노인이 방에 들어가 술상을 봐 나오는 과정을 문소리로 축약해 놓고 있다. 이 문소리 역시 수묵화에 녹아들어 정밀감을 조장한다.
그런데 만약 노인의 이 술상이 없었다면 이 글은 한 폭의 동양화를 그려 보이는 것으로 끝났을 것이다. 작가가 여기에 부여하려 한 것은 동양적 정취에 우리의 전통적인 인정을 더하려 한 것이다. 막걸리는 서로 마음이 통하는 사람들끼리 허물없이 나누어 마시는 우리의 민속주이다. 무청김치 또한 막걸리 안주로 제격인 우리의 전통적인 찬饌이다. 도시에서 생활하는 화자가 노인을 따라 큰 사발의 막걸리를 단숨에 마시는 장면은 합일슴—이다. 여기에 이르러 〈달밤〉은 동양적 정서에서 한국적 정서로 구체화된다.

이윽고
"살펴가우." 하는 노인의 인사를 들으며 내려왔다. 얼마쯤 내려오다 돌아보니, 노인은 그대로 앉아 있었다.

이 수필의 주 제재는 노인이다. 노인은 우리의 전통적인 정취를 일상화하는 인물이며 화자는 이 노인을 통해 그것을 체득하는 인물이다. 그러나 이 두 인물을 아우르는 것은 역시 달이다. 그래서 화자를 보낸 뒤에도 노인은 그대로 앉아 달을 보고 있다. 노인에게서 화자에게 전이된 이 전통적인 정취가 독자에게 이어짐으로써 〈달밤〉은 보편성을 획득하게 된 것이다.

작중 시간이 아주 짧고 제시된 화제도 단순한 이 수필이 독자에게 길고 깊은 여운을 주는 것은 표현기법의 문제이기도 하지만 그보다 더 큰 까닭은 작가와 독자 간의 문화적 동질감 때문이다. 이는 마치 징소리를 들을 때의 정서와 같다. 아무런 기교도 부리지 않고 친 징이 은은한 울림으로 우리의 마음에 긴 여운을 주 듯, 〈달밤〉 역시 짧고 담담한 수필이면서 우리의 마음에 길고 깊은 여운을 준다.

도시 오염을 지우는 묘약

-박연구의 〈어항 속의 도시〉 조명

어항 속의 도시

박연구朴演求(1934-2003) 수필집 ≪바보네 가게≫ ≪햇볕이 그리운 시절≫ 등

    고일高一 짜리 딸아이가 창경원 연못에서 한 시간에 이백 원을 주고 낚시를 하여 잡아온 붕어 다섯 마리를 어항 속에 넣었더니 제멋대로 유영游泳, 곡예를 부려서 미상불 없는 것보다 낫다고 생각되었다. 돈이 들고 기술이 따라야 하는 열대어 같은 건 길러 볼 생각도 하지 않았지만, 어디에서나 손쉽게 잡히는 담수어淡水魚인 붕어쯤 하등 신경 쓸 일도 아니어서 아이들이 하는 대로 내버려 두었다. 마침 앞집에 우물이 있어서 딸들이 다투어 물을 갈아주곤 해서 고기가 팔팔하게 잘 살았다. 그런데, 어느 날 아침 일어나서 보니 그중 큰 놈 두 마리가 죽어서 떴다. 이유를 알고 보니, 아이 할아버지가 모르고 수돗물을 갈아준 탓이었다. 딸아이들이 할아버지를 원망하였다. 할아버지는 의아스럽게 생각되는 모양인지 고기도 죽는 독약 같은 물을 우리가 마시고 산 것이 아니냐고 오히려 반문을 하시었다.

    그 다음에도 아이들은 열심히 우물물을 갈아주곤 했다. 세 마리가 얼마

동안 잘 살아 있어서 그 후로는 어항 사정에 대해서는 알아보지도 않고 그냥 보냈는데, 또 두 마리가 죽고 한 마리만 외롭게 남아 힘없이 유영을 계속하고 있었다. 나는 물을 갈아준 지가 오래 되었기 때문에 죽은 것으로 단정을 하고 남은 한 마리마저 죽일 것 같아 그 자리에서 당장 새 물로 바꿔 주라고 야단을 쳤지만, 아무래도 우리 아이들 정성으로는 붕어를 기르지 못할 것 같았다. 금붕어나 열대어도 아닌 시시한 물고기라고 해서 관심이 시들해진 탓이 아닌가 싶다.

물을 새로 갈아주었을 때는 유난히 아가미를 벌름거리며 활발하게 헤엄을 치다가도 시간이 갈수록 동작이 느려지는 것을 볼 수 있다. 어쩌다 물을 갈아주는 것을 잊어 버렸을 때는 조금 충충해진 물속에서 붕어가 몹시 피로하게 보인다. 마치 탁한 공기로 해서 질식할 지경인 인간의 모습과 같다고나 할까.

내가 살고 있는 마을은 같은 서울의 지붕 밑이면서도 별로 공해를 느껴 보지 못할 만큼 공기가 맑다. 시내에서 멀리 떨어져 나온 동네여서 주위에 숲이 있고 새소리가 끊이지 않아 자연 동산이나 마찬가지다. 까치가 지저귀고 참새가 출근길을 전송해 주는 골목길을 걸어 나올 때는 발걸음이 가볍다. 버스를 탈 때까지만 해도 하루 일과를 문제없이 해치울 것 같은 의욕이 솟는다. 그런데, 막상 시내 쪽으로 달리면서 정류소마다 사람을 주워 싣고 박석고개를 넘어서면 사정이 달라진다. 차 안은 출근하는 사람들로 만원이 되고 차도엔 차량이 붐비게 마련인데 스컹크처럼 꽁무니에서 내뱉는 매연으로 해서 서서히 골치가 아파지기 시작한다. ─녹번동을 지나 산골 고개를 넘으면 하늘의 색깔부터가 달라진다. 갈수록 짙은 매연

속을 달리게 되는 셈이니 마치 포연砲煙이 자욱한 적진을 향해서 진격을 감행하고 있는 것에 방불할 만큼 긴장이 된다. 빅톨 위고의 말이 아니더라도 이 세상 살아간다는 게 곧 전쟁과 같다고 할 수 있지만, 호흡기가 약한 나로서는 정말 비장한 각오가 없고는 곤란하다.

버스에서 내려서도 사무실까지는 한참을 걸어야만 된다. 무슨 행사가 있는 거리처럼 항상 사람들의 물결이 넘실대는 길을 헤쳐 나가려면 스스로가 걷고 있다고 생각되지 않고 사람들의 물결에 떠밀려 가고 있는 거나 마찬가지다. 누구의 글에서도 읽었거니와 사무실에 당도하면 마치 강을 헤엄쳐 저쪽 언덕에 간신히 당도한 것처럼 일을 시작하기도 전에 지쳐버리고 만다.

창밖을 내다보아야 건너편 빌딩의 콘크리트 벽뿐 눈은 여전히 피로하기만 하다. 잠깐 다방에라도 앉았다 오면 기분전환이 될까 하고 다방 문을 밀치고 들어서면 시끄러운 음악이 귀를 따갑게 한다. 전축소리를 좀 줄이라고 하면 못들은 척하기가 일쑤다. 내가 불연자不煙者여서 그런지는 몰라도 다방 같은 데서도 나이 어린 사람이 태연하게 담배를 피우고 앉아 있는 걸 보면 눈살이 찌푸려진다. 환기 시설도 잘 안 된데다가 굴뚝 연기처럼 뿜어대는 담배연기로 해서 나는 오래 앉아 있을 수가 없다. 마치 우리 집 어항 속에 남은 붕어처럼 지쳐 버리고 만다.

돌아가신 신석정辛夕汀 시인의 일화逸話가 생각난다. 언젠가 상경을 했을 때 어느 분이 서울 와보니 소감이 어떠하냐고 묻자, "서울에 오니까 공기가 보인다."고 대꾸하더라는 얘기는 유명하다. 보이는 공기를 안 보이는 공기하고 이따금 환기할 수는 없는 것인지 모르겠다.

하루의 일과를 마치고 집으로 돌아가는 버스에 오르면 몸뚱이는 파김치처럼 지쳐 있으나 마음은 그래도 고비 하나를 극복한 것 같은 후련함을 느끼기도 한다. 어쩌다 친구와 만나 맥주라도 몇 잔 들이켠 후면 더욱 그러한 생각을 갖게 된다. 독립문을 지나 무악재를 넘어서면 차창 안으로 스며드는 공기의 맛이 달라진다. 점점 우리 동네가 가까워질수록 사이다맛처럼 상쾌하다. 새 물로 바뀐 어항 속의 붕어처럼 콧구멍을 벌름거리며 북한산의 솔바람을 호흡하게 되면 나는 생활전선에서 개선하고 돌아온 것 같은 착각을 즐길 수 있어서 좋다.

집에 들어서면 막내가 된 세 살짜리 아들아이가 나를 제일 반겨 준다. 이놈의 재롱을 보고 있으면 마냥 즐겁기만 하다. 귀여운 자식들은 어버이 눈에 비타민과 같다고나 할까. 그날의 피로가 가셔지고 내일의 생활전선에 활력이 되어 주었다.

- ≪어항 속의 도시(1976)≫에 수록

기계문명의 발달로 인해 인간생활은 괄목할 만한 변화를 가져왔다. 대량 생산으로 손쉽게 구해 쓸 수 있는 생활용품은 인간의 노역을 감소시켰으며, 쉽게 이용할 수 있는 교통수단과 통신 수단은 지구촌이라는 말이 생길 정도로 거리감을 줄여놓았다. 참으로 살기 편한 세상이 된 것이다.

그러나 이로 인한 폐해는 인간의 삶을 위협하고 있다. 〈어항 속의 도시〉는 이러한 산업사회가 가져다준 위험성에 초점을 맞추고 있다.

고일高一짜리 딸아이가 창경원 연못에서 한 시간에 이백 원을 주고 낚시를 하여 잡아온 붕어 다섯 마리를 어항 속에 넣었더니 제멋대로 유영游泳, 곡예를 부려서 미상불 없는 것보다 낫다고 생각되었다. 돈이 들고 기술이 따라야 하는 열대어 같은 건 길러 볼 생각도 하지 않았지만, 어디에서나 손쉽게 잡히는 담수어淡水魚인 붕어쯤 하등 신경 쓸 일도 아니어서 아이들이 하는 대로 내버려 두었다. 마침 앞집에 우물이 있어서 딸들이 다투어 물을 갈아주곤 해서 고기가 팔팔하게 잘 살았다. 그런데, 어느 날 아침 일어나서 보니 그 중 큰놈 두 마리가 죽어서 떴다. 이유를 알고 보니, 아이 할아버지가 모르고 수돗물을 갈아준 탓이었다. 딸아이들이 할아버지를 원망하였다. 할아버지는 의아스럽게 생각되는 모양인지 고기도 죽는 독약 같은 물을 우리가 마시고 산 것이 아니냐고 오히려 반문을 하시었다.

　　붕어는 우리나라 어딜 가도 쉽게 만날 수 있는 하천이나 저수지에서 많이 사는 담수어이다. 사는 환경을 그다지 가리지 않아 수질이 좋지 않은 곳에서도 잘 산다. 딸아이는 잡아온 붕어 다섯 마리를 어항에 넣어 기르기 시작했다. 앞집 우물에서 물을 길어다가 갈아주어 팔팔하게 잘 살았다. 그러데 어느 날 아침에 보니 그중 큰 놈 두 마리가 죽어 떠 있었다. 아이 할아버지가 갈아준 수돗물 탓이었다. 할아버지는 의아해한다. 붕어가 죽는 독약 같은 수돗물을 사람이 마시고 산다는 게 이해가 되지 않아서다.
　　화자는 우물물과 수돗물의 대조를 통하여 물고기인 붕어의 생과

사가 갈라지는 현상을 공기를 마시고 사는 사람의 생과 사에까지 확대시키려 하고 있다.

그 다음에도 아이들은 열심히 우물물을 갈아주곤 했다. 세 마리가 얼마 동안 잘 살아 있어서 그 후로는 어항 사정에 대해서는 알아보지도 않고 그냥 보냈는데, 또 두 마리가 죽고 한 마리만 외롭게 남아 힘없이 유영을 계속하고 있었다. 나는 물을 갈아준 지가 오래 되었기 때문에 죽은 것으로 단정을 하고 남은 한 마리마저 죽일 것 같아 그 자리에서 당장 새 물로 바꿔 주라고 야단을 쳤지만, 아무래도 우리 아이들 정성으로는 붕어를 기르지 못할 것 같았다. 금붕어나 열대어도 아닌 시시한 물고기라고 해서 관심이 시들해진 탓이 아닌가 싶다.

어항 속에서 잘 살고 있는 붕어에 대한 관심을 끊고 지내던 어느 날 또 두 마리가 죽고 말았다. 어떤 대상에 대한 인간의 관심은 지속적이지 못하다. 어항의 물고기가 관상용 열대어였다 하더라도 시간이 지날수록 관심은 시들해진다. 화자로부터 야단을 맞은 처음에는 아이들이 우물물을 자주 갈아주겠지만 그 정성도 오래가진 못한 탓이다.

물을 새로 갈아주었을 때는 유난히 아가미를 벌름거리며 활발하게 헤엄을 치다가도 시간이 갈수록 동작이 느려지는 것을 볼 수 있다. 어쩌다 물을 갈아주는 것을 잊어 버렸을 때는 조금 충충해진 물속에서 붕어가 몹시 피로하게 보인다. 마치 탁한 공기로 해서 질식할 지경인 인간의 모습과 같다고나 할까.

화자는 어항 속 물고기가 갈수록 동작이 느려지고 흐린 물속에서 몹시 피로해 보이는 현상을 탁한 공기로 인하여 질식할 지경인 사람의 모습에 견주고 있다. 어항 속에 사는 물고기에서 서울에 사는 사람들로 확대시켜 주제와 연결하고 있다.

내가 살고 있는 마을은 같은 서울의 지붕 밑이면서도 별로 공해를 느껴 보지 못할 만큼 공기가 맑다. 시내에서 멀리 떨어져 나온 동네여서 주위에 숲이 있고 새소리가 끊이지 않아 자연 동산이나 마찬가지다. 까치가 지저귀고 참새가 출근길을 전송해 주는 골목길을 걸어 나올 때는 발걸음이 가볍다. 버스를 탈 때까지만 해도 하루 일과를 문제없이 해치울 것 같은 의욕이 솟는다. 그런데, 막상 시내 쪽으로 달리면서 정류소마다 사람을 주워 싣고 박석고개를 넘어서면 사정이 달라진다. 차 안은 출근하는 사람들로 만원이 되고 차도엔 차량이 붐비게 마련인데 스컹크처럼 꽁무니에서 내뱉는 매연으로 해서 서서히 골치가 아파지기 시작한다. 녹번동을 지나 산골 고개를 넘으면 하늘의 색깔부터가 달라진다. 갈수록 짙은 매연 속을 달리게 되는 셈이니 마치 포연砲煙이 자욱한 적진을 향해서 진격을 감행하고 있는 것에 방불할 만큼 긴장이 된다. 빅톨 위고의 말이 아니더라도 이 세상 살아간다는 게 곧 전쟁과 같다고 할 수 있지만, 호흡기가 약한 나로서는 정말 비장한 각오가 없고는 곤란하다.

화자는 행정구역으로는 서울이지만 시내에서 멀리 떨어져 아직 시골 풍광을 잃지 않은 동네에서 살고 있다. 출근하기 위해 버스를 탈 때까지도 하루 일과를 문제없이 해치울 수 있다는 의욕이 솟구친다. 일테면 어항에 우물물을 부어주었을 때 팔팔하던 붕어와 같다. 그런데 서울에 가까워질수록 머리가 아파온다. 그러다가 시내에 들어서면 호흡기가 약한 화자로서는 비장한 각오를 해야 할 정도로 곤란하다.

시골에서 자연을 호흡하며 사는 편안함과 기계문명의 결집체인 대도시에서 호흡하며 사는 곤란을 형상화하고 있다.

버스에서 내려서도 사무실까지는 한참을 걸어야만 된다. 무슨 행사가 있는 거리처럼 항상 사람들의 물결이 넘실대는 길을 헤쳐 나가려면 스스로가 걷고 있다고 생각되지 않고 사람들의 물결에 떠밀려 가고 있는 거나 마찬가지다. 누구의 글에서도 읽었거니와 사무실에 당도하면 마치 강을 헤엄쳐 저쪽 언덕에 간신히 당도한 것처럼 일을 시작하기도 전에 지쳐버리고 만다.

서울(대도시)의 공기는 오염되어 있다. 사람과 건물이 밀집되어 있는 데서 야기된 현상이다. 그 속에서 인파에 떠밀려 가는 걸음. 서울은 마치 붕어가 헤엄치는 어항 속과 같다. 버스에서 내려 한참 걸어 사무실에 당도하고 나면 일을 시작하기도 전에 지쳐버린다.

창밖을 내다보아야 건너편 빌딩의 콘크리트 벽뿐 눈은 여전히 피로하기만 하다. 잠깐 다방에라도 앉았다 오면 기분전환이 될까 하고 다방 문을 밀치고 들어서면 시끄러운 음악이 귀를 따갑게 한다. 전축소리를 좀 줄이라고 하면 못들은 척하기가 일쑤다. 내가 불연자不煙者여서 그런지는 몰라도 다방 같은 데서도 나이 어린 사람이 태연하게 담배를 피우고 앉아 있는 걸 보면 눈살이 찌푸려진다. 환기 시설도 잘 안 된데다가 굴뚝 연기처럼 뿜어대는 담배연기로 해서 나는 오래 앉아 있을 수가 없다. 마치 우리 집 어항 속에 남은 붕어처럼 지쳐 버리고 만다.

돌아가신 신석정辛夕汀 시인의 일화逸話가 생각난다. 언젠가 상경을 했을 때 어느 분이 서울 와보니 소감이 어떠하냐고 묻자, "서울에 오니까 공기가 보인다."고 대꾸하더라는 얘기는 유명하다. 보이는 공기를 안 보이는 공기하고 이따금 환기할 수는 없는 것인지 모르겠다.

심신을 피로케 하는 서울 생활. 사무에 지쳐 창밖을 내다보면 푸른 나무 대신 콘크리트 벽이 눈의 피로를 가중시킨다. 기분전환을 할까 하여 다방에 들르면 시끄러운 음악과 굴뚝 연기 같은 담배연기가 가득하여 귀를 따갑게 하고, 목을 답답하게 한다. 여기서 화자는 물 갈아주는 것을 잊어 충충해진 물속에서 몹시 피로하게 보이던 어항 속 붕어를 떠올린다. 전주에 살다가 서울에 오니 공기가 보인다고 했다는 신석정 시인의 말씀은 충충한 어항 속의 물처럼 서울 공기가 오염되어 있음을 말한다.

하루의 일과를 마치고 집으로 돌아가는 버스에 오르면 몸뚱이는 파김치처럼 지쳐 있으나 마음은 그래도 고비 하나를 극복한 것 같은 후련함을 느끼기도 한다. 어쩌다 친구와 만나 맥주라도 몇 잔 들이켠 후면 더욱 그러한 생각을 갖게 된다. 독립문을 지나 무악재를 넘어서면 차창 안으로 스며드는 공기의 맛이 달라진다. 점점 우리 동네가 가까워질수록 사이다맛처럼 상쾌하다. 새 물로 바뀐 어항 속의 붕어처럼 콧구멍을 벌름거리며 북한산의 솔바람을 호흡하게 되면 나는 생활전선에서 개선하고 돌아온 것 같은 착각을 즐길 수 있어서 좋다.

서울 시내에서 콘크리트 벽과 소음과 굴뚝 연기처럼 뿜어대는 담배연기에 시달려 지칠 대로 지친 몸으로 퇴근하는 버스를 탈 때의 후련함. 이를 화자는 한 고비를 극복한 것 같다고 표현한다. 기계문명에 의해 오염된 서울이 생명을 위협하고 있음에 대한 간접적인 심리묘사이다. 서울 시내에서 벗어나 화자가 사는 집이 있는 동네에 가까워지면 새로운 샘물로 바꾼 어항 속 붕어처럼 마음껏 맑은 공기를 들이마시게 된다. 이러한 화자에게 서울 시내에서 치러야 하는 하루 일과는 포연이 자욱한 전선이요 그 전선에서 이기고 돌아온 듯한 느낌마저 든다.

집에 들어서면 막내가 된 세 살짜리 아들아이가 나를 제일 반겨 준다. 이놈의 재롱을 보고 있으면 마냥 즐겁기만 하다. 귀여운 자식들은 어버이 눈에 비타민과 같다고나 할까. 그날의 피로가 가셔지고 내일의 생활전선에 활력이 되어 주었다.

　집에서 맞아주는 세 살짜리 막내 아이의 재롱이 일상에 지친 화자
에게 내일의 생활전선에 활력소가 되어줌은 어린 막내에 대한 아버
지로서의 애정에서 비롯된다. 그러나 그뿐만이 아니다. 막내에게서
전해오는 순수성을 감지하기 때문이다. 해맑은 웃음, 꾸밈없는 말, 눈
곱만큼의 의심도 없는 행동이 오염된 공기와 일과에 따른 불신으로
가득한 서울의 벽을 허물어주기 때문이다.
　〈어항 속의 도시〉는 서울이라는 거대한 도시를 어항으로 축소시켜
어항 속의 붕어가 수돗물에 활기를 잃어가고 급기야 죽기까지 하는
현상을 통해 오염되어 가는 서울이 사람에게 끼칠 위험성을 암시하
고 있다. 이러한 현실에서 화자가 찾는 마지막 돌파구로 택한 것이
세 살짜리 막내아들이 전해주는 순수성이다. 이는 어항 속의 붕어에
게 생기를 주는 우물물과 같은 역할을 한다.

오동과 아내의 그늘에서 누리는
안빈낙도安貧樂道

-윤모촌의 〈오음실 주인梧陰室主人〉 조명

오음실 주인

윤모촌尹牟邨(1923-2005) 수필집 《서울 뻐꾸기》 《촌모씨의 하루》 등

　내 집 마당가엔 수도전水道栓이 있다. 마당이라야 손바닥만 해서 현관에서 옆집 담까지의 거리가 3미터밖에 안 된다. 그 담 밑에 수도전이 있고, 시골 우물가의 정자나무처럼 오동나무 한 그루가 그 옆에 서 있다.

　이른 봄 해토解土가 되면서부터 가을까지, 이 수돗가에서 아내는 허드렛일을 한다. 한여름에는 온종일 뙤약볕이 내려 적지 않은 고초를 겪어왔다. 좁은 뜰에 차양을 할 수도 없어서 그럭저럭 지내 오던 터에, 몇 해 전 우연히 오동나무 씨가 날아와 떨어져 두 그루가 자생하였다. 처음에는 어저귀 싹 같아서 흔하지도 않은 웬 어저귀인가 하고 뽑아 버리려다가, 풀도 귀해서 내버려 두었다. 50센티가량 자라났을 때야 비로소 오동임을 알았다.

　이듬해 봄에 줄기를 도려냈더니 2미터가량으로 자라, 한 그루는 자식놈 학교에 기념식수 감으로 들려 보냈다.

오동은 두어 번쯤 도려내야 줄기가 곧게 솟는다. 이듬해 봄에 또 도려 냈더니 3년째에는 훌쩍 솟아나서, 대인의 풍도답게 키箕만큼씩한 큰 잎으로 그늘을 드리우기 시작했다. 올해로 5년째, 그 수세는 대단해서 나무 밑에 서면 하늘이 보이지 않는다.

나무의 위치가 현관에서 꼭 2미터 반 지점에 서 있다. 잎이 무성하면 수돗가는 물론이고, 현관 안마루에까지 그늘을 드리워 여름 한철의 더위를 한결 덜어 준다. 한 가지 번거로움이 있다면, 담을 넘어 이웃으로 벋는 가지를 쳐주어야 하는 일이다. 더위가 한창인 8월에도 처서만 지나면, 가지 밑의 잎들이 떨어져 내린다. 그래서 이웃으로 벋은 가지를 쳐주어야 하는데 그럴 때마다 짐짓 오동나무가 타고난 팔자를 생각하게 된다. 바람을 타고 가던 씨가 좋은 집 뜰을 다 제쳐 놓고, 하필이면 왜 내 집 좁은 뜰에 내려와 앉았단 말인가.

한여름 낮, 아내가 수돗가에서 일을 할 때면, 오동나무 그늘에 나앉아 넌지시 얘기를 건넨다. 빈주먹인 내게로 온 아내를 오동나무에 비유하는 것이다.

"오동나무 팔자가 당신 같소, 하필이면 왜 내 집에 와 뿌리를 내렸을까?"

"그러게 말이오, 오동나무도 기박한 팔자인가 보오. 허지만 오동나무는 그늘을 만들어 남을 즐겁게 해주지, 우리는 뭐요."

"남에게 덕을 베풀지는 못해도 해는 끼치지 않고 분수대로 살아가는 것이 아니겠소."

구차한 살림 속에서 오동나무의 현덕만큼이나 드리워진 아내의 그늘을 의식한다.

이전에 함께 학교에 있었던 S 씨의 말이 나이 들수록 가슴으로 젖어든다. 고된 일과를 마치고 막걸리 잔을 나누던 자리에서, 그는 찌든 가사 얘기 끝에 아내의 고마움을 새삼스레 느낀다고 하였다. 여러 자녀를 데리고 곤히 잠들고 있는 주름진 아내를 밤늦게 책상머리에서 내려다보면 미안한 마음뿐이더라고 했다. 나잇살이나 먹으니 내조가 어떤 것인가를 알겠더라며 그는 헤식게 웃었다. 진솔한 그의 고백이 가슴에 와 닿는 게 있어, 점두를 했던 일이 오래 전 일이건만 어제 일 같다.

언젠가 충무로를 걷다가, 길가에 앉아 신기료장수에게 구두를 고치고 있는 중년 여인을 본 일이 있다. 그 여인상이 머리에서 지워지질 않는다. 거리에서 구두를 고치던 중년이 돋보이는 내 나이·생활이란 것이 무엇인가를 조금은 알 듯하다. 내게로 온 이래 손톱 치장 한번 한 일 없이 푸른 세월을 다 보낸 아내를 보면, 살아가는 길이 우연처럼 생각된다. 세사世事는 무릇 인연으로 맺어지는 것이라 하던가, 남남끼리 만나 분수대로 인생을 가는 길목에, 오동나무 씨가 날아와 반려가 된 것도 그런 것이라 할까.

좁은 뜰에 나무의 성장이 너무 겁이 나서 가지 끝을 잘라 주었다. 여남은 자 가량으로 키는 머물렀지만, 돋아나온 지엽이 또 무성해서 지붕을 덮는다. 이 오동의 천수는 예측할 수 없고, 내가 이 집에 머무는 한은 그늘 덕을 입게 될 것이다. 이사를 하게 되면 벨 생각이지만, 오동은 벨수록 움이 나와 다음 주인에게도 음덕을 베풀 것이다.

요새 사람들은 이재理財에 밝아 오동을 심지만, 선인들은 풍류로 오동을 심었다. 잎이 푸를 때는 그늘이 좋고, 낙엽이 지면 빈 가지에 걸리는 달이 좋다. 여름엔 비 듣는 소리가 정감을 돋우고, 가을밤엔 잎 떨어지는 소리가 심금을 울린다. 오엽梧葉에 지는 빗소리는 미상불 마음에 스민다. 병자호란 때 강화성이 떨어지자 자폭한 김상용 그분은, 다시는 잎 넓은 나무를 심지 않겠다 하고, 오엽에 지는 빗소리에 상심傷心과 장한長恨을 달랬다 한다.

달은 허공에 떠 있는 것보다 나뭇가지에 걸렸을 때가 더 감흥을 돋운다 하였지만, 현관문을 나서면 나뭇가지에 와서 걸린 달이 바로 이마에 와 닿는다. 빌딩가에 걸린 달은, 도심의 소음 너머로 플라스틱 바가지처럼 보이지만, 내 집 오동나무에 와 걸리면 신화와 동화의 달로 되돌아간다. 그리고 소녀의 감동만큼이나 서정의 초원을 펼쳐 주고, 어린 시절의 고향을 불러다 준다.

선조 때 문신에 오음이라고 호를 가진 분이 있다. 그의 아우 월정과 더불어 당대의 명신으로 불리던 분이다. 호는 인생관이나 취향에 따라 짓는 것이라 하지만, 아우 되는 분의 월정에선 재기가 번득이고 감상적이며, 맑고 가벼운 감이 있으나, 오음에서는 중후重厚하고 소박素朴하고 현묵玄默함을 느끼게 한다. 두 분의 성품이 그랬는지는 알 수 없으나 오음 쪽이 깊은 맛이 난다. 내 집 오동나무의 그늘을 따서 나도 오음실 주인쯤으로 당호를 삼고 싶지만 명현의 이름이나 호는 함부로 따 쓰는 법이 아니라고 한 할아버지의 지난날 말씀이 걸려 선뜻 결단을 못하고 있다.

처서處暑까지 오동은 성장을 계속해서, 녹음은 한껏 여물고 짙어진다. 음력 7월을 오추梧秋 또는 오월梧月이라고 부르는 뜻을 알 만하다. 예부터 오동은 거문고와 가구재로 애용되고 있는 것은 누구나가 알고 있는 일이다. 편지에 쓰이는 안하案下니 하는 글자 외에도, 책상 옆이라는 뜻으로 오우梧右 혹은 오하梧下라고 쓰는 것을 보면, 선인들은 으레 책상을 오동으로 짠 것 같다. 동재가 마련될 때는 친구에게도 나누어서 필통도 깎고 간찰簡札꽂이도 만들어 볼까 한다.

무료하면 오동나무를 쳐다보게 되고, 그럴 때마다 찌든 내 집에 와 뿌리를 내린 오동나무가 그저 고맙기만 하다.

— 1979년 ≪한국일보≫ 신춘문예 당선작

오동梧桐은 동양적인 나무다. 중국과 한국, 일본 등의 온난한 지방에서 자라는 활엽교목으로 선인先人들로부터 귀한 대접을 받았다. 명나라 사람 왕상진王象潛은 그가 쓴 식물 백과사전으로 알려진 군방보群芳譜에서,

皮靑如翠 (표피의 푸름은 비취 같고)

葉缺如花 (잎의 결은 꽃 같다.)

姸雅花淨 (아름답고 우아하고 정결하니)

賞心悅目 (완상하는 마음과 눈이 즐겁다.)

라 하여 오동의 외형과 그가 주는 이미지를 찬讚하였다.

또 옛사람들은 오동을 봉황이 깃드는 상서로운 나무라 생각했다. 퇴계退溪 이황李滉의 제자 학봉鶴峰 김성일金誠一은 도산서원陶山書院을 찾아,

千忍鳳凰何處去(고매하신 스승님은 어디로 가셨습니까.)

碧梧靑竹自年年(벽오동과 청죽은 해마다 자라는데.)

라 써 스승을 봉황, 오동을 봉황이 깃드는 나무로 표현함으로써 오동을 고매한 인품을 갖춘 선비가 거처하는 곳으로 표현했다.

그래서 윤모촌尹牟邨의 〈오음실 주인〉의 오음실梧陰室은 동양적인 고매한 인품을 갖추었거나 갖추고 싶은 이가 사는 집이다.

내 집 마당가엔 수도전水道栓이 있다. 마당이라야 손바닥만 해서 현관에서 옆집 담까지의 거리가 3미터밖에 안 된다. 그 담 밑에 수도전이 있고, 시골 우물가의 정자나무처럼 오동나무 한 그루가 그 옆에 서 있다.

〈오음실 주인〉의 서두로서 도시의 작은 집, 그 마당에 커다란 오동나무 한 그루가 있는 배경을 제시하고 있다. 도시의 좁은 마당 수도전 옆에 시골 우물가 정자나무처럼 서 있는 오동나무. 퍽 옹색해 보이는 풍경을 제시하여 글의 주제를 암시했다.

이른 봄 해토解土가 되면서부터 가을까지, 이 수돗가에서 아내는 허드렛일을 한다. 한여름에는 온종일 뙤약볕이 내려 적지 않은 고초를 겪어왔다. 좁은 뜰에 차양을 할 수도 없어서 그럭저럭 지내 오던 터에, 몇 해 전 우연히 오동나무 씨가 날아와 떨어져 두 그루가 자생하였다. 처음에는 어저귀 싹 같아서 흔하지도 않은 웬 어저귀인가 하고 뽑아 버리려다가,

풀도 귀해서 내버려 두었다. 50센티가량 자라났을 때야 비로소 오동임을
알았다.

오동나무가 들어와 그늘을 드리우기 전 아내가 겪었던 고초와 마
당 수돗가에 오동이 자생하게 된 내력이다. 그러니까 오동나무는 어
디서 가져다가 심은 것이 아니라 우연히 씨가 날아와 자생한 것이다.
도시의 좁은 집 울안에 활엽교목인 오동나무는 영 어울리지 않는다.
싹이 텄을 때에는 무슨 잡초인 줄 알고 뽑아 버리려 했으나 삭막한
도시생활에 풀도 귀해 내버려 두었더니 그게 오동이었다는 것이다.
　아내가 겪는 고초를 안타까워하는 화자의 내심과 도시에 살면서도
도시생활에 적응하지 못하는 화자의 심성이 얼비치는 대목이다.

　이듬해 봄에 줄기를 도려냈더니 2미터가량으로 자라, 한 그루는 자식
놈 학교에 기념식수 감으로 들려 보냈다.
　오동은 두어 번쯤 도려내야 줄기가 곧게 솟는다. 이듬해 봄에 또 도려
냈더니 3년째에는 훌쩍 솟아나서, 대인의 풍도답게 키箕만큼씩 한 큰 잎으
로 그늘을 드리우기 시작했다. 올해로 5년째, 그 수세는 대단해서 나무
밑에 서면 하늘이 보이지 않는다.

겉으로는 오동나무의 성장과 그 수세樹勢를 제시했으나, 화자의 속
내는 오동이 베푸는 덕을 드러내려는 데 있다. 자랄수록 그늘이 넓고
짙어져 차양 노릇을 하여 시원함을 선사할 뿐 아니라 도시에 살면서

도 시골의 정취를 맛보게 하는 오동의 덕.

나무의 위치가 현관에서 꼭 2미터 반 지점에 서 있다. 잎이 무성하면 수돗가는 물론이고, 현관 안마루에까지 그늘을 드리워 여름 한철의 더위를 한결 덜어 준다. 한 가지 번거로움이 있다면, 담을 넘어 이웃으로 벋는 가지를 쳐주어야 하는 일이다. 더위가 한창인 8월에도 처서만 지나면, 가지 밑의 잎들이 떨어져 내린다. 그래서 이웃으로 벋은 가지를 쳐주어야 하는데 그럴 때마다 짐짓 오동나무가 타고난 팔자를 생각하게 된다. 바람을 타고 가던 씨가 좋은 집 뜰을 다 제쳐 놓고, 하필이면 왜 내 집 좁은 뜰에 내려와 앉았단 말인가.

수돗가는 주로 아내가 일을 하는 곳이요, 현관 안마루는 식구들이 휴식을 취하는 곳이다. 오동이 드리운 짙은 그늘이 화자네 집안에 베푸는 덕을 구체화했다. 그러나 오동잎들이 떨어져 내릴 때에는 이웃으로 벋은 가지를 쳐주어야 하는 번거로움이 있다. 이런 번거로움이 어찌 화자에 국한하겠는가. 야외의 언덕이나 대저택의 마당이었다면 가지를 잘리는 고통 없이 맘껏 활개 펴고 살았을 텐데. 하필 내 좁은 집 마당에 내려앉은 것을 오동나무의 팔자라 하여 의인화하고 있다. 그것도 설의법을 써 강조하고 있다.

한여름 낮, 아내가 수돗가에서 일을 할 때면, 오동나무 그늘에 나앉아 넌지시 얘기를 건넨다. 빈주먹인 내게로 온 아내를 오동나무에 비유하는 것이다.

"오동나무 팔자가 당신 같소, 하필이면 왜 내 집에 와 뿌리를 내렸을까?"

"그러게 말이오, 오동나무도 기박한 팔자인가 보오. 허지만 오동나무는 그늘을 만들어 남을 즐겁게 해주지, 우리는 뭐요."

"남에게 덕을 베풀지는 못해도 해는 끼치지 않고 분수대로 살아가는 것이 아니겠소."

구차한 살림 속에서 오동나무의 현덕만큼이나 드리워진 아내의 그늘을 의식한다.

오동나무와 아내를 동일시하고 있다. 오동나무 그늘에서 부부가 주고받는 말의 저변에는 논어論語 옹야雍也 편의 한 대목이 녹아 있다.

공자께서 말씀하기를 "賢哉, 回也! 一簞食一瓢飮, 在陋巷, 人不堪其憂, 回也, 不改其樂, 賢哉, 回也! (현명하도다. 안회여! 한 도시락의 밥을 먹고 한 표주박의 물을 마시며 누추한 동네에 사는 것을 딴 사람들은 견뎌 내지 못하는데, 안회는 안빈낙도의 자세를 변치 않으니, 현명하도다. 안회여!)" 공자님이 가난한 생활 속에서도 안빈낙도安貧樂道를 잃지 않는 제자 안회顏回를 칭찬한 대목이다.

오동나무 그늘에서 듣는 아내의 말, "남에게 덕을 베풀지는 못해도 해는 끼치지 않고 분수대로 살아가는 것이 아니겠소"는 안빈낙도를 꿈꾸며 사는 화자에게 오동나무의 현덕을 의식하게 한다.

이전에 함께 학교에 있었던 S 씨의 말이 나이 들수록 가슴으로 젖어든다. 고된 일과를 마치고 막걸리 잔을 나누던 자리에서, 그는 찌든 가사 얘기 끝에 아내의 고마움을 새삼스레 느낀다고 하였다. 여러 자녀를 데리고 곤히 잠들고 있는 주름진 아내를 밤늦게 책상머리에서 내려다보면 미안한 마음뿐이더라고 했다. 나잇살이나 먹으니 내조가 어떤 것인가를 알겠더라며 그는 헤식게 웃었다. 진솔한 그의 고백이 가슴에 와 닿는 게 있어, 점두를 했던 일이 오래전 일이건만 어제 일 같다.

'구차한 살림 속에서 오동나무의 현덕만큼이나 드리워진 아내의 그늘'을 이전 직장 동료의 고백을 빌려 구체화하고 있다. '점두를 했던 일이 오래전 일이건만 어제 일 같다.'에는 당시에 수긍이 갔던, 오래전 직장 동료가 한 말을 어제 들었던 것처럼 생생하다는, 화자의 아내에 대한 애틋한 마음의 표현이다.

언젠가 충무로를 걷다가, 길가에 앉아 신기료장수에게 구두를 고치고 있는 중년 여인을 본 일이 있다. 그 여인상이 머리에서 지워지질 않는다. 거리에서 구두를 고치던 중년이 돋보이는 내 나이·생활이란 것이 무엇인가를 조금은 알 듯하다. 내게로 온 이래 손톱 치장 한번 한 일 없이 푸른 세월을 다 보낸 아내를 보면, 살아가는 길이 우연처럼 생각된다. 세사世事는 무릇 인연으로 맺어지는 것이라 하던가, 남남끼리 만나 분수대로 인생을 가는 길목에, 오동나무 씨가 날아와 반려가 된 것도 그런 것이라 할까.

생활이란 것이 무엇인가를 알 듯한 요즈음. '빈주먹'인 화자에게 시집와 넉넉잖은 생활을 하고 있는 아내와 비좁은 화자의 마당에 날아와 옹색하게 살고 있는 오동나무─넉넉한 집안에 시집갔더라면 풍요를 누릴 수도 있는 아내, 넓은 공간에 뿌리를 내렸더라면 아무런 거리낌 없이 위용을 자랑하며 살았을 오동나무─그들이 화자와 반려가 되어 살아가는 것은 인연. 그 인연이 분수를 지키며 살아가는 화자의 삶에 시원한 그늘을 드리워 넉넉한 마음을 선사한다.

길가의 신기료장수에게 구두를 고치는 중년 부인을 내세운 화자의 의도는 빈한하나 떳떳하게 살아가는 아내를 간접적으로 묘사한 것이다.

좁은 뜰에 나무의 성장이 너무 겁이 나서 가지 끝을 잘라 주었다. 여남은 자 가량으로 키는 머물렀지만, 돋아나온 지엽이 또 무성해서 지붕을 덮는다. 이 오동의 천수는 예측할 수 없고, 내가 이 집에 머무는 한은 그늘 덕을 입게 될 것이다. 이사를 하게 되면 벨 생각이지만, 오동은 벨수록 움이 나와 다음 주인에게도 음덕을 베풀 것이다.

음덕陰德이란 돌아가신 조상이 후손에게 베푸는 덕이다. 베어낸 오동의 밑동에서 돋은 움이 자라 다음 주인에게 드리워줄 그늘을 오동의 음덕이라 한 것은 다분히 유학사상의 발로이다. 그리고 오동은 그 목재가 가벼우면서도 질길 뿐 아니라 벌레를 타지 않아 가구를 만드는 최상의 제재製材로 친다. 예전에는 딸을 낳으면 울안에 오동나무를 심는다는 말이 있을 정도였다. 이 또한 오동나무의 음덕에 속할 것이다.

요새 사람들은 이재理財에 밝아 오동을 심지만, 선인들은 풍류로 오동을 심었다. 잎이 푸를 때는 그늘이 좋고, 낙엽이 지면 빈 가지에 걸리는 달이 좋다. 여름엔 비 듣는 소리가 정감을 돋우고, 가을밤엔 잎 떨어지는 소리가 심금을 울린다. 오엽梧葉에 지는 빗소리는 미상불 마음에 스민다. 병자호란 때 강화성이 떨어지자 자폭한 김상용 그분은, 다시는 잎 넓은 나무를 심지 않겠다 하고, 오엽에 지는 빗소리에 상심傷心과 장한長恨을 달랬다 한다.

앞에서는 유학사상을 기저에 깔고 비좁은 마당에 뿌리내려 옹색하게 자란 오동나무를 빈주먹인 화자에게 시집와 궁핍하게 살아오면서도 현덕을 베푼 아내와 비견한 것이 주류였고, 여기서부터는 오동나무에서 느꼈던 선인들의 풍류가 주류를 이루고 있다. '요새 사람들은 이재理財에 밝아 오동을 심지만'을 전제하여 현대인의 선비적 풍류 상실로 인한 각박함을 꼬집은 것도 간과할 수 없다.

오동은 잎이 크다. 연잎과 비견할 정도다. 그래서 그늘이 짙고 그늘은 그윽한 맛을 주며 빗방울 떨어지는 소리에도 운치가 있다. 그리고 일찍 진다. 다른 나무들이 시들어가면서도 억척스럽게 가지를 고수하고 있을 때 오동잎은 뚝뚝 떨어져 버린다. 떠날 때를 알아 미련 없이 떠나는 선비정신의 표상이기도 하다.

달은 허공에 떠 있는 것보다 나뭇가지에 걸렸을 때가 더 감흥을 돋운다 하였지만, 현관문을 나서면 나뭇가지에 와서 걸린 달이 바로 이마에 와 닿는다. 빌딩가에 걸린 달은, 도심의 소음 너머로 플라스틱 바가지처럼 보이지만, 내 집 오동나무에 와 걸리면 신화와 동화의 달로 되돌아간다. 그리고 소녀의 감동만큼이나 서정의 초원을 펼쳐 주고, 어린 시절의 고향을 불러다 준다.

오동나무 가지에 걸린 달을 보고 느끼는 화자의 감흥이다. 빌딩가에 걸린 달을 플라스틱 바가지에 비유해 정서가 메마른 현대문명을 꼬집었고, 오동나무 자기에 걸린 달을 계수나무 아래서 토끼가 떡방아를 찧는 달, 무한한 상상을 불러일으키는 달, 향수에 젖게 하는 달로 표현함으로써 정서가 풍성하기를 바라고 있다.

선조 때 문신에 오음이라고 호를 가진 분이 있다. 그의 아우 월정과 더불어 당대의 명신으로 불리던 분이다. 호는 인생관이나 취향에 따라 짓는 것이라 하지만, 아우 되는 분의 월정에선 재기가 번득이고 감상적이며, 맑고 가벼운 감이 있으나, 오음에서는 중후重厚하고 소박素朴하고 현묵玄默함을 느끼게 한다. 두 분의 성품이 그랬는지는 알 수 없으나 오음 쪽이 깊은 맛이 난다. 내 집 오동나무의 그늘을 따서 나도 오음실 주인쯤으로 당호를 삼고 싶지만 명현의 이름이나 호는 함부로 따 쓰는 법이 아니라고 한 할아버지의 지난날 말씀이 걸려 선뜻 결단을 못하고 있다.

오음梧陰 윤두수尹斗壽와 월정月汀 윤근수尹根壽는 형제로서 두 분다 시문詩文이 탁월했으며 당대의 명신이었다. 여기서는 그분들의 시문과 공적을 이야기한 것이 아니다. 호에 대한 느낌을 이야기한 것이다. 오음 쪽에 마음이 쏠리는 것은 화자의 기호嗜好에 기인한 것이기도 하지만, 한집에서 사는 오동나무 때문이기도 하다. 그래서 '오음실 주인'으로 당호堂號를 삼고 싶지만 할아버지의 유훈遺訓이 마음에 걸려 결단을 못하고 있다. 선대에 대한 공경과 겸양지심이 용해된 유학 정신의 발로이다.

처서處暑까지 오동은 성장을 계속해서, 녹음은 한껏 여물고 짙어진다. 음력 7월을 오추梧秋 또는 오월梧月이라고 부르는 뜻을 알 만하다. 예부터 오동은 거문고와 가구재로 애용되고 있는 것은 누구나가 알고 있는 일이다. 편지에 쓰이는 안하案下니 하는 글자 외에도, 책상 옆이라는 뜻으로 오우梧右 혹은 오하梧下라고 쓰는 것을 보면, 선인들은 으레 책상을 오동으로 짠 것 같다. 동재가 마련될 때는 친구에게도 나누어서 필통도 깎고 간찰簡札꽂이도 만들어 볼까 한다.

오동나무의 용처用處를 제시함으로써 글이 마무리 단계에 들어섰음을 보여주고 있다. 특히 '동재가 마련될 때는 친구에게도 나누어서 필통도 깎고 간찰簡札꽂이도 만들어 볼까 한다.'에는 오동이 드리워준 시원한 그늘과 같은 화자의 마음이 담겨 있다. 가구 제작에 최상이라는 오동 목재로 정성을 들여 만든 소품들을 친구에게 나누어주고 싶은 마음, 바로 그것이 오동의 음덕이니까.

무료하면 오동나무를 쳐다보게 되고, 그럴 때마다 찌든 내 집에 와 뿌리를 내린 오동나무가 그저 고맙기만 하다.

〈오음실 주인〉의 결미이다. 여기서 '찌든 내 집에 와 뿌리를 내린 오동나무'는 '빈주먹인 내게 온 아내'와 동격이다. 아내는 안빈낙도를 꿈꿀 수 있는 삶의 그늘이며 오동나무는 선비적 삶을 누릴 수 있는, 보다 넓은 그늘이 되었다. 그래서 아내와 동격인 오동나무가 고맙다. 전반부의 아내 이야기와 후반부의 오동 이야기를 결부시킨 마무리는 아주 탁월한 결미이다.

순연純然한 자연이 오염된 인간에게 던지는 화두話頭

– 김규련의 〈거룩한 본능〉 조명

거룩한 본능

김규련金奎鍊(1920-2009) 수필집 ≪높고 낮은 목소리≫ ≪귀로의 사색≫ ≪흔적≫ 등

　동해안 백암白巖 온천에서 구슬령珠嶺을 넘어 내륙으로 들어서면, 산수가 빼어난 고원 지대가 펼쳐진다. 여기가 고추, 담배로 이름난 영양英陽 수비면首比面이다.

　대구에서 오자면 차편으로 근 다섯 시간을 달려야 한다. 이 고을 어귀에는 갑작스레 높고 가파른 재가 있다. 이 재에 오르면 바로 고을 수樹가 있고 민가가 모여 있다. 이 재를 한티재라 한다. 이 한티재를 분수령으로 마을 쪽에 떨어지는 빗물은 왕피천王避川을 이뤄 성류굴聖留窟 앞을 지나 동해에 이른다. 재 밖으로 빗나간 빗물은 낙동강을 따라 남해로 흐른다.

　왕피천으로 흐르는 석간수를 따라 인적이 드문 산골짜기를 한나절쯤 걸어가면, 화전민의 후예들이 살고 있는 작은 마을이 하나 있다. 마을이라고는 하나 여기저기 산비탈에 농가가 몇 채씩 옹기종기 모여 있는 자연

촌락이다. 이 근방에는 천혜天惠의 절경이 많이 있다. 이곳 사람들은 그 아름다움을 알 까닭이 없다. 어쩌면 이들 자신이 그 절경을 이루는 웅장한 산이며 기암절벽이며 수림이며 산새며 바람 소리와 함께, 없어서는 안 될 자연의 한 부분으로 존재하기 때문일까.

어쩌다 나그네가 이 고을을 찾게 되면, 그 우람한 태백산맥의 산세며 깊은 계곡, 울창한 숲이며 맑은 공기, 깨끗한 물을 보고 우선 감탄하게 된다. 그러나 여기서 발길을 돌려 그냥 되돌아간다면, 그는 무궁한 산정山情의 애무를 아는 사람이라 할 수 없으리라.

이들의 주된 생업은 고추와 담배 농사이다. 철 따라 산채며 약초를 캐고 송이버섯을 따 들이는 것도 빼놓을 수 없는 이들의 큰 부업이다. 그러나 어쩐지 바보가 아니면 달관한 사람만이 살 수 있는 첩첩산중의 이 수하水下마을.

어느 해 봄, 이 마을에 뜻밖에 황새 한 쌍이 날아 들어왔다. 서식처가 아닌 이 산골에, 꿩이나 산비둘기가 아니면 부엉이나 매 같은 산새들만 보아 온 이 마을 사람들의 눈에는 황새가 신기했다. 희고 큰 날개를 여유 있게 훨훨 흔들며 노송老松 위를 짝을 지어 유유히 날아다니는 품이 정말 대견스러웠다. 기나긴 늦은 봄 오후. 뻐꾸기 울음소리가 빗물처럼 쏟아질 때 마을 사람들은 저마다 하던 일을 멈추고 잠시 숨을 돌린다. 이럴 때 이들의 화제는 개울가에 먹이를 찾아 서성거리고 있는 황새에 쏠린다. 붉은 주둥이와 긴 목, 새하얀 털로 덮인 날개 밑으로 죽 뻗어 내린 검붉은 두 다리, 황새의 자태는 과연 군자의 모습이었다.

마을 사람들은 이 황새가 길조라고 믿고, 그들은 무엇인가 막연한 기대에 부풀곤 했다.

그러나 변이 생겼다. 낙엽이 질 무렵의 어느 날 아침, 이 마을을 지나가던 밀렵꾼이 황새를 보고 총銃을 쏜 것이다. 놀란 마을 사람들은 아침을 먹다 말고 황새 둥지가 있는 노송 숲으로 뛰어나왔다. 밀렵꾼은 도망가고, 황새 한 마리가 선지피를 흘리며 마른 억새풀 위에 쓰러져 있다. 그리고 살아남은 짝은 어디론가 날아가 버리고 없다. 그 밀렵꾼에게는 황새가 박제 표본감이나 아니면 돈으로 보였을까. 마을 사람들의 분노와 원성은 여간 아니었다. 그러나 다행히도 황새가 죽지는 않았다. 한쪽 날개가 못쓰게 될 만큼 다쳤던 것이다.

어질고 소박한 마을 사람들은 그 황새를 안고 와서 온갖 정성을 다해 치료를 했다. 그리고 날개 상처가 아물고 힘을 되찾을 때까지 그 황새를 물방앗간 옆 뜰 소나무 밑에 갖다 두고 보호하기로 했다. 이들은 그날로 둥우리를 만들고 모이 그릇도 마련했다. 그러나 황새는 쓰러져 움직이질 못했다.

그날 밤, 구장 집 사랑에 마을 사람들이 모였다. 이들은 밤이 이슥하도록 황새를 살려 볼 궁리를 했다. 그리고 밀렵꾼을 저주하다가, 드디어 인간의 잔악한 일면을 저마다 나름대로 뉘우쳐 보기도 했다.

밤바람이 일기 시작했다. 지창紙窓에 갈잎이 날려와 부딪힌다. 그런데 귀에 선 애달픈 새의 울음소리.

탁탁탁 타르르 탁탁.

가슴을 깎는 처절한 이 울음소리를 듣고 모두들 말없이 뜨락으로 나왔다. 가을밤 하늘에 찬란한 별들. 그 별빛에 흰 깃을 번쩍이며 황새 한 마리가 물레방아 주위를 이리저리 애타게 날고 있는 것이 아닌가. 총소리에 놀라 도망갔던 황새가 돌아온 것이다. 그러나 황새는 이제 인간이 두려워서, 쓰러져 누워 있는 자기 짝에게 함부로 접근할 수 없는 모양이었다. 가슴이 뭉클해진 마을 사람들은 자리를 피해 주려고 묵묵히 저마다 집으로 돌아갔다. 그래도 황새는 연신 목에 피가 맺히도록 울어댄다. 탁탁탁 타르르 탁탁. 그날 밤늦도록 화전민 후예들의 지붕 밑에 호롱불이 꺼지지 않았다.

이튿날 날이 밝자, 이들은 그 부상당한 황새를 그들의 둥지가 있던 노송 밑에 갖다 뒀다. 가련한 황새가 사람의 눈을 피하여 서로 어울리도록 하기 위함이었으리라.

그러던 며칠 뒤, 무서리가 몹시 내린 어느 날 아침, 기이하고 처참한 변이 또 생겼다. 이들이 그렇게도 알뜰히 보살펴 온 그 한 쌍의 황새가 서로 목을 감고 싸늘하게 죽어 있는 것이 아닌가. 소문을 듣고 달려 나온 마을 사람들은 이 슬픈 광경을 보자 갑자기 숙연해졌다. 그리고 저마다 무엇을 느꼈음인지 착잡한 심정으로 한참 말이 없었다. 황새도 영물일까? 산골의 날씨는 무섭게 추워지려는데, 짝을 버리고 혼자 남쪽으로 갈 수 없었던 애절한 황새의 정. 조류에 따라서는 암수의 애정이 별스러운 놈도 있지만 그것이 모두 그들의 본능이라 했다. 그러나 어쩐지 그들의 하찮은 본능이 오늘따라 인간의 종교보다 더 거룩하고 예술보다 더 아름답게 느껴지는 까닭은 무엇일까.

─ ≪거룩한 본능(1979)≫에 수록

본능이란 생물이 선천적으로 부여 받은 능력이다. 그리고 '거룩하다'는 말은 성스럽고 위대하다는 뜻으로 성자聖者에게나 붙일 수 있는 말이다. 학습도, 수련도 전혀 없는 상태의 저급한 본능이 무진한 고난을 극복하고 최고의 경지에 오른 사람의 말이나 행동에 붙여 쓰는 '거룩한'의 수식을 받다니? 이를 십분 양보하여 모순 형용矛盾形容이라 친다 하더라도 선뜻 다가오지 않는다. 그래서 〈거룩한 본능〉은 제목부터가 충격적이다. 이런 충격적인 제목을 대하고 그냥 지나치는 독자는 아마 없을 것이다.

동해안 백암온천에서 구슬령珠嶺을 넘어 내륙으로 들어서면, 산수가 빼어난 고원 지대가 펼쳐진다. 여기가 고추, 담배로 이름난 영양英陽 수비면首比面이다.

대구에서 오자면 차편으로 근 다섯 시간을 달려야 한다. 이 고을 어귀에는 갑작스레 높고 가파른 재가 있다. 이 재에 오르면 바로 고을 수樹가 있고 민가가 모여 있다. 이 재를 한티재라 한다. 이 한티재를 분수령으로 마을 쪽에 떨어지는 빗물은 왕피천王避川을 이뤄 성류굴聖留窟 앞을 지나 동해에 이른다. 재 밖으로 빗나간 빗물은 낙동강을 따라 남해로 흐른다.

하늘에서 내린 빗물이 한티재를 분수령으로 동해로도 남해로도 흐르는 데는 인공이 전혀 없다. 물을 관리하기 위한 토목공사가 전혀 없는 자연 그대로의 고을. 민가 몇이 모여 있는 산촌을 배경으로 제시하고 있다.

왕피천으로 흐르는 석간수를 따라 인적이 드문 산골짜기를 한나절쯤 걸어가면, 화전민의 후예들이 살고 있는 작은 마을이 하나 있다. 마을이라고는 하나 여기저기 산비탈에 농가가 몇 채씩 옹기종기 모여 있는 자연 촌락이다. 이 근방에는 천혜天惠의 절경이 많이 있다. 이곳 사람들은 그 아름다움을 알 까닭이 없다. 어쩌면 이들 자신이 그 절경을 이루는 웅장한 산이며 기암절벽이며 수림이며 산새며 바람 소리와 함께, 없어서는 안 될 자연의 한 부분으로 존재하기 때문일까.

어쩌다 나그네가 이 고을을 찾게 되면, 그 우람한 태백산맥의 산세며 깊은 계곡, 울창한 숲이며 맑은 공기, 깨끗한 물을 보고 우선 감탄하게 된다. 그러나 여기서 발길을 돌려 그냥 되돌아간다면, 그는 무궁한 산정山情의 애무를 아는 사람이라 할 수 없으리라.

배경인 산촌의 자연 환경과 그 속에서 사는 화전민의 후예들. 화자가 천혜의 절경 속에서 자연의 일부가 되어 사는 화전민의 후예들을 부각시킨 것은 이 수필의 주제를 암시한 것이다. 그래서 '여기서 발길을 돌려 그냥 되돌아간다면, 그는 무궁한 산정山情의 애무를 아는 사람이라 할 수 없으리라.' 하여 독자들의 궁금증을 유발한다.

이들의 주된 생업은 고추와 담배 농사이다. 철 따라 산채며 약초를 캐고 송이버섯을 따 들이는 것도 빼놓을 수 없는 이들의 큰 부업이다. 그러나 어쩐지 바보가 아니면 달관한 사람만이 살 수 있는 첩첩산중의 이 수하水下

마을.

 첩첩산중 수하마을에 사는 화전민 후예들의 생활상을 보여준다. 비탈을 일구어 농사를 짓고 철 따라 산이 주는 먹을거리를 채취하여 근근이 살아가는 사람들이다. 그래서 농사를 경영하거나 약초를 재배하여 윤택한 생활을 하는 사람들, 그러니까 현대를 사는 사람들의 입장에서 보면 바보스럽거나 달관한 사람들일 수 있다.

 하느님이 자기 형상 곧 하느님의 형상대로 사람을 창조하시되 남자와 여자를 창조하시고 하느님이 그들에게 복을 주시며 하느님이 그들에게 이르시되 생육하고 번성하여 땅에 충만하라. 땅을 정복하라, 바다의 물고기와 하늘의 새와 땅에 움직이는 모든 생물을 다스리라 하시니라.(창세기 1장 27~28절)

 하느님의 속뜻이야 어떠했든 하느님은 자기의 형상대로 창조한 사람에게 바다, 공중, 땅의 모든 살아 있는 것들을 다스리게 했다. 이는 하늘과 땅 사이에 있는 사람 이외 모든 것은 사람이 다스릴 수 있는 대상이라는 인간 중심의 자의적恣意的 해석을 가능하게 한다. 그 결과 사람도 바다와 공중과 땅에 사는 모든 생물들과 같이 하느님의 피조물인 이상 자연의 일부라는 것을 잊고 산다.

 올가미와 창과 작살을 이용하여 사람 이외의 생물을 잡는다. 문명이 발달함에 따라 산을 뭉개어 집을 짓고 바다를 메워 공장을 짓는다.

 그런데 수하마을에 사는 화전민의 후예들은 자연에 기대어 산다.

어느 해 봄, 이 마을에 뜻밖에 황새 한 쌍이 날아 들어왔다. 서식처가 아닌 이 산골에, 꿩이나 산비둘기가 아니면 부엉이나 매 같은 산새들만 보아 온 이 마을 사람들의 눈에는 그 황새가 신기했다. 희고 큰 날개를 여유 있게 훨훨 흔들며 노송老松의 위를 짝을 지어 유유히 날아다니는 품이 정말 대견스러웠다. 기나긴 늦은 봄 오후, 뻐꾸기 울음소리가 빗물처럼 쏟아질 때 마을 사람들은 저마다 하던 일을 멈추고 숨을 돌린다. 이럴 때 이들의 화제는 개울가에 먹이를 찾아 서성거리고 있는 황새에 쏠린다. 붉은 주둥이와 긴 목, 새하얀 털로 덮인 날개 밑으로 쭉 뻗어 내린 검붉은 두 다리, 황새의 자태는 과연 군자의 모습이었다.

　마을 사람들은 이 황새가 길조라고 믿고, 그들은 무엇인가 막연한 기대에 부풀곤 했다.

화전민들의 후예들이 사는 산골 마을에 뜻하지 않게 황새 한 쌍이 날아든다. 황새의 등장은 자연과 인간의 보다 구체적 관계를 보여주는 계기가 된다. 서사적 기술記述로 바뀌는 대목이기도 하다.

황새에 대한 마을 사람들의 비상한 관심은 표면상으로 그의 외형이다. 그러나 내면은 '과연 군자의 모습이었다.'에 함축되어 있다.

마을 사람들이 막연한 기대를 품은 것이 꼭 황새가 길조라는 믿음 때문이었을까? 전제한 '뻐꾸기 울음소리가 빗물처럼 쏟아질 때'로 미루어보아 그렇지만은 않은 듯하다. 오히려 기왕에 이웃하던 산새와는 다른 우아한 자태를 한 친구와 함께 살 수 있다는 기쁨과 설렘이 앞섰을 것이다.

그러나 변이 생겼다. 낙엽이 질 무렵의 어느 날 아침, 이 마을을 지나가던 밀렵꾼이 황새를 보고 총銃을 쏜 것이다. 놀란 마을 사람들은 아침을 먹다 말고 황새 둥지가 있는 노송 숲으로 뛰어나왔다. 밀렵꾼은 도망가고, 황새 한 마리가 선지피를 흘리며 마른 억새풀 위에 쓰러져 있다. 그리고 살아남은 짝은 어디론가 날아가 버리고 없다. 그 밀렵꾼에게는 황새가 박제 표본감이나 아니면 돈으로 보였을까. 마을 사람들의 분노와 원성은 여간 아니었다. 그러나 다행히도 황새가 죽지는 않았다. 한쪽 날개가 못 쓰게 될 만큼 다쳤던 것이다.

여기서 밀렵꾼은 문명에 길들여진 인간 중심주의자의 표본이다. 그런 밀렵꾼의 눈에 황새는 정복해 마땅한 존재로 보일 수밖에 없다. 총을 쏘는 것은 당연하다. 창세기 1장 27절에 '모든 생물을 다스리라.' 한 것은 모든 생물과 더불어 살되 부모가 자녀를 돌보듯 하라는 것이지 필요에 따라 무자비하게 살육하라는 뜻일 수는 없는데도 말이다.

그러나 마을 사람들에게 황새는 더불어 살아가는 이웃이다. 동일한 사람이면서도 밀렵꾼이 쏜 총에 맞고 쓰러져 선지피를 흘리고 있는 황새의 편인 것이다. 그래서 밀렵꾼을 쫓아낼 수 있었다. 밀렵꾼이 사람이 만든 살상 무기로 자연을 살해하는 자라면 마을 사람들은 그에 맞서는 자연의 일부이다. 이는 오염된 인간과 순연한 자연과의 갈등이다.

어질고 소박한 마을 사람들은 그 황새를 안고 와서 온갖 정성을 다해 치료를 했다. 그리고 날개 상처가 아물고 힘을 되찾을 때까지 그 황새를 물방앗간 옆 뜰 소나무 밑에 갖다 두고 보호하기로 했다. 이들은 그날로 둥우리를 만들고 모이 그릇도 마련했다. 그러나 황새는 쓰러져 움직이질 못했다.

그날 밤, 구장 집 사랑에 마을 사람들이 모였다. 이들은 밤이 이슥하도록 황새를 살려 볼 궁리를 했다. 그리고 밀렵꾼을 저주하다가, 드디어 인간의 잔악한 일면을 저마다 나름대로 뉘우쳐 보기도 했다.

마을 사람들이 황새를 돌보는 것은 당연하다. 황새를 살리려 밤이 이슥하도록 궁리하는 것 또한 당연하다. 그런데 '드디어 인간의 잔악한 일면을 저마나 나름대로 뉘우쳐 보기도 했다.'는 데에 와서는 자기들도 인간이기 때문에 잔악한 일면이 있다는 것을 자인한다. 덫이나 올가미를 놓아 노루나 토끼를 잡았던 일을 기억했을 것이다. 이는 인간의 잔악이란 마을 사람들이 저주하는 밀렵꾼에 국한되지 않는다는, 보다 욕심나는 것을 탐하는 인간의 속성 탓이라는 자아성찰이기도 하다.

밤바람이 일기 시작했다. 지창紙窓에 갈잎이 날려와 부딪힌다. 그런데 귀에 선 애달픈 새의 울음소리.

탁탁탁 타르르 탁탁.

가슴을 깎는 처절한 이 울음소리를 듣고 모두들 말없이 뜨락으로 나왔다. 가을밤 하늘에 찬란한 별들. 그 별빛에 흰 깃을 번쩍이며 황새 한 마리

가 물레방아 주위를 이리저리 애타게 날고 있는 것이 아닌가. 총소리에
놀라 도망갔던 황새가 돌아온 것이다.

늦가을 밤, 총소리에 놀라 도망갔던 황새가 총에 맞아 쓰러진 자기
의 짝을 찾아 돌아왔다. 한 번 짝이 되면 평생을 유지한다는 황새는
총에 맞아 쓰러진 자기의 짝을 버려두고 혼자 도생圖生할 수는 없다.
그것은 인위적인 도덕률道德律에 의한 것이 아니라 자연적인 본능에
의한 것이다. '밤하늘에 찬란한 별들. 그 별빛에 흰 깃을 번쩍이며'
등의 묘사는 '가슴을 깎는 듯한 처절한 울음소리'에 심도를 더하면서
윤기를 더해주는 역할을 한다.

　그러나 황새는 이제 인간이 두려워서, 쓰러져 누워 있는 자기 짝에게
함부로 접근할 수가 없는 모양이었다. 가슴이 뭉클해진 마을 사람들은 자
리를 피해 주려고 묵묵히 저마다 집으로 돌아갔다. 그래도 황새는 연신
목에 피가 맺히도록 울어댄다. 탁탁탁 타르르 탁탁. 그날 밤늦도록 화전민
후예들의 지붕 밑에 호롱불이 꺼지지 않았다.
　이튿날 날이 밝자, 이들은 그 부상당한 황새를 그들의 둥우리가 있던
노송 밑에 갖다 뒀다. 가련한 황새가 사람의 눈을 피하여 서로 어울리도록
하기 위함이었으리라.

사람이 두려워 부상당한 짝에게 접근하지 못하면서 피가 맺히게
울어대는 황새. 화전민 후예들의 지붕 밑에 호롱불이 꺼지지 않은 것

은 두려움을 이기고 짝을 찾아온 황새의 애타는 마음을 그대로 받아들였기 때문이다.

유신론적 실존주의 철학자 키에르케고르는 인간의 속성을 3단계로 나누고 그 가장 낮은 단계를 심미적 단계로 규정했다. 그 예의 하나로 전설적인 바람둥이 돈 주앙을 들었다. 그런데 총상으로 인해 아름다움은커녕 운신하기도 어려운 자기의 짝을 찾아와 피가 맺히도록 울어대는 황새. 이는 심미적 단계를 넘어선 윤리적 동일성의 실천이다.

그러므로 자기들이 자연의 일부로 살아간다는 사실마저 모른 채 자연의 일부로 살아가는 마을 사람들이 밤 깊도록 잠을 자지 못하고, 이튿날 아침 부상당한 황새를 그들의 둥우리가 있는 노송 밑에 갖다 놓은 것은 당연하다.

그러던 며칠 뒤, 무서리가 몹시 내린 어느 날 아침, 기이하고 처참한 변이 또 생겼다. 이들이 그렇게도 알뜰히 보살펴 온 그 한 쌍의 황새가 서로 목을 감고 싸늘하게 죽어 있는 것이 아닌가. 소문을 듣고 달려 나온 마을 사람들은 이 슬픈 광경을 보자 갑자기 숙연해졌다. 그리고 저마다 무엇을 느꼈음인지 착잡한 심정으로 한참 말이 없었다.

서사적 전개가 절정에 이르고 있다. 총성에 놀라 도망갔다 돌아온 황새와 부상당한 황새, 그 한 쌍이 서로 목을 감고 죽어 있는 충격적인 장면은 심미적 속성을 지닌 인간에게 시사示唆하는 바가 아주 강렬하다.

토인비의 주장에 의하면 인간은 누구나 신앙을 지니고 산다. 그런데 그 신앙에는 저급한 것과 고급한 것이 있다. 저급한 신앙의 대표적인 것을 과학에 대한 믿음이라 규정하고, 이것이 인류를 멸망의 길로 이끌 것이라 예언한다. 고급한 신앙의 대표적인 것은 자연에 대한 믿음으로 이것이 인류를 멸망에서 구원할 수 있다고 했다.

그러한 측면에서 본다면 자연의 일부로서 자연과 더불어 살아가는, 그래서 과학의 힘으로 만든 총에 맞아 부상당한 황새를 이웃으로 생각하며 돌보는 화전민 후예들에게 '한 쌍의 황새가 서로 목을 감고 싸늘하게 죽어 있는' 모습은 과학에 대한 의존도가 갈수록 높아가는 현대에 의미심장한 경종일 수밖에 없다.

황새도 영물일까? 산골의 날씨는 무섭게 추워지려는데, 짝을 버리고 혼자 남쪽으로 갈 수 없었던 애절한 황새의 정.

조류에 따라서는 암수의 애정이 별스러운 놈도 있지만 그것이 모두 그들의 본능이라 했다. 그러나 어쩐지 그들의 하찮은 본능이 오늘따라 인간의 종교보다 더 거룩하고 예술보다 더 아름답게 느껴지는 까닭은 무엇일까.

〈거룩한 본능〉의 주제를 제시하여 형식적인 완결을 꾀한 결미이다. 그런데 묘사와 서사를 견지하던 글이 설명으로 돌변하는 통에 수필의 문학성을 떨어뜨린다. 그러한 점에서 이 결미 부분은 사족蛇足에 불과하다.

다만 마지막 문장에 의문문을 구사함으로써 순연한 자연이 오염된 인간에게 던지는 화두임을 강화했다.

전통 단절에 대한 안타까움

― 목성균의 〈세한도歲寒圖〉 조명

세한도

목성균睦誠均(1938-2004) 수필집 ≪명태에 관한 추억≫ ≪생명≫ 등

　휴전이 되던 해 음력 정월 초순께, 해가 설핏한 강 나루터에 아버지와 나는 서 있었다. 작은 증조부께 세배를 드리러 가는 길이었다. 강만 건너면 바로 작은댁인데, 배가 강 건너편에 있었다. 아버지가 입에 두 손을 나팔처럼 모아 대고 강 건너에다 소리를 지르셨다.

　"사공―, 강 건너 주시오."

　건너편 강 언덕 위에 뱃사공의 오두막집이 납작하게 엎드려 있었다. 노랗게 식은 햇살에 동그마니 드러난 외딴집, 지붕 위로 하얀 연기가 저녁 강바람에 산란하게 흩어지고 있었다. 그 오두막집 삽짝 앞에 능수버드나무가 맨 몸뚱이로 비스듬히 서 있었다. 둥치에 비해서 가지가 부실한 것으로 보아 고목인 듯싶었다. 나루터의 세월이 느껴졌다.

　강심만 남기고 강은 얼어붙어 있었고, 해가 넘어가는 쪽 컴컴한 산기슭에는 적설이 쌓여서 하얗게 번쩍거렸다. 나루터의 마른 갈대는 '서걱서걱' 아픈 소리를 내면서 언 몸을 회리바람에 부대끼고 있었다. 마침내 해는

서산으로 떨어지고 갈대는 더 아픈 소리를 신음처럼 질렀다.

나룻배는 건너오지 않았다. 나는 뱃사공이 나오나 하고 추워서 발을 동동거리며 사공네 오두막집 삽짝을 바라보고 있었다. 아버지는 팔짱을 끼고 부동의 자세로 사공 집 삽짝 앞의 버드나무 둥치처럼 꿈쩍도 않으셨다. '사공―, 강 건너 주시오.' 나는 아버지가 그 소리를 한 번 더 질러 주시기를 바랐다. 그러나 아버지는 두 번 다시 그 소리를 지르지 않으셨다. 그걸 아버지는 치사恥事로 여기신 것일까. 사공은 분명히 따뜻한 방안에서 방문의 쪽유리를 통해서 건너편 나루터에 우리 부자가 하얗게 서 있는 것을 보았을 것이다. 그러나 도선의 효율성과 사공의 존재가치를 높이기 위해서 나루터에 선객이 더 모일 때를 기다렸기 쉽다. 그게 사공의 도선 방침일지는 모르지만 엄동설한에 서 있는 사람에 대한 옳은 처사는 아니다. 이 점이 아버지는 못마땅하셨으리라. 힘겨운 시대를 견뎌 내신 아버지의 완강함과 사공의 존재가치 간의 이념적 대치였다.

아버지는 주루막을 지고 계셨다. 주루막 안에는 정성들여 한지에 싼 육적肉炙과 술항아리에 용수를 질러서 뜬, 제주祭酒로 쓸 술이 한 병 들어 있었다. 작은 증조부께 올릴 세의歲儀다. 엄동설한 저문 강변에 세의를 지고 꿋꿋하게 서 계시던 분의 모습이 보인다.

― ≪명태에 관한 추억(2003)≫에 수록

〈세한도〉는 한 폭의 그림이다. 그림 중에서도 우리의 전통적인 성격이 함유含有된 한국적인 회화繪畫이다. 간결한 구도, 그리고 착 가라앉아 있는 분위기는 완당阮堂 김정희金正喜의 〈세한도〉와 유사하다.

그러나 목성균의 〈세한도〉는 문학작품인 수필이요, 김정희의 〈세한도〉는 미술작품인 문인화文人畵이다. 그리고 그림을 통하여 표출하고자 하는 주제 또한 판이하다.

휴전이 되던 해 음력 정월 초순께, 해가 설핏한 강 나루터에 아버지와 나는 서 있었다. 작은 증조부께 세배를 드리러 가는 길이었다. 강만 건너면 바로 작은댁인데, 배가 강 건너편에 있었다. 아버지가 입에 두 손을 나팔처럼 모아 대고 강 건너에다 소리를 지르셨다.

"사공―, 강 건너 주시오."

시간적 배경은 한국전쟁의 막바지, 설을 막 지난 무렵, 석양이다. 한국전쟁은 1950년 6월 25일에 발발하여 1953년 7월 27일에 휴전되었다. 전쟁은 모든 것을 파괴한다. 국토를 황폐화하고, 인명을 살상하며, 기왕의 질서는 물론 사람들의 가치관마저 파괴한다. 화자가 그 전쟁의 막바지를 시대적 배경으로 서두에 제시한 까닭이다.

설은 우리의 전통적인 명절이다. 설빔을 차려 입고, 정성껏 마련한 제물祭物로 차례茶禮를 지내고 문중 어른들께 세배를 드린다. 그 설 무렵은 세한歲寒이라 하여 강추위를 대표한다. 그 세한의 석양이다. 석양은 하루의 낮이 끝날 즈음이니 추위는 배가된다. 이와 같은 시간적 배경 제시는 이 수필의 주제를 암시한다.

공간적 배경은 강나루 터이다. 강은 이쪽과 저쪽을 갈라놓는다. 차안此岸과 피안彼岸인 것이다. 이를 연결할 수 있는 수단이 배이고 배를 타는 곳이 나루터이다. 그런데 배는 강 저쪽에 있다.

　등장인물은 화자인 소년과 아버지다. 둘은 강 이쪽 나루터에 서 있다. 강을 건너 작은 증조부께 세배를 가기 위해서다. 전통적인 의례儀禮가 몸에 밴 아버지는 손나발을 만들어 사공을 부른다.

　　건너편 강 언덕 위에 뱃사공의 오두막집이 납작하게 엎드려 있었다. 노랗게 식은 햇살에 동그마니 드러난 외딴집, 지붕 위로 하얀 연기가 저녁 강바닥에 산란하게 흩어지고 있었다. 그 오두막집 삽짝 앞에 능수버드나무가 맨 몸뚱이로 비스듬히 서 있었다. 둥치에 비해서 가지가 부실한 것으로 보아 고목인 듯싶었다. 나루터의 세월이 느껴졌다.

　　강 저쪽 외딴집 뱃사공의 오두막. 지붕 위로 피어오르는 하얀 연기로 보아 저녁밥을 짓고 있음이 확실하다. 그런데 사공의 집에서는 기척이 없다. 전통적인 가치의식으로는 용납될 수 없는 일이다. 세한의 강추위에 도선渡船을 원하는 사람이 떨고 있는데도 모르쇠 하다니. 화자는 그 까닭을 사공의 집 삽짝 앞에, 둥치에 비해 가지가 부실한 늙은 버드나무가 맨몸으로 비스듬히 서 있는 모습으로 암시한다.

　　강심만 남기고 강은 얼어붙어 있었고, 해가 넘어가는 쪽 컴컴한 산기슭에는 적설이 쌓여서 하얗게 번쩍거렸다. 나루터의 마른 갈대는 '서걱서걱' 아픈 소리를 내면서 언 몸을 회리바람에 부대끼고 있었다. 마침내 해는 서산으로 떨어지고 갈대는 더 아픈 소리를 신음처럼 질렀다.

이제 해가 넘어가고 있는데도 사공은 아무 기척이 없다. 나루터 마른 갈대의 아픈 소리가 뼛속까지 파고드는 화자의 추위를 은유한 것만은 아니다. 서쪽 산기슭의 적설이 보여주던 하얀 번쩍거림마저 삼켜버린 일몰. 일몰과 더불어 심장까지 얼려버릴 듯한 추위에도 부동의 자세로 서 있는 아버지, 곧 전통을 숭상하는 아버지의 아픈 신음소리인 것이다.

나룻배는 건너오지 않았다. 나는 뱃사공이 나오나 하고 추워서 발을 동동거리며 사공네 오두막집 삽짝을 바라보고 있었다. 아버지는 팔짱을 끼고 부동의 자세로 사공 집 삽짝 앞의 버드나무 둥치처럼 꿈쩍도 않으셨다. '사공—, 강 건너 주시오' 나는 아버지가 그 소리를 한 번 더 질러 주시기를 바랐다. 그러나 아버지는 두 번 다시 그 소리를 지르지 않으셨다. 그걸 아버지는 치사恥事로 여기신 것일까.

해가 져도 뱃사공은 나오지 않는다. 사공이 나오는가 하고 발을 동동거리며 사공네 집 삽짝을 바라보고 있는 화자와 매서운 추위를 무릅쓰고, 기척이 없는 사공네 집 삽짝 앞의 버드나무 둥치처럼 서 있는 아버지. 아버지가 '사공—, 강 건너 주시오'를 한 번 더 소리 질러주기를 바라는 화자와 두 번 다시 그 소리를 지르지 않는 아버지. 시대의 변화에 따른 세대차—세태의 변화에 민감한 아들과 전통을 고수하려는 아버지의 차이를 보여준다. '얼어 죽을지언정 곁불은 쬐지 않는' 아버지의 체통과 온몸이 꽁꽁 얼어붙는 판에 아궁이 불이면 어떻고

들불이면 어떠냐는 아들과의 의식차인 것이다. 그러나 아들은 아직 대놓고 아버지를 거역할 수 없는 시대이다.

사공은 분명히 따뜻한 방안에서 방문의 쪽유리를 통해서 건너편 나루터에 우리 부자가 하얗게 서 있는 것을 보았을 것이다. 그러나 도선의 효율성과 사공의 존재가치를 높이기 위해서 나루터에 선객이 더 모일 때를 기다렸기 쉽다. 그게 사공의 도선 방침일지는 모르지만 엄동설한에 서 있는 사람에 대한 옳은 처사는 아니다. 이 점이 아버지는 못마땅하셨으리라. 힘겨운 시대를 견뎌 내신 아버지의 완강함과 사공의 존재가치 간의 이념적 대치였다.

시대의 변화에 따르는 가치관의 변화를 화자의 상상을 통하여 형상화하고 있다. '도선의 효율성과 존재가치' 곧 한 번 배를 띄우면 되도록 여러 사람을 태워 많은 도선료를 챙기려는 계산과 그래야 자기의 존재가치를 높일 수 있다는 판단에서 강 건너편에 두 사람이 하얗게 얼어 서 있는 것을 보고도 모른 체하며 배를 띄우지 않는 사공. 그 처사가 옳지 않다고 생각하면서도 두 번 다시 사공을 부르지 않는 아버지.

화자가 상상하는 이러한 갈등에는 역사적 배경이 깔려 있다. 개항開港에서 비롯한 서구문물의 유입이 급격한 개인주의적 타산을 촉진시켰고, 거기에 일제日帝의 강탈로 국권마저 상실하는 상황까지 더해져 국민들의 전통적인 가치관도 급변하는 지경에 이르렀다. 이는 조선 말기 권력의 누수 현상이 기존의 사회질서를 잠식한 변화보다 훨씬 강력했다. 그러나 대다수 국민들의 심저에는 아직도 전통적인 가치 의식이 살아 있었다. 내 편의나 이익을 위하여 남을 해롭게 해서는 안 된다는, 나와 이웃이 공동체라는 의식은 살아 있었다. 그것마저 무너뜨린 것이 한국전쟁이다. 이러한 관점에서, 전통을 고수하려는 아버지와 자기의 편의나 이익을 추구하려는 사공의 갈등은 역사적 격랑이 초래한 시대의 산물이다.

> 아버지는 주루막을 지고 계셨다. 주루막 안에는 정성 들여 한지에 싼 육적肉炙과 술항아리에 용수를 질러서 뜬, 제주祭酒로 쓸 술이 한 병 들어 있었다. 작은 증조부께 올릴 세의歲儀다. 엄동설한 저문 강변에 세의를 지고 꿋꿋하게 서 계시던 분의 모습이 보인다.

어른이 된 화자의 회상이다. 아버지가 지고 계신 '주루막' 주루막 안에 들어 있는 '세의' 등의 용어가 유교적 전통을 고수하는 아버지의 이미지를 선명하게 표출한다. 그런데 마지막 문장에서는 '아버지'가 아니라 '분'이다. 아버지라는 어휘의 반복을 피하기 위해서라기에는 무언가 석연찮은 구석이 있다. 우리의 전통적인 언어생활에서 '아버지'를 '분'이라 표현하는 것은 용허되지 않는다. 돌아가신 아버지는 선친先親, 선고先考다. 그렇다면 작가는 왜 '분'이라는 어휘를 택했을까? '분'은 나이든 사람들에게 두루 쓰는 말로 일촌 간인 '아버지'에 비해 거리감을 주는 말이다. 이제 과거가 되어버린 아버지와의 거리감은 전통과의 거리감이다.

1840년대에 그렸다는 완당 김정희의 〈세한도〉에는 '歲寒然後 知松柏之不凋(세한연후 지송백지부조 : 추운 겨울이 된 뒤에나 소나무와 잣나무가 푸르게 남아있음을 볼 수 있다.)는 논어의 한 구절을 써 넣어 유배 생활하는 스승을 변함없이 대하는 제자 이상적李尙迪의 지조를 칭송했다. 스승의 정신이 제자에게 이어짐, 곧 전통이 계승되고 있음이다.

그러나 1990년대에 쓴 목성균의 〈세한도〉에서 전통을 고수하려던 아버지는 이미 회상의 대상이 되었고 '아버지'라는 친근한 존재가 거리감을 주는 '분'으로 변했다. 거리가 멀어지면 단절에 이르게 된다.

전통은 이전 세대의 문화를 이어받는 것이나 답습踏襲하는 것은 아니다. 시대의 흐름에 따라 외형적인 것이 변한다 해도 내면의 흐르는 정신적 주류는 면면綿綿해야 한다. 작가는 이러한 점을 안타까워하고 있다.

민간신앙에 기대어 사는 서민의 삶

－이문구의 〈필부匹夫 이야기〉 조명

필부 이야기

이문구李文求(1941-2003) 소설가. 산문집 ≪까치둥지가 보이는 동네≫ 등

　잘되면 제 탓 못되면 조상 탓이란 말이 아직도 현재형으로 쓰이는 동네
가 있다. 필부들이 판치는 동네다. 되면 더 되고 싶고, 하면 더 하고 싶고,
살면 더 살고 싶은 것이 필부의 생리일진대, 속으로 바라고 겉으로 아닌
척하기는 쉬워도 안팎이 한결같이 희거나 검기는 장히 어려운 노릇일 것
이다.

　그러므로 필부는 무슨 일에 집착이 퍽 심하되 뜻과 같이 이룩되지 않거
나 생각보다 더디고 앞이 밝지 않으면 문득 터무니없는 도움을 꿈꾸거나
분수 밖의 요행을 바라기가 쉽다. 하릴없는 필부의 허약성일 것이다.

　뭇사람 가운데에 우뚝한 철부哲夫가 아니더라도 무슨 일에나 과학적인
이해와 합리적인 사고가 체질화한 사람은 매사에 자기 나름의 독립성이
있어 보인다. 절도 있는 지성인의 건강성일 것이다.

　나는 스스로 느끼는 필부다. 무슨 일이 있으면 근거를 놓고 따지거나
셈을 하기보다 통속적인 짐작이나 토속적인 징험徵驗에 기울기를 잘했으

니, 비록 잣대로 재거나 홉되로 되거나 저울로 달지는 않았지만, 필부의 자리가 아니고는 있을 데가 없는 주제임을 진즉에 알고 있었던 것이다.

내가 아는 어느 시인은 살기가 몹시도 어려운 집에서 태어났더라고 한다. 촌에서 살아도 땅은 밭뙈기뿐이라 모친이 도붓장수를 하여 근근이 살았다. 어느 날 땔감이 떨어져서 처마 밑에 두었던 콩깍짓동을 부엌에 들이려고 하다 보니 깍짓동 밑에 허연 구렁이 알 몇 개가 닭이 품는 달걀처럼 오롯이 모여 있었다. 그의 모친은 누가 볼세라 구렁이알을 얼른 행주치마에 담아다가 어딘가에 숨겼다. 이웃에서 폐를 앓는 이가 소문을 듣고 찾아와 그것을 약에 쓰자고 졸랐으나 끝까지 모르는 척하였다. 그러구러 얼마가 지나 모친을 따라서 남몰래 옮겨주었던 데를 가보니 알이 고스란히 깨어서 껍질만 수북하게 남아 있었다. 모친은 무언지 모르게 매우 흐뭇한 표정이었다. 그리고 그로부터 집안 살림이 불길처럼 일었다. 그 시인은 그때의 그 구렁이를 업구렁이라고 했다.

이런 이야기는 몸소 겪은 이에게 직접 들어도 대번에 귀가 솔깃해지지 않고 자꾸 긴가민가하여 마치 옛날이야기처럼 들리기가 십상이다. 그러나 본디 겪은 사람이 워낙 곡진하게 한 말이었기 때문에 나는 오히려 업이라는 것에 대해 은근히 호감을 갖게 되었다. 일테면 업이 깃들인 것은 업이 그 집이나 터를 본 것이 아니라, 그 집에 들어 사는 사람한테서 본 것이 있었기에 찾아든 것이 아닌가 싶었다. 왜냐하면 농촌에 있는 하고많은 빈집 중에 마침 잘됐다고 제집 삼아 드나드는 동물은 한 번도 구경한 적이 없었기 때문이었다.

업에 호감을 가진 낌새를 챘는지, 내가 사는 집에도 다른 집에서는 보기 어려운 동물이 찾아들어 마침내 눈에 띄기 시작했다. 집에 집박쥐와 토종벌이 끼어들어 함께 살게 된 것이었다. 집박쥐는 화성에서나 보령에서나 내가 사는 시골집마다 번번이 끼어들어서 살았다. 화성에서는 대낮에도 어두컴컴한 헛간의 서까래 틈에서 살고, 보령에서는 서재로 쓰는 사랑방의 반자 속에서 살았다.

간에 붙었다 쓸개에 붙었다 하는 이를 가리켜 박쥐같다고들 해서 그랬는지 나는 그때까지도 박쥐에 대한 선입관이 좋은 편은 아니었다. 남들이 상서로운 징조라고 하기에 그런가 보다 했을 뿐이었다. 장롱이나 가구에 쇠붙이로 만들어 붙인 박쥐 문양의 장식이나 노리개가 오복을 비는 뜻이란 것도 훨씬 뒤에야 책에서 알게 된 것이었다. 집박쥐가 산다고 하여 집에 파리와 모기가 줄어든 것도 아니었다. 반자 속에 사는 집박쥐는 반드시 천장 밖으로 배설을 하는 탓에 아침마다 툇마루에 쌓인 배설물을 치우는 것이 성가실 뿐이었다. 하지만 애초에 집주인을 보고 집주인에 의지하여 살러 온 짐승이니 어차피 동거하는 수밖에 없다고 여겨 몸서리나게 싫어하지도 않았다.

벌떼와 동거를 한 것은 보령집이었다. 남의 집에서 분가한 벌떼가 바람벽의 갈라진 틈으로 몰려들어 사랑방의 벽장에서 새살림을 차린 것이었다. 양봉가가 와서 보고 제법 설득력 있게 말했다. "길조다. 옛날부터 집에 벌이 들어오면 논 서 마지기를 사주고 나간다는 말이 있다. 누가 꿀을 따자고 해도 들으면 안 된다. 꼭 좋은 일이 있을 것이다." 운운. 이 벌떼 속에서 쓴 졸작 ≪매월당 김시습≫이 20만 부 이상이나 나간 것은 혹 그 '논 서 마지기'가 아니었을까.

나는 책이 나가면 더 나가기를 바라는 푼수가 아니다. 그러나 업에 대하여 호감이 갔던 것을 보면 역시 갈데없는 필부다. 필부 무죄匹夫 無罪 옛적에는 흔히 썼던 말이다

― ≪까치둥지가 보이는 동네(2003)≫에 수록

모든 종교의 뿌리는 원시 신앙이다. 완벽에 가까운 각종 경전經典에서 뿌리를 찾는 현대 종교인들의 비난을 받을 수도 있으나 모든 종교의 바탕은 원시 기복신앙祈福信仰에 기인한다. 어느 집단에서 전승되는 민간신앙民間信仰이야말로 그들의 원시 신앙과 직결된다.

민속신앙은 복합적이다. 애니미즘이든, 토테미즘이든, 샤머니즘이든 그 근간은 정령숭배이다. 살아 있든 죽었든 우주 안에 존재하는 모든 것에는 신령스러운 기운이 있다고 믿어 그 영험에 의지하여 바라는 바를 이루려 하는 것이 민간신앙이다. 고대의 민간신앙은 집단적으로 행해지기도 했다. 하지만 현대에 와서는 미신으로 치부되어 개인적인 기복 신앙으로 잠복해 있다.

산을 뭉개어 고층건물을 짓고, 바다를 막아 드러난 땅에 거대한 공장을 지어 과학문명의 혜택을 구가하는 현대인들. 그들의 눈에는 건드리면 동티가 나는 당산나무도, 사람과 하늘을 연결해 주는 심산 절벽도 보이지 않는다. 그저 목재木材요, 석재石材일 뿐이다. 자칫 화를 돋우면 해일을 일으켜 사람 사는 동네를 휩쓸어버리는 포세이돈도 두렵지 않다. 과학의 힘으로 자연을 정복하는 것이 선진화라 믿는 현대 지식인들에게 민간신앙은 한낱 미신에 지나지 않는다. 결과적으

로 현대에 와서 민간신앙은 서민[필부] 개개인의 것이 되었고, 과학의 힘을 믿는 이들과는 멀어지게 되었다.

잘되면 제 탓 못되면 조상 탓이란 말이 아직도 현재형으로 쓰이는 동네가 있다. 필부들이 판치는 동네다. 되면 더 되고 싶고, 하면 더 하고 싶고, 살면 더 살고 싶은 것이 필부의 생리일진대, 속으로 바라고 겉으로 아닌 척하기는 쉬워도 안팎이 한결같이 희거나 검기는 장히 어려운 노릇일 것이다.

서민들이 사는 동네에서는 아직도 민간신앙이 행해진다. 성취하고자 하는 일이 뜻대로 이루어지지 않을 때 눈에 보이지 않는 큰 힘을 빌려 성취하려 한다. 그리고 첫 단계가 성취되면 다음 단계를 이루고 싶은 것이 필부의 생리이기 때문이다. 속으로는 바라면서도 겉으로는 아닌 척하는 대부분의 현대 지성인들도 이 민간신앙을 온전히 뿌리치진 못하고 산다.

그러므로 필부는 무슨 일에 집착이 퍽 심하되 뜻과 같이 이룩되지 않거나 생각보다 더디고 앞이 밝지 않으면 문득 터무니없는 도움을 꿈꾸거나 분수 밖의 요행을 바라기가 쉽다. 하릴없는 필부의 허약성일 것이다.
뭇사람 가운데에 우뚝한 철부哲夫가 아니더라도 무슨 일이나 과학적인 이해와 합리적인 사고가 체질화한 사람은 매사에 자기 나름의 독립성이 있어 보인다. 절도 있는 지성인의 건강성일 것이다.

필부들의 성취에 대한 집착은 합리성과는 거리가 멀다. 고대에나 살았음직한 그런 필부들이, 모든 일을 과학적, 합리적으로 처리하는 지성인들이 사는 현대 사회에도 살고 있다. 이를 간추리면 필부는 미신迷信을 신봉하는 허약성을 지니며 지성인은 과학을 신봉하는 건강성을 지닌다고도 볼 수 있다는 것이다. 필부는 허약성을 지니고 지성인은 건강성을 지닌다는 비교는 글의 주제에 비추어 볼 때 표면적으로 타당성을 부여하면서 내면에 아이러니를 감추고 있는 표현이다.

나는 스스로 느끼는 필부다. 무슨 일이 있으면 근거를 놓고 따지거나 셈을 하기보다 통속적인 짐작이나 토속적인 징험徵驗에 기울기를 잘했으니, 비록 잣대로 재거나 홉되로 되거나 저울로 달지는 않았지만, 필부의 자리가 아니고는 있을 데가 없는 주제임을 진즉에 알고 있었던 것이다.

화자는 스스로 필부, 곧 서민임을 자인한다. 그 이유는 과학에 의존하지 않고 토속적인 징험, 곧 민간신앙에 기우는 경향이 있어서다. 그러면서 실례實例까지 든다. 잘 아는 어느 시인의 이야기이다.

내가 아는 어느 시인은 살기가 몹시도 어려운 집에서 태어났더라고 한다. 촌에서 살아도 땅은 밭뙈기뿐이라 모친이 도붓장수를 하여 근근이 살았다. 어느 날 땔감이 떨어져서 처마 밑에 두었던 콩깍짓동을 부엌에 들이려고 하다 보니 깍짓동 밑에 허연 구렁이 알 몇 개가 닭이 품는 달걀처럼 오롯이 모여 있었다. 그의 모친은 누가 볼세라 구렁이알을 얼른 행주치마에 담아다가 어딘가에 숨겼다. 이웃에서 폐를 앓는 이가 소문을 듣고 찾아와 그것을 약에 쓰자고 졸랐으나 끝까지 모르는 척하였다. 그러구러 얼마가 지나 모친을 따라서 남몰래 옮겨주었던 데를 가보니 알이 고스란히 깨어서 껍질만 수북하게 남아 있었다. 모친은 무언지 모르게 매우 흐뭇한 표정이었다. 그리고 그로부터 집안 살림이 불길처럼 일었다. 그 시인은 그때의 그 구렁이를 업구렁이라고 했다.

여기서 구렁이는 업業을 품은 영험한 동물이다. 그래서 옛사람들은 집 안에 든 업을 정성껏 대하면 집안에 경사가 생기고 자칫 업을 잘못 대해 집에서 나가는 날이면 집안에 흉사가 덮친다고 믿었다. 만약 그 구렁이알을 폐를 앓는 이웃에게 주었다면, 그냥 준 것이 아니라 팔았다면 어떻게 되었을까? 집안에 횡액橫厄이 덮치거나 아니면 우환憂患이 들끓게 되었을 것이다. 적어도 가난했던 시인의 집안 '살림이 불길처럼 일' 수는 없었다. 이렇게 민간신앙은 생활 속의 믿음이다.

이런 이야기는 몸소 겪은 이에게 직접 들어도 대번에 귀가 솔깃해지지 않고 자꾸 긴가민가하여 마치 옛날이야기처럼 들리기가 십상이다. 그러나 본디 겪은 사람이 워낙 곡진하게 한 말이었기 때문에 나는 오히려 업이라는 것에 대해 은근히 호감을 갖게 되었다. 일테면 업이 깃들인 것은 업이 그 집이나 터를 본 것이 아니라, 그 집에 들어 사는 사람한테서 본 것이 있었기에 찾아든 것이 아닌가 싶었다. 왜냐하면 농촌에 있는 하고많은 빈집 중에 마침 잘됐다고 제집 삼아 드나드는 동물은 한 번도 구경한

적이 없었기 때문이었다.

업은 아무 집에나 드는 것이 아니다. 알을 낳고 새끼를 기르는 데 자유로운 빈집이나 가난한 집을 택하지 터가 넓어 거동이 자유로운 부잣집을 택하지 않는다. 집 주인의 눈에 띄어도 해코지하지 않을 사람 집에 든다. 민간신앙은 대상을 대하는 사람의 됨됨이와 연관성이 크다.

업에 호감을 가진 낌새를 챘는지, 내가 사는 집에도 다른 집에서는 보기 어려운 동물이 찾아들어 마침내 눈에 띄기 시작했다. 집에 집박쥐와 토종벌이 끼어들어 함께 살게 된 것이었다. 집박쥐는 화성에서나 보령에서나 내가 사는 시골집마다 번번이 끼어들어서 살았다. 화성에서는 대낮에도 어두컴컴한 헛간의 서까래 틈에서 살고, 보령에서는 서재로 쓰는 사랑방의 반자 속에서 살았다.

간에 붙었다 쓸개에 붙었다 하는 이를 가리켜 박쥐같다고들 해서 그랬는지 나는 그때까지도 박쥐에 대한 선입관이 좋은 편은 아니었다. 남들이 상서로운 징조라고 하기에 그런가 보다 했을 뿐이었다. 장롱이나 가구에 쇠붙이로 만들어 붙인 박쥐 문양의 장식이나 노리개가 오복을 비는 뜻이란 것도 훨씬 뒤에야 책에서 알게 된 것이었다. 집박쥐가 산다고 하여 집에 파리와 모기가 줄어든 것도 아니었다. 반자 속에 사는 집박쥐는 반드시 천장 밖으로 배설을 하는 탓에 아침마다 툇마루에 쌓인 배설물을 치우는 것이 성가실 뿐이었다. 하지만 애초에 집주인을 보고 집주인에 의지하여 살러 온 짐승이니 어차피 동거하는 수밖에 없다고 여겨 몸서리나게 싫어하지도 않았다.

화자의 집에 찾아든 집박쥐와 토종벌에 대한 이야기이다. 화자가 몸소 겪은 업에 대한 체험인 것이다.

먼저 집박쥐와의 동거다. 박쥐에 대한 좋지 않은 선입견을 갖고 살아왔는데 집에 박쥐가 든 것이 상서로운 징조라는 말에 얼핏 동의할 수가 없었다. 박쥐와 한집에서 사는 것이 아무런 도움도 되지 않았다. 오히려 성가시기만 했다. 그런데도 집주인을 보고 찾아온다는 생각이 나서 동거를 거부하지는 않았다.

이는 애니미즘과 토테미즘에 기인한다. 그 초점을 인간성에 맞추어 부각시킴으로써 주제에 연결시키고 있다.

벌떼와 동거를 한 것은 보령집이었다. 남의 집에서 분가한 벌떼가 바람벽의 갈라진 틈으로 몰려들어 사랑방의 벽장에서 새살림을 차린 것이었다. 양봉가가 와서 보고 제법 설득력 있게 말했다. "길조다. 옛날부터 집에 벌이 들어오면 논 서 마지기를 사주고 나간다는 말이 있다. 누가 꿀을 따자고 해도 들으면 안 된다. 꼭 좋은 일이 있을 것이다." 운운. 이 벌떼 속에서 쓴 졸작 ≪매월당 김시습≫이 20만 부 이상이나 나간 것은 혹 그 '논 서 마지기'가 아니었을까.

다음은 벌떼와의 동거다. 벌떼가 업이 되려면 동거하는 사람이 벌집을 건드려선 안 된다는 양봉가의 말이 있었다. 사람들이 즐기는 벌

꿀에 손을 대서도 안 된다. 화자는 이 벌떼 속에서 쓴 소설 ≪매월당 김시습≫이 예상을 웃돌게 팔린 것이 집 안에 들어와 살림을 차린 벌떼가 가져다준 복이라 생각한다. 과학적인 이해와 합리적인 사고로는 해석할 수 없는, 벌떼 속에서 쓴 소설이 20만 부 이상 팔린 것을 벌떼가 가져다준 복으로 여기는 필부임을 자인한다.

나는 책이 나가면 더 나가기를 바라는 푼수가 아니다. 그러나 업에 대하여 호감이 갔던 것을 보면 역시 갈데없는 필부다. 필부 무죄匹夫 無罪 옛적에는 흔히 썼던 말이다.

'되면 더 되고 싶고, 하면 더 하고 싶고, 살면 더 살고 싶은' 필부는 푼수다. 과욕過慾은 경계警戒의 대상인 것이다. 그래야 필부 무죄일 수 있다. '필부 무죄'는 ≪춘추좌씨전春秋左氏傳≫에 있는 우공虞公과 우숙虞叔의 고사에서 유래한 성어이다.

〈필부 이야기〉는 민간신앙에 기대어 사는 것을 미신으로 치부하고 자연을 정복하여 이득을 취해야 윤택한 삶을 누리게 된다는 현대인들에게 경계의 메시지를 안겨준다.

부정적인 현실에서 찾고 싶은 긍정의 역사

– 허세욱의 〈무작정〉 조명

무작정

허세욱許世旭(1934–2010) 수필집 ≪송정다리≫ ≪임대마차≫ 등

출근의 러시가 지난 오전 열 시쯤. 지하철 매표구에 나서면 여전히 많은 사람들이 도열해서 표를 샀다. 그런데 그 대부분이 경로의 대접을 받는 사람으로 보여진다. 그 행색이 늙수그레한데다 손마다 쥐어진 것은 하얀 차표였다. 두세 사람에 그치지 않고 여남은 사람이었을 땐 왠지 겸연쩍어 뒤통수가 간질했다.

잠시 머뭇거리다가 슬그머니 그 대열을 벗어나고파서 그냥 우두커니 서고 말았다. 얼른 지갑에서 천 원짜리 한 장을 꺼내 들고 냉큼 매표구에 밀어 넣고 팠지만 그러기에도 쑥스러워 비실비실 맴을 돌다가 매표구가 한산할 때를 기다려 어슬렁 다가가서 손을 내밀었다.

그렇게 하얀 표 한 장을 주머니에 넣은 날은 내가 몹시 미웠다. 삼십 몇 년 동안 꼬박꼬박 나라에 바친 갑근세의 값이라면 떳떳이 가슴을 펼 법하지만 가슴은 언제나 새가슴, 슬금슬금 눈치나 보는 사람, 갈수록 못난이가 되나 보다.

벌써 십 년이 넘게 한 작은 잡지의 편집을 돌보고 있다. 그런데 시장도 넓지 않은 터에 동류의 잡지가 우후의 죽순처럼 늘어났다. 서로가 이름을 알리고 세를 불리느라 아옹다옹이다. 울긋불긋 장정을 고급화하고 도톰두툼 쪽수를 증면하느라 고깃배가 저인망을 끌듯 독자와 필진을 모으는 데 혈안이었다.

잠자코 좋은 글만 모아서 단아하게 꾸미면 그만이라 다짐지만, 어디 앞 강물 뒷 강물이 소리치며 흐르는데 눈 가리고 귀 막을 수야.

남들은 갈수록 영악스러웠다. 이렇게 뜨겁게 달아오를 때 뜻밖에도 35년이나 발행했던 우리나라 유수한 문학지 하나가 자진 폐간을 알려왔다. 글쎄 세상에, 창간이나 당선·개업을 알리는 인삿장은 많았어도 스스로 문을 닫겠다는 인사장이 웬 말인가? 세상이 어지러웠다. 그 경쟁의 열차에서 나 혼자만 슬그머니 내리고 싶었다.

세상은 한창 날고뛰지만 우국우시하는 탄식도 여기저기서 들린다. 철이 화창한 봄날임에도 뒤숭숭하다. 독도니, 북핵이니, 거기다 유전이니, 천도니… 굵직한 톱뉴스 말고도 어느 애비는 자식에게 버림을 받아 목을 천장에 묶었고, 어느 애비는 폭력을 쓰다가 딸에게 목을 죄여 숨이 끊기는, 그래서 봄날은 슬프다.

버럭 화를 낼 수도 고래고래 소리를 지를 수도 없다. 여름날 혹서에 시달린 황소처럼 외양간에 누운 채 꿈벅꿈벅 졸거나 아득아득 되새김질 할 뿐, 눈시울만 축축해진다. 기껏해야 저들이 들리지 않는 뒷전에서 콜록콜록 기침을 했다.

나라 밖에서는 해일과 지진이 심심치 않게 일어나고, 나라 안에서는 산불이 꼬리를 물어도 산에 올라 세상을 굽어보면 다닥다닥 붙어 있는 집들이 추녀를 맞대고 다소곳하다.

산을 내려오는 골목에서 딸그락거리는 수저 소리를 들었다. 지금 저들의 행복은 저들의 식탁에서 벌어지고 있다는 생각이었다. 그러나 저들의 식탁에도 설탕·소금·쌀밥 등의 소위 삼백三白을 금기하는 훈령이 내렸을까? 아니, 반주를 곁들였을까? 석 잔이 넘으면 가슴 한쪽이 둑 무너지듯 망가질세라 잔을 내려놓고 있겠지. 그렇다면 저들 또한 고분고분 준칙을 지키느라 쩔쩔매면서 살아가는 비만한 성인들일까? 마치 궤도를 걸어가면서 넘어질세라 두 손을 설레설레 흔드는 사람들, 그들은 고물고물 착한 백성들, 그러나 궤도마저 없을 때 당장 어쩔 줄 모르는 창백한 시민일 뿐이다.

가끔 낯선 나라, 낯선 땅에서 막차를 놓치고 싶다. 주머니에 돈 한 푼 없어도 무방할 것이다. 까만 하늘 아래 씽씽 바람이 곤두박질하는 대합실 밖에 서서 당장 하룻밤을 어디서 지낼까? 망망한 불안과 미지의 위기, 그것들은 차라리 짜릿한 충격으로 다가올지 몰랐다. 하기야 목숨 걸고 대처한다면 무엇이 두려우랴!

벌써 중국의 서역을 여러 차례 떠돌았다. 우루무치서 남북 어느 쪽으로 가도 그 서편으로 황소의 잔등처럼 길게 누워 있는 산맥이 있다. 우랄알타이에서 파밀고원까지 장장 천 몇백 킬로미터의 길에 평균고도가 3천 미터에서 4천 미터, 그 주봉인 덩그리산은 7천2백 미터인, 말하자면 지구의 중심을 남북으로 누운 긴긴 장성이다. 이름하여 톈산天山산맥이다. 그런데 그 기다란 장성은 3층, 3원색이었다. 맨 위로는 하얀 적설, 가운데로 파란 산림, 맨 아래로 누런 사막. 그것들은 높낮이를 바꾸면서 파도를 치고 있었다. 마치 낙타의 길다란 행렬처럼.

나는 몇 번인가 저 파도 속 어느 구릉에 무작정 작은 까대기를 세우고 거기에 사과 궤짝 서너 개에 놋냄비 한 개쯤 걸어놓고 남은 세월 몇 꼭지 없는 듯 숨었으면 얼마나 좋으랴 싶었다.

그것은 꿈같은 이야기라 치자. 글쎄 내 눈썹 간질이도록 눈에 익은 고향집 돌아가기도 마찬가지다. 어느 날 시시콜콜한 세상일 툭툭 털어버리고 무작정 내려갈 수 없을까? 가서 벌써 냉골된 지 스무 해가 훨씬 넘는 사랑방에 군불을 지피고 거기 대청마루에 자리를 깔고 벌렁 누워서 늙은 회화나무 그늘을 바라볼 수 없을까? 그리고 가로등 한 점 없는 깜깜한 밤에 초롱초롱 별을 보면서 죽음 같은 적막을 느끼고 싶었다. 말하자면 나는 무작정 하경下京 한 번 못 해 보았다. 고향이 그리우면 불현듯 파카 한 벌 걸치고 불 같은 배갈 한 병 허리에 차고 부르릉 액셀러레이터를 밟으며 바람처럼 달려갈 수 없었다.

3, 40년 전, 그때 우리나라에는 무작정 상경이 러시를 이루었었다. 수백 년 지켜 살던 농토를 내던지고 남부여대男負女戴해서 서울로 모였었다. 그로부터 30년이 흘렀다. 남쪽은 공동空洞으로 허물어진 지 오래지만 서울은 엄청 비대한 채 번영을 누리고 있다. 그 번영을 이룩한 아버지는 일찍이 타관을 떠돌았지만 그의 아들·딸은 지금 서울을 고향 삼고 해피한 것이다. 그러니까 아버지의 고향이 먼 옛날 할아버지의 타관이었던 것과 같은 것이다.

그렇게 수천 년 거슬러 올라가서 우리들의 까마득한 조상은 저 멀고 먼 알타이산맥 언저리서 무작정 동진타가 어느 날 망망무애의 만주 땅에서 남하, 따뜻한 남쪽반도를 개척했을지도 모른다.

그러니까 아름다운 반도를 일군 파이어니어, 그리고 아름다운 서울을 번영시킨 상경족, 그들의 몇 할은 무작정 내려왔거나 올라온 사람들이었다. 그리고 오늘의 성취, 그 몇 할은 그들이 빚은 영광일지 모른다.

나도 이 나이에 그 격정을 나누어 갖고 싶다. 안개처럼 소나기처럼 자욱한 눈보라 속을 무작정 떠나고 싶다.

－ 2005년 ≪계간 수필≫에 발표

'무작정'의 사전적 의미는 '어떻게 하리라고 미리 정한 것이 없음.'이다. 작정하지 않고 말이나 행동을 할 때 사용하는 말이다. 그러나 사람이 어떤 말이나 행동을 무작정할 수가 있을까? 허세욱의 수필 〈무작정〉을 통하여 이를 한번 톺아보려 한다.

〈무작정〉에는 여러 가지 요소가 혼재해 있다. 시간적으로는 현재와 과거, 공간적으로는 한국의 서울과 중국의 톈산산맥天山山脈, 심리적으로는 자괴自愧, 불만과 자긍自矜, 염원, 그리고 무기력과 격정이 혼재해 있다. 그래서 얼핏 보아서는 화소話素가 산재해 있어 이야기를 마구 흩어놓은 듯 혼란하다. 구상도 개요도 없이 무작정 쓴 글로 보인다는 말이다. 정말 그럴까?

출근의 러시가 지난 오전 열 시쯤. 지하철 매표구에 나서면 여전히 많은 사람들이 도열해서 표를 샀다. 그런데 그 대부분이 경로의 대접을 받는 사람으로 보여진다. 그 행색이 늙수그레한데다 손마다 쥐어진 것은 하얀 차표였다. 두세 사람에 그치지 않고 여남은 사람이었을 땐 왠지 겸연쩍어 뒤통수가 간질간질했다.

잠시 머뭇거리다가 슬그머니 그 대열을 벗어나고파서 그냥 우두커니 서고 말았다. 얼른 지갑에서 천 원짜리 한 장을 꺼내 들고 냉큼 매표구에 밀어 넣고 팠지만 그러기에도 쑥스러워 비실비실 맴을 돌다가 매표구가 한산할 때를 기다려 어슬렁 다가가서 손을 내밀었다.

그렇게 하얀 표 한 장을 주머니에 넣은 날은 내가 몹시 미웠다. 삼십 몇 년 동안 꼬박꼬박 나라에 바친 갑근세의 값이라면 떳떳이 가슴을 펼 법하지만 가슴은 언제나 새가슴, 슬금슬금 눈치나 보는 사람, 갈수록 못난이가 되나 보다.

〈무작정〉의 처음 부분이다. 여기서 보여주는 화자의 심리는 무기력에 기인한 자괴감이다. 정년퇴직자인 화자가 지하철 매표구 앞 무임승차권을 얻으려는 늙은이들 속에서 느끼는 자괴감. 이는 삼십 몇 년 동안 꼬박꼬박 갑근세를 내던 당당한 시절을 넘긴 자의 무기력에 기인한다.

벌써 십 년이 넘게 한 작은 잡지의 편집을 돌보고 있다. 그런데 시장도 넓지 않은 터에 동류의 잡지가 우후의 죽순처럼 늘어났다. 서로가 이름을 알리고 세를 불리느라 아옹다옹이다. 울긋불긋 장정을 고급화하고 도톰두툼 쪽수를 증면하느라 고깃배가 저인망을 끌듯 독자와 필진을 모으는 데 혈안이었다.

잠자코 좋은 글만 모아서 단아하게 꾸미면 그만이라 다짐하지만, 어디 앞 강물, 뒷 강물이 소리치며 흐르는데 눈 가리고 귀 막을 수야.

남들은 갈수록 영악스러웠다. 이렇게 뜨겁게 달아오를 때 뜻밖에도 35년 이나 발행했던 우리나라 유수한 문학지 하나가 자진 폐간을 알려왔다. 글쎄 세상에, 창간이나 당선·개업을 알리는 인사장은 많았어도 스스로 문을 닫 겠다는 인사장이 웬 말인가? 세상이 어지러웠다. 그 경쟁의 열차에서 나 혼자만 슬그머니 내리고 싶었다.

처음 부분에 비해 엉뚱한 이야기다. 지금 하고 있는 일, 잡지 편집 에 관한 이야기다. 내실內實보다 표면적인 세 불리기에 혈안인 동류의 잡지들. 그 통에 35년이나 발행해온 유수한 문학지가 폐간을 알려왔 다. 문학계에도 그레샴의 법칙이 그대로 적용되는 세태다. 여기서 화 자는 악화惡貨에 구축驅逐당하는 양화良貨의 무기력을 실감한다.

세상은 한창 날고뛰지만 우국우시하는 탄식도 여기저기서 들린다. 철이 화창한 봄날임에도 뒤숭숭하다. 독도니, 북핵이니, 거기다 유전이니, 천도 니… 굵직한 톱뉴스 말고도 어느 애비는 자식에게 버림을 받아 목을 천장 에 묶었고, 어느 애비는 폭력을 쓰다가 딸에게 목을 죄여 숨이 끊기는, 그래 서 봄날은 슬프다.

버럭 화를 낼 수도 고래고래 소리를 지를 수도 없다. 여름날 혹서에 시달 린 황소처럼 외양간에 누운 채 꿈벅꿈벅 졸거나 아득아득 되새김질할 뿐

눈시울만 축축해진다. 기껏해야 저들이 들리지 않는 뒷전에서 콜록콜록 기침을 했다.

이번에도 화제가 바뀐다. 뉴스를 통해 정치적 현실은 뒤숭숭하고 사회적 현실은 비인간적인 상황을 넘어 패륜적임을 인지한다. 이를 새 희망의 계절 봄과 대비시켜 절망을 강조했다. 그렇다고 침묵할 수도 슬픔에만 젖어 있을 수도 없다. '콜록콜록 기침'은 부정적인 현실을 묵과할 수 없는 내면의 표출이다.

나라 밖에서는 해일과 지진이 심심치 않게 일어나고, 나라 안에서는 산불이 꼬리를 물어도 산에 올라 세상을 굽어보면 다닥다닥 붙어 있는 집들이 추녀를 맞대고 다소곳하다.

산을 내려오는 골목에서 딸그락거리는 수저 소리를 들었다. 지금 저들의 행복은 저들의 식탁에서 벌어지고 있다는 생각이었다. 그러나 저들의 식탁에도 설탕·소금·쌀밥 등의 소위 삼백三白을 금기하는 훈령이 내렸을까? 아니, 반주를 곁들였을까? 석 잔이 넘으면 가슴 한쪽이 둑 무너지듯 망가질세라 잔을 내려놓고 있겠지. 그렇다면 저들 또한 고분고분 준칙을 지키느라 쩔쩔매면서 살아가는 비만한 성인들일까? 마치 궤도를 걸어가면서 넘어질세라 두 손을 설레설레 흔드는 사람들, 그들은 고물고물 착한 백성들, 그러나 궤도마저 없을 때 당장 어쩔 줄 모르는 창백한 시민일 뿐이다.

원근법을 통해 서민들의 삶에 접근하고 있다. 멀리서는 별문제가 없어 보이지만 가까이 접근하면 현대문명이 조성한 불안에 시달리며 조심조심 살아간다. 본인이 발붙이고 사는 땅에서 나는 식품들을 본인의 체질에 맞게 섭취하며 사는 여유로움은 잃어버린 지 오래다. 그래서 금해야 할 것과 취해야 할 것을 꼬박꼬박 지켜야 한다. 이는 비단 식품에만 국한되는 문제가 아니다. 사회적 규제에까지 확대 해석할 수도 있다. 그러한 관점에서 '창백한 시민'이다.

가끔 낯선 나라, 낯선 땅에서 막차를 놓치고 싶다. 주머니에 돈 한 푼 없어도 무방할 것이다. 까만 하늘 아래 씽씽 바람이 곤두박질하는 대합실 밖에 서서 당장 하룻밤을 어디서 지낼까? 망망한 불안과 미지의 위기, 그것들은 차라리 짜릿한 충격으로 다가올지 몰랐다. 하기야 목숨 걸고 대처한다면 무엇이 두려우랴!

화자는 답답하다. 이 답답한 현실에서 벗어나 마음껏 자유를 구가하고 싶다. 표면적인 자유가 아니라 정신적인 자유. '미지의 위기를 짜릿한 충격'으로 받아들이고, 그 위기에 목숨 걸고 대처하고 싶을 만큼 정년퇴직을 한 화자는 아직도 젊다. 이는 정체된 현실을 뚫고 새로운 세계를 개척하고 싶은 열정에 기인한 것이다.

벌써 중국의 서역을 여러 차례 떠돌았다. 우루무치서 남북 어느 쪽으로 가도 그 서편으로 황소의 잔등처럼 길게 누워 있는 산맥이 있다. 우랄알타이에서 파밀고원까지 장장 천 몇백 킬로미터의 길이에 평균고도가 3천 미터에서 4천 미터, 그 주봉인 덩그리산은 7천2백 미터인, 말하자면 지구의 중심을 남북으로 누운 긴긴 장성이다. 이름하여 톈산天山산맥이다. 그런데 그 기다란 장성은 3층, 3원색이었다. 맨 위로는 하얀 적설, 가운데로 파란 산림, 맨 아래로 누런 사막. 그것들은 높낮이를 바꾸면서 파도를 치고 있었다. 마치 낙타의 기다란 행렬처럼.

나는 몇 번인가 저 파도 속 어느 구릉에 무작정 작은 까대기를 세우고 거기에 사과 궤짝 서너 개에 놋냄비 한 개쯤 걸어놓고 남은 세월 몇 꼭지 없는 듯 숨었으면 얼마나 좋으랴 싶었다.

현실에서 벗어나고 싶은 화자가 떠올린 과거의 경험이다. 톈산산맥의 높고 험한 지역을 떠돌던 기억. 우랄알타이에서 파밀고원까지 길게 누워 있는 산맥은 층에 따라 백白, 청靑, 황黃 삼색이었다. 맨 위는 백년설, 중간은 산림, 맨 아래는 고비사막. 그 모습을 화자는 파도에 비유하고 있다. 길게 누워 있는 산맥이 통시성을 지닌다면 삼색을 이루고 있는 모습은 공시성을 지닌다 할 수 있다. 이것에서 파도를 연상한 것은 역사의식에 기인한다. 첫머리 부분에서 못마땅한 현실을 꼬집은 것은 화자의 내면에 자리 잡은 이 역사의식의 발로이다. 그리고 '어느 구릉에 작은 까대기를 세우고…' 살고 싶은 것은 현실도 피가 아니라 비트beat나 히피hippie처럼, 못마땅한 현실에 저항하고 싶은 희원이라 보아도 좋을 것이다.

그것은 꿈같은 이야기라 치자. 글쎄 내 눈썹 간질이도록 눈에 익은 고향

집 돌아가기도 마찬가지다. 어느 날 시시콜콜한 세상일 툭툭 털어버리고 무작정 내려갈 수 없을까? 가서 벌써 냉골이 된 지 스무 해가 훨씬 넘는 사랑방에 군불을 지피고 거기 대청마루에 자리를 깔고 벌렁 누워서 늙은 회화나무 그늘을 바라볼 수 없을까? 그리고 가로등 한 점 없는 깜깜한 밤에 초롱초롱 별을 보면서 죽음 같은 적막을 느끼고 싶었다. 말하자면 나는 무작정 하경下京 한 번 못해 보았다. 고향이 그리우면 불현듯 파카 한 벌 걸치고 불같은 배갈 한 병 허리에 차고 부르릉 액셀러레이터를 밟으며 바람처럼 달려갈 수 없었다.

귀향에 대한 바람이다. 고향은 그 사람의 발판이다. 태어나 걸음마를 배운 곳이요, 살아가는 길을 학습하여 세상에 첫발을 내디딘 곳이다. 고향은 개인에 따라 긍정적일 수도 있고 부정적일 수도 있다. 〈무작정〉의 화자에게 고향은 퍽 긍정적이다. 그래서 무작정 하경하고 싶다. 사랑방 앞에 늙은 회화나무가 서 있는 것으로 보아 선비의 풍모를 간직한 집안이다. '벌써 냉골이 된 지 스무 해가 훨씬 넘는 사랑방에 군불을 지피고 거기 대청마루에 자리를 깔고 벌렁 누워서' 옛 고향의 정취에 젖어들고 싶다. 이는 잃어가는 선비정신에 대한 향수다. 그러나 시시콜콜한 현실에 발목이 잡혀 고향은 먼 곳에 있다.

3, 40년 전, 그때 우리나라에는 무작정 상경이 러시를 이루었다. 수백 년 지켜 살던 농토를 내던지고 남부여대男負女戴해서 서울로 모였었다. 그로부터 30년이 흘렀다. 남쪽은 공동空洞으로 허물어진 지 오래지만 서울은 엄

청 비대한 채 번영을 누리고 있다. 그 번영을 이룩한 아버지는 일찍이 타관을 떠돌았지만 그의 아들·딸은 지금 서울을 고향 삼고 해피한 것이다. 그러니까 아버지의 고향이 먼 옛날 할아버지의 타관이었던 것과 같은 것이다.

그렇게 수천 년 거슬러 올라가서 우리들의 까마득한 조상은 저 멀고 먼 알타이산맥 언저리서 무작정 동진타가 어느 날 망망무애의 만주 땅에서 남하, 따뜻한 남쪽 반도를 개척했을지도 모른다.

원래 역사란 굴곡의 연속이다. 협狹과 광廣. 궁핍과 풍요가 교차하는 것이 역사이다. 우리 민족도 예외일 수는 없다. 화자는 텐산산맥에서 우랄알타이산맥을 보며 우리 민족의 역사를 떠올렸을 것이다. 우랄알타이산맥 기슭 몽골에서 출발하여 만주를 거쳐 지금 우리가 사는 터전에 이르는 수천 년 동안 개척의 역사. 삼국정립三國鼎立 이후의 정치적 흥망성쇠, 문화적 굴곡도 정도의 차이는 있으나 이와 맥락을 같이한다.

1960년대 후반기 이후에 시작한 근대화 사업은, 오랜 역사를 지닌 농경사회에서 산업사회로 전환하는 격동의 시대로 진입하는 관문이었다. 대도시 위주로 여기저기 크고 작은 공장이 들어서자 정직한 땅에서 나는 적은 소출에 갈증을 느끼던 많은 농민들이 도시로 모여들었다. 지주와 소작인의 관계가 사주社主와 노동자의 관계로 변했고 저임금 노동자들에 의해 쏟아져 나온 많은 공산품은 사주의 금고를 채웠다. 공산품의 판로를 위해 많은 종사원이 필요하게 되었고 여기서도 다단多段의 위계가 생겨났다. 농경사회에서는 단순하던 위계질서가 산업사회에서는 복잡하고 다단해졌다.

이러한 사회적 변화는 전통문화의 붕괴를 초래했다. 표면적으로는 대가족제도가 무너졌고 관습적으로는 경로사상이 침몰됐다. 정신 위주의 가치관이 흐려졌다. 결과적으로 내면을 홀대하고 표면을 우대하는, 곧 물질적 가치에 정신적 가치가 함몰되는 사회가 되었다. 화자는 이러한 현실이 못마땅하다.

그러니까 아름다운 반도를 일군 파이어니어, 그리고 아름다운 서울을 번영시킨 상경족, 그들의 몇 할은 무작정 내려왔거나 올라온 사람들이었다. 그리고 오늘의 성취, 그 몇 할은 그들이 빚은 영광일지 모른다.

나도 이 나이에 그 격정을 나누어 갖고 싶다. 안개처럼 소나기처럼 자욱한 눈보라 속을 무작정 떠나고 싶다.

화자는 못마땅한 현실을 박차고 나갈 수 있는 개척정신을 꿈꾼다. 우랄알타이 기슭에서 만주를 거쳐 지금 우리가 살고 있는 터전을 이룩한 선대들과 달랑 몸 하나만으로 낯선 대도시에 와 등골이 휘도록 일해 오늘의 물질적 풍요를 일군 산업역군들. 그들의 가슴에서 요동쳤던 개척정신을 이어받고 싶다.

그러나 화자가 꿈꾸는 것은 물질적 풍요만이 아닌 정신적인 윤택함이다. 딸그락거리는 수저 소리를 내며 밥상에 둘러앉아 행복한 식사를 하는 일상과 사랑방 대청마루에 왕골자리를 깔고 누워 늙은 회화나무 그늘을 바라보는 여유와 멋을 그리워한다. 그리고 전등 불빛 하나 없는 깜깜한 밤하늘에서 반짝이는 별을 보며 죽음 같은 적막을 느끼고 싶다.

역사에는 통시성通時性과 공시성共時性이 공존한다. 직선으로 벋어나가는 것이 아니라 크고 작은 원을 이루며 벋어나간다는 것이다. 작가는 〈무작정〉에서 역사의 선회성旋回性에 깊은 관심을 보이고 있다.

〈무작정〉은 '어떻게 하리라고 미리 정한 것이 없음.'이 아니다. 오랜 세월 축적된 염원이 적정한 시기나 상황에서 어떤 행동으로 불쑥 드러남이라 할까. 이 글에서의 염원은 역사의식에 기인한다. 부정적인 현실에서 긍정적인 역사를 되새기고 싶은 강한 욕망이다. 그리고 〈무작정〉의 구성도 얼핏 몇 가지의 화소를 무작정 늘어놓은 듯 보이나 자세히 톺아보면 단락과 단락 사이에 견고한 연결고리가 있음을 발견하게 된다. 이러한 점에서도 〈무작정〉은 그냥 무작정이 아니다.

영혼을 담는 그릇

– 유경환의 〈그릇〉 조명

그릇

유경환劉庚煥(1936–2007) 수필집 ≪두물머리≫ ≪염소 그리기≫

좁은 서가 한쪽을 비워놓고 그릇 하나를 올려놓았다. 막사발 비슷한 질그릇이다. 무엇이 담긴 것이 아니라 빈 그릇이다. 빈 그릇이라야 그릇 자체를 보게 된다.

보고 또 보아도 매일 눈길이 간다. 볼수록 눈길이 더 끌린다. 소박하다 고 할까 질박하다고 할까. 아무 꾸밈이 없는 생김에 색깔도 유별난 것이 아니다. 그래서 눈길이 닿으면 그냥 흘러내리는 것이 아니라 머물게 된다.

이 그릇을 구워낸 사람은 무엇을 담는 용기로 만들었으리라. 하지만 내겐 빈 그릇으로 오히려 좋다. 무엇이라도 담기면 그릇보다 담긴 것에 눈길을 흘리게 되기 때문이다.

하여간 눈길을 끄는 매력이 어디엔가 숨어 있긴 한데, 한 마디로 말하 기는 어렵다. 합당한 것이 담길 수 있다는 기대에서일까, 아니면 그릇 그 자체로서의 소용에서일까. 생산자의 의도와 소비자의 용도가 언제나 일 치하리라는 것은 어설픈 생각이다. 그 불일치가 만드는 거리를 적절히 좁히는 일로서 미의 감각을 키울 수 있다. 그러나 여기서 그런 것까지 말할 생각은 없다. 다만 조용히 그것을 즐기고 있음만 말할 뿐이다.

그릇이라는 말은 참 듣기 좋고 또 나직이 말하기도 좋다. 우리말이 이렇듯 오묘할 수가! 그릇이라고 발음할 때 마음이 안쪽으로 조금만 잡아당겨짐을 느끼게 되는데, 이는 나만의 경우일까.

곰곰이 다시 생각해 보면 무엇인가 알맞은 것으로 채울 수 있을 것이라는 기대감으로 말미암아 듣기에도 말하기에도 좋은 정서를 지니게 되는 것 아닌가 싶다. 그렇다면 내게도 욕심이 있다는 증거가 된다.

어리석지 아니한 사람은 자기에게 걸맞은 그릇에 마음을 둔다. 마음으로 정하는 일이기에 이를 지혜라고 할 수 있다. 걸맞지 않게 큰 그릇을 선택해 놓고 턱없이 모자라는 부족을 채우려 들면 허욕이 일어난다. 허욕은 언제나 끝이 사납다. 채우려 채우려 하여도 채워지지 아니 하는 것이 허욕이다.

처음부터 자기에게 알맞은 그릇을 마음으로 정했다면 그것으로 이미 마음 편한 일이다. 더 채울 자리가 남아 있지 않으므로 욕심의 자리도 없다.

나는 요즘 어떤 그릇은 음식을 담기에 앞서, 마음을 담기에 필요한 도구로 빚어졌을 것이라는 생각을 하기 시작한다. 도공의 간절한 마음이 담긴 그릇을 여러 곳에서 보게 된 뒤부터이다. 박물관에 들어서면 진열장 앞에 서자마자 내 생각이 틀림없노라고 혼자 우겨댄다.

조상이나 하늘에 대고 무엇을 간절히 빌 때 두 손 맞잡고 경건히 올려 놓는 제기 또한 마음의 그릇이 아닌가. 그러기에 마음을 담고자 하는 그릇으로 빚어진 것이라는 생각이 전적으로 그른 것은 아니다.

그릇은 육신을 지탱하는 음식을 담아내는데 유용할 뿐만 아니라 영혼을 담아보는데도 필요한 용기다. 아주 어려서 어머니가 한밤중에 물을 담아놓고 거기 염원을 풀어 담는 모습을 본 적이 있다.

빈 그릇 하나 정갈하게 씻어 두 눈 감고 마음까지 쏟아부으면 그 안에 괴는 맑은 흔들림을 느낄 수 있다.

사람들을 한때나마 열뜨게 하는 술 한 잔보다야 열길 우물에서 길어 올린 한 사발 물이 그릇의 가치를 얼마나 아름답게 하는가. 따져 보면 사람 또한 그릇의 일몫과 크게 차이 나지 아니한다. 무슨 생각 어떤 의식을 육신에 담느냐에 따라, 그 사람의 품위와 성격이 달라진다.

남들이 스스로 따라가 감동을 얻고 존경을 표하는 그런 사람이 될 것인가, 아니면 손가락질을 받는 그런 사람이 될 것인가도 전적으로 그 사람이 지니는 인간 내면의 문제인 것이다.

그릇이 크고 작다는 말이 때때로 한 사람이 지닌 도량이 크고 작다는 말과 다르지 않게 쓰이는 것을 듣는다. 그렇다면 그릇과 도량이 동의어일 수 있겠다. 그릇이 도량과 무관하지 아니한 어의를 지닌 것만은 틀림없다.

서가 한쪽을 비워 그릇 하나를 올려놓고 바라보면서 내 마음이 담길 크기의 그릇이면 족하다고 다짐한다. 가끔 분수에 어긋나는 짓이 아닌가 하고 스스로를 가늠해 보는데 더없이 좋은 사발이다. 분수에 맞는지를 견주는데 이보다 더 좋은 방법이 있겠는가.

언젠가 법정스님의 ≪오두막 편지≫라는 수상집을 읽은 적이 있다. 이 책 표지엔 다른 문양이 없고 작은 그릇 한 개만 그려져 있다. 맑은 가난을 수행자의 기본으로 강조하는 스님의 생각과 아주 잘 어울리는 디자인이라고 생각했다. 그 많은 스님들 가운데 유독 법정을 택하는 것도 그의 수필에 담긴 스님의 내면 때문이리라.

뭔가 담기 위해 빚어진 그릇이라 하여도 빈 것이 내겐 더 좋다. 서가에 비껴드는 햇살이 그릇을 채워주는 이 충만을 보고 있노라면, 아예 다른 것으로 채울 생각은 안하게 된다. 비끼는 햇살에도 윤이 난다.

― 《염소 그리기(2006)》에 수록

그릇은 주로 인간의 육신에 영양을 공급하는 밥이나 물을 담는 데 쓰는 것으로 쇠, 돌, 나무, 짚, 흙 등을 가공하여 만든다. 그중에서 사람들의 일상생활에 주로 사용되는 것은 흙으로 빚어 구운 사기나 옹기이다. 이는 종지에서 항아리까지 그 크기가 다양하고 그 외형도 다양하다. 그러나 고체나 액체를 담는 그릇이라는 점에서는 동일하다.

처음에는 토기로 시작한 것이 그 모양이나 외형을 보다 아름답게 꾸미는 도자기공예에까지 이르게 되었다. 고려 시대의 청자, 조선 시대의 백자가 그 산물이다. 요즈음에는 청자나 백자의 외형에 현혹되어 그 예술품으로서의 가치를 논하는 사람이 많지만 〈그릇〉의 화자가 주목하는 것은 그 외적인 가치와는 거리가 멀다. 그릇은 무엇을 담는 용기容器라는 그릇의 본분을 바탕에 깔고 있지만 그것이 육신과는 거리가 멀다.

좁은 서가 한쪽을 비워놓고 그릇 하나를 올려놓았다. 막사발 비슷한 질

그릇이다. 무엇이 담긴 것이 아니라 빈 그릇이다. 빈 그릇이라야 그릇 자체를 보게 된다.

보고 또 보아도 매일 눈길이 간다. 볼수록 눈길이 더 끌린다. 소박하다고 할까 질박하다고 할까. 아무 꾸밈이 없는 생김에 색깔도 유별난 것이 아니다. 그래서 눈길이 닿으면 그냥 흘러내리는 것이 아니라 머물게 된다.

이 그릇을 구워낸 사람은 무엇을 담는 용기로 만들었으리라. 하지만 내겐 빈 그릇으로 오히려 좋다. 무엇이라도 담기면 그릇보다 담긴 것에 눈길을 흘리게 되기 때문이다.

〈그릇〉의 서두이다. 고려청자나 조선백자를 소장하고 싶은 사람은 사람들이 많이 드나드는 거실에 그럴싸한 받침대를 설치하고 그 위에 올려놓는다. 그러나 화자는 서가 한쪽을 비우고 그 위에 모양도 색깔도 유별나지 않은 막사발 비슷한 질그릇 하나를 올려놓았다. 책을 꽂아놓는 서가의 한 자리를 차지하고 있는 그릇은 이미 밥이나 물을 담는 생활용기가 아니다. 아무것도 담기지 않은, 무엇이 담기면 담긴 것에 눈길을 빼앗길까 봐 빈 채로 인 막사발. 이 그릇의 용도가 궁금하다.

하여간 눈길을 끄는 매력이 어디엔가 숨어 있긴 한데, 한 마디로 말하기는 어렵다. 합당한 것이 담길 수 있다는 기대에서일까, 아니면 그릇 그 자체로서의 소용에서일까. 생산자의 의도와 소비자의 용도가 언제나 일치하리라는 것은 어설픈 생각이다. 그 불일치가 만드는 거리를 적절히 좁히는 일로서 미의 감각을 키울 수 있다. 그러나 여기서 그런 것까지 말할 생각은 없다. 다만 조용히 그것을 즐기고 있음만 말할 뿐이다.

생산자는 무엇인가를 담기 위해 그릇을 만든다. 사발이라면 밥이나 국을 담는 데 주로 쓴다. 그러나 화자는 빈 그릇을 고집한다. 생산자와 소비자의 불일치인 것이다. 이 불일치가 만드는 거리는 심리적 또는 정신적인 거리이다. 바로 앞에 있는 것이 아득히 느껴질 수도 있고, 다른 사람이 허접하게 대하는 것을 아주 소중하게 생각할 수도 있다. 이 경우는 순전히 주체의 주관에 의존한다. 주체의 내면에 형성된 사람됨에 의존하는 것이다.

그릇이라는 말은 참 듣기 좋고 또 나직이 말하기도 좋다. 우리말이 이렇듯 오묘할 수가! 그릇이라고 발음할 때 마음이 안쪽으로 조금만 잡아당겨짐을 느끼게 되는데, 이는 나만의 경우일까.
곰곰이 다시 생각해 보면 무엇인가 알맞은 것으로 채울 수 있을 것이라는 기대감으로 말미암아 듣기에도 말하기에도 좋은 정서를 지니게 되는 것 아닌가 싶다. 그렇다면 내게도 욕심이 있다는 증거가 된다.

화자는 '그릇'이라는 말에서 느끼는 좋은 어감을 '무엇인가 알맞은 것으로 채울 수 있을 것이라는 기대감'에서 비롯된 것이 아닌가 하는 데까지 연결시키고 있다. 그래서 그것을 욕심의 발로로 보고 있다. 인간에게는 누구에게나 욕심이라는 것이 있다. 그 욕심은 사람에 따라 다르다. 상인은 돈을, 정치가는 권력을, 학자는 지식을 욕심낸다. 〈그릇〉에서 화자가 욕심내는 '무엇인가 알맞은 것'은 무엇일까?

어리석지 아니한 사람은 자기에게 걸맞은 그릇에 마음을 둔다. 마음으로 정하는 일이기에 이를 지혜라고 할 수 있다. 걸맞지 않게 큰 그릇을 선택해 놓고 턱없이 모자라는 부족을 채우려 들면 허욕이 일어난다. 허욕은 언제나 끝이 사납다. 채우려 채우려 하여도 채워지지 아니 하는 것이 허욕이다.
처음부터 자기에게 알맞은 그릇을 마음으로 정했다면 그것으로 이미 마음 편한 일이다. 더 채울 자리가 남아 있지 않으므로 욕심의 자리도 없다.

'자기에게 알맞은 그릇'을 알아내는 일은 쉽지 않다. 소크라테스가 아테네 시민들에게 외쳤던 '너 자신을 알라.'에 대한 깨달음이 필요하다. 자아의 영혼, 곧 순수한 정신세계에 대한 깊이와 넓이를 깨달아 이를 생활화할 수 있는 지혜. 소크라테스를 비롯한 그리스의 철현哲賢들이 델포이의 아폴로 신전을 참배한 것도 이를 얻기 위한 수행修行이었다. 소크라테스가 자기가 옳지 않다고 생각하는 아테네의 제도에 의해 사형선고를 받고도 이를 달게 수용한 것도 바로 여기에 기인한 것이다. 소크라테스의 사형 수용은 굴종이 아니라 자아의 순수한 영혼을 수호하기 위함이었으니 말이다.
이 순수한 자아를 추구하는 사람은 외면 세계보다 내면세계를 중시한다. 그래서 모든 가치를 내면을 충족시키는 데 둔다. 그를 체득한 연후에 자기에게 알맞은 그릇을 마음으로 정할 수 있는 여유를 갖게 된다. 그 여유는 어떤 상황에서도 마음의 평화를 견지할 수 있게 한다.

　나는 요즘 어떤 그릇은 음식을 담기에 앞서, 마음을 담기에 필요한 도구로 빚어졌을 것이라는 생각을 하기 시작한다. 도공의 간절한 마음이 담긴 그릇을 여러 곳에서 보게 된 뒤부터이다. 박물관에 들어서면 진열장 앞에 서자마자 내 생각이 틀림없노라고 혼자 우겨댄다.

　조상이나 하늘에 대고 무엇을 간절히 빌 때 두 손 맞잡고 경건히 올려놓는 제기 또한 마음의 그릇이 아닌가. 그러기에 마음을 담고자 하는 그릇으로 빚어진 것이라는 생각이 전적으로 그른 것은 아니다.

　그릇은 육신을 지탱하는 음식을 담아내는데 유용할 뿐만 아니라 영혼을 담아보는데도 필요한 용기다. 아주 어려서 어머니가 한밤중에 물을 담아놓고 거기 염원을 풀어 담는 모습을 본 적이 있다.

　빈 그릇 하나 정갈하게 씻어 두 눈 감고 마음까지 쏟아부으면 그 안에 괴는 맑은 흔들림을 느낄 수 있다.

　화자는 그릇은 물질만을 담는 용기가 아니라는 생각에 골몰한다. 제례의식에 사용되는 그릇, 곧 제기祭器는 제물祭物을 담는 그릇이지만 식기食器와는 다르다. 간절한 마음을 담는 그릇이기 때문이다. 제기를 빚은 도공의 간절한 마음 또한 담긴 그릇이다. 첫닭이 울면 정갈한 모습으로 우물에 가, 아직 아무도 두레박을 넣지 않은 물을 길어다가 뒤란 장독대 앞 반석에 올려놓고 두 손을 모아 마음속 깊은 곳에서 우러나오는 염원을 간구하는 어머니의 앞에 놓인 정화수 그릇 그럴 때 그릇은 마음을 담는 용기가 된다. 그 정화수 사발에서 정성 모아 부은 맑은 마음의 흔들림을 느낄 수 있다.

사람들을 한때나마 열띠게 하는 술 한 잔보다야 열길 우물에서 길어 올린 한 사발 물이 그릇의 가치를 얼마나 아름답게 하는가. 따져 보면 사람 또한 그릇의 일몫과 크게 차이 나지 아니한다. 무슨 생각 어떤 의식을 육신에 담느냐에 따라, 그 사람의 품위와 성격이 달라진다.

남들이 스스로 따라가 감동을 얻고 존경을 표하는 그런 사람이 될 것인가, 아니면 손가락질을 받는 그런 사람이 될 것인가도 전적으로 그 사람이 지니는 인간 내면의 문제인 것이다.

그릇은 외형이 같아 보일지라도 어떤 일에 쓰이느냐에 따라 크게 다르다. 육신을 위한 음식을 담아 식탁에 놓는 그릇과 조상을 섬기는 마음을 담아 제상에 올리는 그릇이 다르듯 막걸리를 담아 마시는 사발과 정화수에 간절한 마음을 담은 사발 또한 같을 수가 없다. 사람도 마찬가지다. 사람 안에 담긴 영혼이 순수성을 유지하고 있는가, 그 순수성이 변질되어 불순한가에 따라, 타인들로부터 존경을 받느냐, 천시를 당하느냐가 결정된다. 사람됨, 곧 인격을 결정하는 것은 외형에 의한 것이 아니라 내면에 의한 것이다.

그릇이 크고 작다는 말이 때때로 한 사람이 지닌 도량이 크고 작다는 말과 다르지 않게 쓰이는 것을 듣는다. 그렇다면 그릇과 도량이 동의어일 수 있겠다. 그릇이 도량과 무관하지 아니한 어의를 지닌 것만은 틀림없다.

어떤 사람이 가진, 사람이나 물질을 품을 수 있는 정도를 도량度量
이라 한다. 그러니까 어떤 사람이 지닌 마음의 크고 작음이다. 그것은
저절로 주어지는 것이 아니다. 성현들의 가르침과 끊임없는 사색을
통해 빚어내는 것이기 때문이다. 그러나 자기가 자기의 도량을 알아
그에 알맞은 것을 담는 일은 쉽지 않다. 때로는 간장종지가 국그릇이
되고 싶어 하고, 어떤 때는 똥장군이 생수통 노릇을 하려 들기도 한다.

서가 한쪽을 비워 그릇 하나를 올려놓고 바라보면서 내 마음이 담길 크
기의 그릇이면 족하다고 다짐한다. 가끔 분수에 어긋나는 짓이 아닌가 하고
스스로를 가늠해 보는데 더없이 좋은 사발이다. 분수에 맞는지를 견주는데
이보다 더 좋은 방법이 있겠는가.

화자가 자기의 도량을 측정하는 도구로 선택한 것은 '막사발 비슷
한 질그릇'이다. 지나치게 크지도 작지도 않고 다른 사람들의 눈에 띄
게 화려하지도 않다. 그것을 서가 한쪽을 비워 올려놓았다. 서가는 책
을 꽂아놓는 선반이다. '책은 마음의 양식이다.'라고들 한다. 그렇다면
서가에 놓인 그릇은 마음의 양식이다. 성서일 수도, 불경일 수도 있다.
그것을 보면서 분수에 어긋나는 욕심을 경계하고자 함은 소크라테스
가 우러른 아폴로 신전과 통하는 데가 있다.

언젠가 법정스님의 ≪오두막 편지≫라는 수상집을 읽은 적이 있다. 이 책 표지엔 다른 문양이 없고 작은 그릇 한 개만 그려져 있다. 맑은 가난을 수행자의 기본으로 강조하는 스님의 생각과 아주 잘 어울리는 디자인이라고 생각했다. 그 많은 스님들 가운데 유독 법정을 택하는 것도 그의 수필에 담긴 스님의 내면 때문이리라.

허욕을 경계하고자 하는 화자의 눈길을 끈 것이 법정스님의 ≪오두막 편지≫이다. 다른 문양 없이 작은 그릇 하나만 그려진 그 수상집의 표지 그림이 화자의 마음을 사로잡은 것이다. 어쩌면 작가가 수필 〈그릇〉을 쓰게 된 동기일는지도 모른다. 이전부터 불교의 정수精髓인 무소유無所有의 철학으로 일관한 법정의 정신세계에 감복感服해 왔기 때문일 수도 있다.

무소유는 집착을 버리는 데서 비롯된다. 〈반야심경般若心經〉의 핵심인 '공즉시색 색즉시공空卽是色 色卽是空'에서 보여주는 모든 것은 공, 곧 없는 것임을 깨달아 마음을 비웠을 때라야 집착에서 벗어날 수 있다. 〈마태복음〉 5장 3절의 '마음이 가난한 사람은 천국이 저들의 것' 역시 모든 욕심을 비워 마음이 가난해졌을 때라야 집착에서 벗어날 수 있다는 가르침이다. 집착에서 해방되었을 때라야 진정한 평화와 자유에 접근할 수 있다.

뭔가 담기 위해 빚어진 그릇이라 하여도 빈 것이 내겐 더 좋다. 서가에 비껴드는 햇살이 그릇을 채워주는 이 충만을 보고 있노라면, 아예 다른 것으로 채울 생각은 안하게 된다. 비끼는 햇살에도 윤이 난다.

글의 일관성을 견지해 오다가 완결성을 부여한 결말 부분이다. 화자가 서가에 막사발 비슷한 빈 그릇을 올려놓고 거기에 마음을 두는 것은 그릇이 아름다워서도 금화金貨나 권력이나 명예를 채우기 위해서도 아니다. 모든 집착에서 벗어나 아무것도 없음, 마음의 가난함을 얻기 위해서이다. 그릇을 채워주는 햇살의 충만함에는 소크라테스의 순수한 영혼이 담겨 있을 법도 하다.

수필은 일상적인 생활에서 소재를 선택하여 쓰는 글이다. 그러나 일상적인 소재를 평면적으로 서술해놓은 글은 수필이 아니다. 선택한 소재에 자기의 내면에 축적된 사상이나 감정을 용해시켜 짤막한 산문으로 표출했을 때 비로소 수필이 된다. 그러한 점에서 〈그릇〉은 사상성과 예술성을 갖춘 뛰어난 수필이라 평하기에 부족함이 없다.

청정한 영혼 기구祈求

− 변해명의 〈빨래를 하며〉 조명

빨래를 하며

변해명邊海明(1939−2012) 수필집 ≪숨겨진 시간의 지도≫ ≪주인 없는 꽃수레≫ 등

　세상 바람에 시달리다 풀이 죽어 늘어진 옷을 벗어 빨래를 한다.

　살아가기 힘겨워 땀에 배인 옷, 시끄러운 소리에 때 묻고 눌린 옷, 최루탄 연기에 그을고 시름에 얼룩진 옷을 빤다.

　장맛비 걷히고 펼쳐지는 푸른 하늘처럼 밤마다 베개 밑으로 흐르는 물소리는 악몽에 시달리는 나의 잠을 깨운다. 그 물소리처럼 지심에서 솟구치는 물꼬를 찾아 콸콸콸 넘쳐흐르는 물에 빨래를 담가 절레절레 흔들며 빨래를 하고 싶다.

　여름의 한 줄기 소나기는 도심을 태우던 열기를 식혀주고 악취와 쓰레기를 쓸어가며, 시원하고 깨끗한 거리를 열어준다. 그처럼 소나기를 맞으면 머리카락 올올이 빗물로 감기고, 주머니에 담긴 먼지처럼 답답한 가슴도 후련해지리라. 씹지 않고 삼킨 말의 응어리도 풀 수 있는 소나기 − 빗질하는 가로수처럼 빨고 싶은 나날들.

옛날 어느 날 신부님은 내 이마에 물을 부으시며 마음을 빨아주셨다. 다시는 너의 삶에서 후회로움이나 욕됨이 없을지니라.

그러나 어인 일인가. 내 마음은 갈수록 번뇌와 욕심으로 더럽게 얼룩져 샘터로 달려가 무릎을 꿇지만 마음의 주름살은 펴지지 않고 빛바랜 기도엔 바람만 오간다.

가난한 날들의 어두움, 기다리는 세월의 덩이진 아픔, 쫓기는 두려움, 누더기처럼 짜깁는 인정들─나는 언제나 외롭고 허기져 눈물을 흘려도 지워지지 않는다.

빨래를 한다. 흐르는 물에 담가 빨래를 한다.

깨끗한 빨래. 활활 털어 햇볕에 널면 빨래는 바람에 물기를 날리고 거듭나는 몸짓으로 활개를 편다.

햇볕 아래 눕는 눈부신 정결. 비로소 자유롭다.

어머니는 날이면 날마다 빨래를 했다. 손톱이 다 닳도록 비비고 두드렸다. 마디 굵은 손가락에 끼운 가락지도 손톱처럼 닳아 끈으로 두 쪽을 묶어 끼웠다.

흐르는 물소리에 실려 가던 빨래 방망이질 소리. 가슴에 서린 한을 자근자근 빨아내던 소리─지금은 지워져 들리지 않는다.

나도 어머니처럼 빨래를 한다.

빨래를 비비면 열 손가락 사이로 옛날이 흐르고 아리고 쓰린 삶의 가락이 굽이굽이 흐른다.

콩깍지 태워 잿물 내리고 광목을 필로 삶아 자갈밭에 널면 한 줄기 고달픈 흰 강이 출렁거렸다. 시집가는 딸이 한 끝을 잡고 지팡이에 의지한 할머니가 한 끝을 잡고 눈으로 마름질하는 어머니 강줄기.

꽃가마 꽃상여를 앞뒤로 묶고 햇볕 아래 박꽃처럼 속살 보이던 광목 마전에 어머니 근심도 하얗게 바랬다.

물은 언제나 고향.

오늘의 빈 잔을 채우고 마른 혼을 적셔준다.

물을 보면, 물보라 위에 살아나는 추억의 송사리 떼—기억의 징검다리 사이로 빠져나가며 생활의 뱃전에서 찰랑거린다.

나는 깨끗한 빨래이고 싶어 강물에 눕는다.

심신이 투명해지면 학처럼 날개를 달고 구만리장천으로 비상하리라.

한 벌뿐인 옷을 들고 물가로 간다.

북한산 계곡 맑은 물이 흘러내리는 수유리 샘터에 앉아 언제나 진솔이고자 빨래를 한다.

바람은 옷자락에 풀을 죽이고 하루도 못 가 땀에 젖지만 진풀 먹여 밟고 두드려 옷깃을 살려야지, 삼베 모시처럼 상큼하게 고개를 들도록.

빨래를 한다.

새벽마다 남몰래 더러움을 쓸어가는 청소부 할아버지의 비질 소리처럼, 새벽 미사 때 빈 성당을 채우는 신부님의 기도 소리처럼 외로운 샘터의 빨래 소리.

물소리를 들으면 살아나는 청청한 영혼들.

머리를 감아 빗고 새 옷 입고 새벽길 떠나는 신부新婦처럼 물가로 간다. 지친 삶을 헹구려고 샘터로 간다.

— 수필선 ≪아름다운 세상(2010)≫에 수록

어떤 삶이든 세상 바람 속을 헤쳐가다 보면 때가 끼고 얼룩이 지게 마련이다. 때 끼고 얼룩져 불결해진 삶은 마음을 짓누르고 영혼을 오염시켜 자유를 앗아간다. 그래서 강물에 빨래를 하듯. 불결한 삶의 가닥들을 챙겨 빨아야 한다. 이렇게 빠는 일이 어디 〈빨래를 하며〉의 화자뿐이겠는가.

세상 바람에 시달리다 풀이 죽어 늘어진 옷을 벗어 빨래를 한다.
살아가기 힘겨워 땀에 배인 옷, 시끄러운 소리에 때 묻고 눌린 옷, 최루탄 연기에 그을고 시름에 얼룩진 옷을 빤다.

화자는 옷을 빤다. 풀이 죽은 옷, 땀에 배인 옷, 때 묻고 눌린 옷, 그을고 얼룩진 옷을 빤다. 옷을 풀이 죽어 늘어지게 한 것은 세상 바람, 땀에 배이게 한 것은 힘겨운 삶, 때 묻고 눌리게 한 것은 시끄러운 소리, 그을게 한 것은 최루탄 연기, 얼룩지게 한 것은 시름이다.

풀이 죽어 늘어졌다함이 표면적으로는 쌀가루나 밀가루를 끓여 만든 풀을 먹여 빳빳하던 옷감이 빳빳함을 잃고 늘어졌다는 것이지만 내면적으로는 활발하게 살아가던 사람이 활기를 잃어 축 처져 있는 상태를 가리킨다. 풀이 죽어 늘어지게 한 것이 세상 바람이고 보면, 삶의 힘겨움, 시끄러운 소리, 최루탄 연기, 그리고 시름은 모두 세상 바람에 내포된다.

화자의 삶에 작용하는 부정적인 현실, 땀 흘리며 살아가기, 잡음 견디기, 사회적 혼란, 시름 들이다. 화자는 그 부정적인 현실을 옷을 빨 듯 빨고 싶은 것이다.

장맛비 걷히고 펼쳐지는 푸른 하늘처럼 밤마다 베개 밑으로 흐르는 물소리는 악몽에 시달리는 나의 잠을 깨운다. 그 물소리처럼 지심에서 솟구치는 물꼬를 찾아 콸콸콸 넘쳐흐르는 물에 빨래를 담가 절레절레 흔들며 빨래를 하고 싶다.

옷을 빨기 위해서는 물이 필요하다. 그 물은 악몽에 시달리는 잠을 깨우는 장마 뒤의 푸른 하늘처럼 밝고 맑은 물이며 지심에서 솟구치는 오염되지 않은 물이다. 그 물에 부정적인 현실 속의 자신을 빨아 정결하게 하고 싶은 화자의 바람이 절실하다.

여름의 한 줄기 소나기는 도심을 태우던 열기를 식혀주고 악취와 쓰레기를 쓸어가며, 시원하고 깨끗한 거리를 열어준다. 그처럼 소나기를 맞으면 머리카락 올올이 빗물로 감기고, 주머니에 담긴 먼지처럼 답답한 가슴도 후련해지리라. 씹지 않고 삼킨 말의 응어리도 풀 수 있는 소나기—빗질하는 가로수처럼 빨고 싶은 나날들.

도시의 오염을 씻어 쾌청한 거리를 열어주는 소나기. 그 소나기에 머리를 감고 답답한 가슴—씹지 않고 삼킨 말의 응어리—도 씻어내고 싶다. 나날이 쌓여 가는 답답증을 강풍에 가지를 흔드는 비에 젖은

가로수의 비질로 쓸어내고 싶다.

옛날 어느 날 신부님은 내 이마에 물을 부으시며 마음을 빨아주셨다. 다시는 너의 삶에서 후회로움이나 욕됨이 없을지니라.

그러나, 어인 일인가. 내 마음은 갈수록 번뇌와 욕심으로 더럽게 얼룩져 샘터로 달려가 무릎을 꿇지만 마음의 주름살은 펴지지 않고 빛바랜 기도엔 바람만 오간다.

신부님으로부터 세례를 받을 적에 마음을 빨아주었던 성수, 그것은 곧 악몽에 시달리는 나를 깨워 주던 푸른 하늘처럼 밝고 맑은 물과 통한다. 세례를 받아 정결해졌다 믿었던 내 마음은 날이 갈수록 번뇌와 욕심에 더럽혀져 샘터로 달려가 빨래를 하듯 성전에 가 기도를 하지만 더럽혀진 마음은 쉽게 정결해지지 않는다.

가난한 날들의 어두움, 기다리는 세월의 덩이진 아픔, 쫓기는 두려움, 누더기처럼 짜깁는 인정들―나는 언제나 외롭고 허기져 눈물을 흘려도 지워지지 않는다.

빨래를 한다. 흐르는 물에 담가 빨래를 한다.

깨끗한 빨래. 활활 털어 햇볕에 널면 빨래는 바람에 물기를 날리고 거듭나는 몸짓으로 활개를 편다.

햇볕 아래 눕는 눈부신 정결. 비로소 자유롭다.

어두움, 아픔, 두려움, 외로움으로 얼룩진 현실은 참회의 눈물로도 지워지지 않는다. 그래서 빨래를 한다. 깨끗해진 빨래를 빨랫줄에 널면 물기 마른 빨래가 부활의 몸짓으로 펄럭인다. 따스한 햇볕 속에서 펄럭이는 정결한 몸짓. 화자는 더럽혀진 옷이 빨래에 의해 정결해진 모습에서 영혼의 부활을, 그리고 빨랫줄에서 활기차게 펄럭이는 모습에서 정결한 영혼의 자유를 느낀다.

어머니는 날이면 날마다 빨래를 했다. 손톱이 다 닳도록 비비고 두드렸다. 마디 굵은 손가락에 끼운 가락지도 손톱처럼 닳아 끈으로 두 쪽을 묶어 끼웠다.

흐르는 물소리에 실려 가던 빨래 방망이질 소리. 가슴에 서린 한을 자근자근 빨아내던 소리—지금은 지워져 들리지 않는다.

나도 어머니처럼 빨래를 한다.

빨래를 비비면 열 손가락 사이로 옛날이 흐르고 아리고 쓰린 삶의 가락이 굽이굽이 흐른다.

화자의 빨래는 어머니로부터 물려받은 것이다. 날이면 날마다 빨래를 해 손가락에 낀 가락지가 손톱처럼 닳았다. 빨랫감을 방망이로 자근자근 두들겨 가슴에 서린 한을 빨아내던 어머니. 지금 어머니는 가셨지만 딸인 화자가 뒤를 이어 빨래를 한다. 빨래하는 손가락 사이로 어머니의 아리고 쓰린 삶이 옛날이 되어 냇물 따라 흐른다.

콩깍지 태워 잿물 내리고 광목을 필로 삶아 자갈밭에 널면 한 줄기 고달픈 흰 강이 출렁거렸다. 시집가는 딸이 한 끝을 잡고 지팡이에 의지한 할머니가 한 끝을 잡고 눈으로 마름질하는 어머니 강줄기.

꽃가마 꽃상여를 앞뒤로 묶고 햇볕 아래 박꽃처럼 속살 보이던 광목 마전에 어머니 근심도 하얗게 바랬다.

1950년대까지 도시 주변을 흐르는 냇가에는 빨래터가 있었다. 그 근처에 걸린 가마솥에 잿물을 풀고 광목을 필로 삶아 빨았다. 다 빤 광목은 자갈밭에 길게 펴 말렸다. 포목점에서 필로 떠 온 누르스름한 광목을 잿물에 삶고, 방망이로 두드리고, 비비고, 헹구는 힘든 과정을 거쳐 자갈밭에 널면, 그 길고 하얗게 펼쳐진 모양이 어머니의 한 줄기 흰 강. 여기서 흰색은 창백蒼白함, 과로에 지침의 이미지를, 한 줄기 강은 끊임없이 이어짐, 곧 잠시도 쉴 겨를이 없음을 암시한다.

광목을 떠다가 마전하는 것은 시집가는 딸이 타고 갈 꽃가마를 장식하기 위함이다. 얼마지 않으면 돌아가실 할머니의 상여를 장식하는 데 쓰일는지도 모른다. 사람이 치르는 세 가지 큰일은 나고, 결혼하고, 죽는 일이라는데, 딸을 결혼시킬 때, 할머니께서 돌아가실 때 쓸 광목을 마전해 하얀 광목을 보는 어머니의 근심도 가벼워진다.

물은 언제나 고향.

오늘의 빈 잔을 채우고 마른 혼을 적셔준다.

물을 보면, 물보라 위에 살아나는 추억의 송사리 떼―기억의 징검다리

사이로 빠져나가며 생활의 뱃전에서 찰랑거린다.

물에 대한 화자의 의미 부여이다. 세례를 받을 때 신부님이 이마에 뿌려주던 성수. 그것은 때 묻고 구겨진 영혼을 씻어주었다. 어머니가 누르스름한 광목을 잿물에 삶아 빨던 강물. 그것은 시름 많은 삶을 하얗게 씻어 날려버렸다. 그래서 물은 생활과 영혼의 본향이다.

나는 깨끗한 빨래이고 싶어 강물에 눕는다.
심신이 투명해지면 학처럼 날개를 달고 구만리장천으로 비상하리라.

화자의 소망은 몸도 마음도 물에 빤 빨래처럼 깨끗해지는 것이다. 그리되어 우화등선羽化登仙하듯 한없는 자유를 누리고 싶은 것이다.

한 벌뿐인 옷을 들고 물가로 간다.
북한산 계곡 맑은 물이 흘러내리는 수유리 샘터에 앉아 언제나 진솔이고자 빨래를 한다.
바람은 옷자락에 풀을 죽이고 하루도 못 가 땀에 젖지만 진풀 먹여 밟고 두드려 옷깃을 살려야지, 삼베 모시처럼 상큼하게 고개를 들도록.

어머니에 대한 회상에서 현재로 돌아오면서 호흡을 한 템포 낮추었다. '한 벌뿐인 옷'은 외로움, 외곬 등의 이미지로 읽힌다. 곁눈 팔지 않고 자기가 지향하는 바를 향해 가는 길은 순탄하지가 않았다. 외롭고 힘겨운 길이었다. 험한 길을 가다 보면 흙탕물을 뒤집어쓸 때도 있고, 발을 헛디뎌 발목이 삐끗할 때도 있었다. 동행자도 없이 걷는 길이라 힘겨울 때마다 외로움은 배가되었고, 흙탕물을 뒤집어쓰거나 발을 헛디뎌 자기가 지향하는 바에서 조금이나마 벗어나면 그것을 못 견뎌했다. 그래서 풀이 죽어 있는 자기를 빨아 삼베나 모시베로 지은 옷에 풀을 먹여 깃을 살리 듯 지향점을 향해 가는 화자의 삶에도 활기를 불어넣고 싶다는 소망이 담겨 있다.

빨래를 한다.
새벽마다 남몰래 더러움을 쓸어가는 청소부 할아버지의 비질 소리처럼, 새벽 미사 때 빈 성당을 채우는 신부님의 기도 소리처럼 외로운 샘터의 빨래 소리.
물소리를 들으면 살아나는 청청한 영혼들.

〈빨래를 하며〉의 빨래는 어머니로부터 물려받은 것이긴 하지만 어머니의 빨래와 화자의 빨래는 그 의미가 다르다. 어머니의 빨래가 청소부 할아버지의 비질과 통한다면 화자의 빨래는 신부님의 기도와 통한다. 그리고 빨래를 할 때 없어서는 안 되는 물은 때 낀 옷을 깨끗하게 빨아주는 청정제일 뿐 아니라 세상살이에 얼룩진 영혼을 깨끗하게 빨아주는 청정제이다.

머리를 감아 빗고 새 옷 입고 새벽길 떠나는 신부新婦처럼 물가로 간다.

지친 삶을 헹구려고 샘터로 간다.

신부는 새신랑을 기다리는 순결의 처녀이다. 성서에서는 주님을 맞이하기 위해 만반의 준비를 하고 기다리는 신자를 암시하는 구절이 있기도 하다. 화자는 세파에 더럽혀진 삶을 헹궈 청정한 영혼으로 돌아가기 위해 샘터, 곧 교회에 간다. 어머니의 빨래터는 냇가요, 화자의 빨래터는 교회임을 암시하고 있다.

〈빨래를 하며〉는 시에 가까울 정도로 은유와 상징을 심도 있게 활용하고 있다. 내면세계를 표출하기 위한 표현기법을 택했기 때문이다. 내면세계에는 형상이 없으니 보이는 것도 들리는 것도 없다. 이를 표출하기 위해서는 보이는 것, 들리는 것 등을 보조관념으로 끌어들일 수밖에 없다. 그래서 생활 속에서 행해지는 옷을 빨고 광목을 마전하는 일들을 보조관념으로 하고 있는 것이다.

프로이트의 심층심리학을 활용하여 인간의 내면 깊숙이 숨어 있는 진실을 천착하려는 것이 현대문학의 특성이라면 수필 역시 현대문학의 한 장르인 이상 이에서 벗어날 수는 없는 일 아닌가.

불안정한 삶을 이끌어가는 힘

– 송규호의 〈해질 무렵〉 조명

해질 무렵

송규호宋圭浩(1921-2013) 수필집 ≪가랑잎 사연≫ ≪산골에 묻힌 이야기≫ 등

여태까지 살아온 무등산 기슭을 떠나 이곳 낙산으로 옮아온 지도 벌써 한 해가 지난다. 낙타 등과 비슷하다 하여 붙여진 이름이건만 그 나불거진 낙타 등의 모습은 온데간데없고, 옛날의 나무숲 대신에 높이 솟아오른 아파트가 숲을 이루었다.

난생처음의 아파트살이이기도 하지만 아직도 여러모로 서먹서먹한 주위 환경이다. 그런데 알고 보니 예로부터 인연이 아주 없는 곳도 아니다. 동쪽 창문 너머로 단종의 아내 송 씨가 비단을 빨면 자줏물이 들었다는 슬픈 사연이 전해 내려온 자줏빛 샘터紫芝洞泉가 내려다보인다.

오늘따라 봄기운이 더욱 완연한 저녁나절이다. 바람도 쐴 겸 모처럼 낙산의 산마루를 찾아 나서는데 한 중년 여인이 어찌 된 영문인지 모르지만 힘겹게 아장거리고 있다. 마치 어린애가 걸음마를 배우듯이 떨리는 운동홧발을 조심스레 옮겨 딛곤 한다.

그것도 혼자서가 아니라, 남자가 앞에서 뒷걸음질하며 고개를 끄덕이

는 박자에 맞추어 이끌려가는 것이다. 그리하여 목발에 기대지 않고 끝내 땅을 밟으려는 간절한 소망이 굳게 다문 두 사람의 입가에 또렷이 나타나 보인다. 그런데 지나가는 사람마다 보기가 민망스러워선지 모르는 체, 진달래와 개나리가 한창 어우러진 꽃밭으로 눈길을 돌려 버린다.

옛날, 나들이에서 돌아온 할머니는 아장아장 마중 나온 근호를 다급하게 얼싸안으려다 넘어지는 바람에 그만 발목을 삐었다. 그리하여 그 셋째 손자에 대한 지극한 사랑은 평생토록 절룩거림으로 이어내렸다.

멀리 북한산을 곁눈질하며 올라온 낙산의 정수리는 한가롭기만 하다. 허술한 노인당에는 인기척 하나 없고 좁다란 운동장도 텅 비었다. 동대문에서 동소문으로 구불구불 이어 뻗은 옛 산성에 저녁 빛이 뉘엿뉘엿 엷어지기 시작한다.

성터에서 능수버들 그늘에 놓인 벤치로 다시 돌아오자 뜻밖에도 중학생으로 보이는 한 소년이 구석진 농구대 앞에서 농구공을 던져 올리고 있다. 마침 전자오락실 아니면 같은 또래들과 어울려서 학교 운동장을 휩쓸며 뛰어다닐 그런 시기다. 그런데 작달막한 키에 여윈 몸집으로 공을 다루는 솜씨가 아무리 보아도 불안스럽기만 하다.

백보드에도 미치지 못한 공이 그대로 굴러가 버린다. 조금도 모나지 않고 천성이 둥그런 공일지라도 서로 호흡이 맞지 아니하면 저토록 엉뚱한 쪽으로 흘러나가는가 보다. 그런데 달아난 공을 잡으러 가는 걸음걸이가 몹시도 뒤뚱거린다. 다시 공을 던져보지만 이번에도 허탕이다. 뒷판에 부딪혀서 튀어나온 공을 붙잡지 못하고 우두커니 지켜보다 또 뒤뚱뒤뚱 공을 쫓아간다.

사람이 그리 드나들지 않는 늦은 시간대를 기다렸다가 조용히 찾아온 절름발이 소년이다. 그리하여 오로지 자기 자신과 맞싸워야만 하는 혼자만의 시합인 것이다. 따라서 상대 팀도 경기 규칙도 없는 이 마당에 심판의 호루라기가 무슨 소용이겠는가. 소년에게는 코치나 응원단 따위가 아예 없어서 다행이다.

소년은 또 절룩거리며 바스켓을 향해 공을 던지건만 주우러 가는 시간이 안타깝게 여겨지기만 한다. 높낮이를 자유롭게 조절할 수 있는 저 바스켓을 좀 더 낮추거나 골 가까이 다가섬직도 하다마는, 3점 슛만을 노리는 것도 아닐 텐데 고집스럽기도 하다.

예전에 소아마비를 앓은 Y군은 지금도 심한 절름발이다. 그러나 그는 어느 쪽 다리가 보다 길고 짧은지 모르지만 절룩절룩 율동적으로 잘도 걷는다. 그리하여 한결같은 마음의 리듬 속에 울퉁불퉁한 길도 고르게 밟아 다니며 항상 웃는 얼굴이다.

소년은 지쳤는지 공을 깔고 앉아서 농구대를 쳐다보고 있다. 그런 정도로 운동을 마치고 잠시 쉬었다가 돌아가려나 보다. 공을 링 안에 넣어야만 운동이 되는 법도 아니니 말이다. 그런데 어찌 생각했는지 기우뚱 일어서면서 윗도리를 벗어던지다시피 한다.

공을 붙들고 바스켓을 원망스레 노려보는 손이 가볍게 떨려 보이는 것 같다. 또 어찌 되나 하여 지켜보는 마음이 지레 조마조마해지는 순간이다. 공과 호흡이 하나로 들어맞는 순간을 놓칠세라 슛! 공은 링 위를 위태롭게 돌다가 그물 안으로 빨려 들어간다.

골인! 드디어 성공이다.

침착하고 안정감 있는 다갈색의 큼직한 공이 그물 바스켓을 빠져 나온다. 그리하여 마치 수많은 구경꾼이 지켜보는 가운데 마지막을 승리로 이끈 선수의 맥박처럼 뛰고 있다. 소년은 이마의 땀을 닦아내면서 비로소 빙긋이 웃는다.

언제 왔는지 저만치 벤치에서 그 아장걸음의 여인이 이 마지막 한마당을 지켜보고 있다. 그녀로서는 여기까지 올라온 것만으로도 자랑스러운 것이다. 멀리 가까이 높고 낮은 집들이 하나같이 평면으로 보이는 해 어스름이다.

— ≪93고갯마루에서(2013)≫에 수록

어떤 인생에도 탄탄대로는 없다. 육체적인 면에서나 정신적인 면에서 불완전하다. 이 불완전을 극복하기 위해서 갖은 고난을 이겨 나가는 것이 인생이기 때문이다. 몸이 허약한 사람은 꾸준한 운동으로 건강을 찾으려 할 것이요, 지적 고갈에 허덕이는 사람은 학문을 궁구하는 데 몰두할 것이다.

그래서 대부분이 험난하다. 송규호는 〈해질 무렵〉에서 조금 느리고 더딘 사람들의 그 험난한 삶의 모습을 보여준다.

여태까지 살아온 무등산 기슭을 떠나 이곳 낙산으로 옮아온 지도 벌써 한 해가 지난다. 낙타 등과 비슷하다 하여 붙여진 이름이건만 그 나불거진 낙타 등의 모습은 온데간데없고, 옛날의 나무숲 대신에 높이 솟아오른 아파트가 숲을 이루었다.

난생처음의 아파트살이이기도 하지만 아직도 여러모로 서먹서먹한 주위 환경이다. 그런데 알고 보니 예로부터 인연이 아주 없는 곳도 아니다. 동쪽 창문 너머로 단종의 아내 송 씨가 비단을 빨면 자줏물이 들었다는 슬픈 사연이 전해 내려온 자줏빛 샘터紫芝洞泉가 내려다보인다.

〈해질 무렵〉의 서두이다. 화자는 광주광역시에서 살다가 서울로 이주하여 아파트 숲에 사는 것이 서먹하다. 광주를 무등산 기슭이라 했다든가, 낙산의 나무숲 대신 아파트가 숲을 이루었다는 표현에서 본래의 자연을 무너뜨리고 솟아오른 아파트, 거기서 사는 데 대한 서먹함이다.

그러한 화자에게 친근감을 가져다준 것은 비운의 단종왕비端宗王妃 송宋 씨의 사연이 담긴 '자지동천紫芝洞泉'이 내려다보인다는 점이다. 자지동천은, 조선의 6대왕 단종이 숙부 세조世祖에 의해 폐위되어 종국에는 영월에 유배되자 왕비 송 씨가 낙산酪山 근처에 있는 정업원淨業院에서 기거할 때 지초芝草의 뿌리를 샘물에 풀어 비단에 자줏빛 물을 들였다는 사연이 전해 내려오는 샘이다. 단종왕비 여산송씨는 화자와 종씨인 듯하다.

오늘따라 봄기운이 더욱 완연한 저녁나절이다. 바람도 쐴 겸 모처럼 낙산의 산마루를 찾아 나서는데 한 중년 여인이 어찌 된 영문인지 모르지만 힘겹게 아장거리고 있다. 마치 어린애가 걸음마를 배우듯이 떨리는 운동홧발을 조심스레 옮겨 딛곤 한다.

그것도 혼자서가 아니라, 남자가 앞에서 뒷걸음질하며 고개를 끄덕이는
박자에 맞추어 이끌려가는 것이다. 그리하여 목발에 기대지 않고 끝내 땅을
밟으려는 간절한 소망이 굳게 다문 두 사람의 입가에 또렷이 나타나 보인
다. 그런데 지나가는 사람마다 보기가 민망스러워선지 모르는 체, 진달래와
개나리가 한창 어우러진 꽃밭으로 눈길을 돌려 버린다.

화자는 봄기운 완연한 날 저녁나절 낙산으로 산책을 나선다. 거기
서 첫 번째 눈길을 끈 중년 여인. 앞에서 뒷걸음질하며 이끄는 남자의
고갯짓 박자에 맞추어 힘겹게 발을 내딛고 있다. 사고나 병으로 인해
불편해진 다리를 재활하기 위해 운동을 하는 모습이다. 낙산공원 길
을 오르는 사람이 많을 텐데도 유독 다리가 불편한 사람, 남 보기에
민망스러운 재활 운동하는 사람이 눈길을 끈 것이다. 보조기구 없이
자신의 힘으로 걷고야 말겠다는 의지가 화자의 마음을 붙잡았기 때
문이다.
그리고 진달래와 개나리가 어우러진 화사한 꽃밭을 내세워 어렵게
재활 운동을 하는 모습과 대조시킨 장면은 묘한 대조를 이루어 시사
時仕하는 바가 크다.

옛날, 나들이에서 돌아온 할머니는 아장아장 마중 나온 근호를 다급하게
얼싸안으려 넘어지는 바람에 그만 발목을 삐었다. 그리하여 그 셋째 손자
에 대한 지극한 사랑은 평생토록 절룩거림으로 이어내렸다.

아장아장 어린애처럼 걷고 있는 여인에서 '근호'를, 다리가 불편한 여인의 모습에서 할머니를 연상한 대목이다. '근호'라는 고유명사가 등장한 것으로 보아 화자의 가족사인 것으로 보인다. 손자에 대한 사랑을 평생토록 절룩거리며 사신 할머니의 모습에서, 단종이 영월에 유배되자, 날마다 낙산 근처 봉우리에 올라 영월 쪽을 바라보며 슬퍼했다는 정순왕후定順王后의 사랑이 상기된다. 할머니가 평생 동안 다리를 저는 것으로 손자에 대한 사랑을 보여주었다면 정순왕후는 긴긴 세월 날마다 봉우리에 올라 눈물을 짓는 것으로 낭군에 대한 사랑을 보여준 것이다.

멀리 북한산을 곁눈질하며 올라온 낙산의 정수리는 한가롭기만 하다. 허술한 노인당에는 인기척 하나 없고 좁다란 운동장도 텅 비었다. 동대문에서 동소문으로 구불구불 이어 뻗은 옛 산성에 저녁 빛이 뉘엿뉘엿 엷어지기 시작한다.

낙산공원 꼭대기의 주변 묘사이다. 아직 이른 봄이라 노인당엔 인기척이 없고 운동장도 한가롭다. 옛 산성에 저녁 빛이 엷어지기 시작하는 시각이다. 이는 공간적 배경과 시간적 배경 제시다. 이 배경은 주 이야기의 절실함으로부터 잠시 호흡을 가다듬는 효과가 있을뿐더러 주제를 암시하는 역할을 한다.

성터에서 능수버들 그늘에 놓인 벤치로 다시 돌아오자 뜻밖에도 중학생으로 보이는 한 소년이 구석진 농구대 앞에서 농구공을 던져 올리고 있다. 마침 전자오락실 아니면 같은 또래들과 어울려서 학교 운동장을 휩쓸며 뛰어다닐 그런 시기다. 그런데 작달막한 키에 여윈 몸집으로 공을 다루는 솜씨가 아무리 보아도 불안스럽기만 하다.

백보드에도 미치지 못한 공이 그대로 굴러가 버린다. 조금도 모나지 않고 천성이 둥그런 공일지라도 서로 호흡이 맞지 아니하면 저토록 엉뚱한 쪽으로 흘러나가는가 보다. 그런데 달아난 공을 잡으러 가는 걸음걸이가 몹시도 뒤뚱거린다. 다시 공을 던져보지만 이번에도 허탕이다. 뒷판에 부딪혀서 튀어나온 공을 붙잡지 못하고 우두커니 지켜보다 또 뒤뚱뒤뚱 공을 쫓아간다.

사람이 그리 드나들지 않는 늦은 시간대를 기다렸다가 조용히 찾아온 절름발이 소년이다. 그리하여 오로지 자기 자신과 맞싸워야만 하는 혼자만의 시합인 것이다. 따라서 상대 팀도 경기 규칙도 없는 이 마당에 심판의 호루라기가 무슨 소용이겠는가. 소년에게는 코치나 응원단 따위가 아예 없어서 다행이다.

공원 구석진 농구대 앞에서 농구공을 던져 올리고 있는 중학생으로 보이는 소년.

또래들과 어울려 학교 운동장을 휩쓸며 뛰어다닐 소년이 농구를 하는 것이 아니라 농구공을 던져 올리고 있다. 공을 던져 올린다 한 것은 작은 키에 공을 다루는 동작이 불안한 모습의 표현이다. 애써 던져 올린 공은 백보드에 미치지도 못하고 굴러가 버린다. '서로 호흡이 맞지 아니하면 저토록 엉뚱한 쪽으로 흘러나가나 보다.'에서 남자의 고갯짓 박자에 맞추어 운동홧발을 내딛는 여인의 모습이 떠오른다. 호흡이 맞지 않아 패스가 잘못되었을 때 망치고 마는 것이 어찌 농구 경기에서 뿐이겠는가. 인간관계에서는 물론이고 간단한 동작을 할 때에도 스스로의 호흡조절, 곧 마음과 동작의 조절이 성패를 좌우한다.

　그런데 이 소년은 마음과 동작의 조절이 되질 않는다. 동작이 간절한 마음을 따라 주질 못하는 것이다. 그런데도 포기하지 않는다. 자기 안의 부조화를 해결하고자 의지를 불태운다.

　　소년은 또 절룩거리며 바스켓을 향해 공을 던지건만 주우러 가는 시간이 안타깝게 여겨지기만 한다. 높낮이를 자유롭게 조절할 수 있는 저 바스켓을 좀 더 낮추거나 골 가까이 다가섬직도 하다마는, 3점 숫만을 노리는 것도 아닐 텐데 고집스럽기도 하다.

　소년은 다리를 절룩거리는 불안정한 동작으로 계속해서 농구공을 던져 올린다. 바스켓을 좀 더 낮추거나 좀 더 골 가까이 다가설 법도 한데 그려진 라인을 고수한다. 마음과 동작의 호흡이 조절되어 자기 안의 조화가 이루어지기를 갈구하는 모습이다. 보통보다 동작이 조금 더디고 느린 사람이 보통 사람들의 동작과 같아지고자 하는 투지가 엿보인다.

　　예전에 소아마비를 앓은 Y군은 지금도 심한 절름발이다. 그러나 그는 어느 쪽 다리가 보다 길고 짧은지 모르지만 절룩절룩 율동적으로 잘도 걷는다. 그리하여 한결같은 마음의 리듬 속에 울퉁불퉁한 길도 고르게 밟아 다니며 항상 웃는 얼굴이다.

화자는 농구공을 던져 올리는 소년을 보며 소아마비 앓은 Y군을 떠올린다. Y라는 이니셜을 사용한 것을 보면 화자와 가까운 거리에 있는 손아랫사람인 듯하다. 그는 보통보다 조금 동작이 더디고 느린 대로 자기 안에 안정을 찾은 사람이다. 그래서 '한결같은 마음의 리듬 속에 울퉁불퉁한 길도 고르게 밟아 다니며 항상 웃는 얼굴이다.' Y라고 어찌 농구공을 던져 올리는 소년과 같은 투지가 없었겠는가.

소년은 지쳤는지 공을 깔고 앉아서 농구대를 쳐다보고 있다. 그런 정도로 운동을 마치고 잠시 쉬었다가 돌아가려나 보다. 공을 링 안에 넣어야만 운동이 되는 법도 아니니 말이다. 그런데 어찌 생각했는지 기우뚱 일어서면서 윗도리를 벗어던지다시피 한다.

공을 붙들고 바스켓을 원망스레 노려보는 손이 가볍게 떨려 보이는 것 같다. 또 어찌 되나 하여 지켜보는 마음이 지레 조마조마해지는 순간이다. 공과 호흡이 하나로 들어맞는 순간을 놓칠세라 슛! 공은 링 위를 위태롭게 돌다가 그물 안으로 빨려 들어간다.

골인! 드디어 성공이다.

잠시 휴식을 취하던 소년이 윗도리를 벗어던지다시피 하고 다시

링을 향해 농구공을 던져 올리려는 것은 농구 경기를 위한 것이 아니다. 자기와의 경기인 것이다. 그래서 힘들여 던진 공을 받아들여 주지 않는 바스켓이 더 원망스럽다. 마음을 모아 공과 호흡이 하나로 들어맞는 순간 숫한 공이 드디어 골인! 링 위를 위태롭게 돌다가 그물망 안으로 빨려 들어가는 공.

처음에는 백보드에도 미치지 못하던 공이 링에 이르고 드디어 바스켓 안으로 빨려 들어가기까지 작은 키와 불편한 다리를 이끌면서 던져 올리고, 던져 올리고, 던진 것이 몇 번이었던가. 문제는 호흡이었다. 마음을 모아 공과 호흡이 하나로 들어맞는 순간을 맞이하기 위함이었다. 호흡은 육체에서 정신으로 또는 정신에서 육체로 긴밀하게 연결되어 있음을 보여준다.

침착하고 안정감 있는 다갈색의 큼직한 공이 그물 바스켓을 빠져 나온다. 그리하여 마치 수많은 구경꾼이 지켜보는 가운데 마지막을 승리로 이끈 선수의 맥박처럼 뛰고 있다. 소년은 이마의 땀을 닦아내면서 비로소 빙긋이 웃는다.

언제 왔는지 저만치 벤치에서 그 아장걸음의 여인이 이 마지막 한마당을 지켜보고 있다. 그녀로서는 여기까지 올라온 것만으로도 자랑스러운 것이다.

소년이 만끽하는 성취감. 이 성취감은 단순한 환희와는 다르다. 환희가 표면적이라면 성취감은 내면적이다. 그래서 환호성을 내는 것이 아니라 빙긋이 웃는다. 이 성취감을 맛본 소년은 Y군처럼 한결같은 마음의 리듬 속에 울퉁불퉁한 길도 고르게 밟아 다니며 항상 웃을 것이다.

남자의 고갯짓 박자에 맞추어 걸음마를 배우는 아이처럼 힘겹게 비탈길을 오르던 중년 여인도 저만치 벤치에 앉아 있다. 주저앉아버리고 싶기도 하고 남자의 손을 붙잡고 싶기도 했을 것이다. 그런 약한 마음을 이기고 정상에 오른 여인이 누리는 성취감 또한 소년의 성취감에 못지않다.

멀리 가까이 높고 낮은 집들이 하나같이 평면으로 보이는 해 어스름이다.

〈해질 무렵〉의 마지막 문장이다. 표면상으로는 시간적 배경을 통해 착 가라앉은 분위기를 제시하고 있지만 이 문장이 수필 〈해질 무렵〉의 완성도에 기여하는 바는 매우 크다. '멀리 가까이 높고 낮은 집들이 하나같이 평면으로 보이게 하는 어스름. 이 어스름에는 고층 아파트의 숲이 없다. 그리고 10대 어린 나이에 지아비를 잃고 82세까지 살았던 단종왕비 송 씨와 질병에 의해 다리를 저는 소년과 사고에 의해 다리가 불편한 중년 여인이 겪는 크고 작은 고난을 하나로 묶는 역할을 할 뿐 아니라, 격함을 이기고 안정을 찾는 호흡이 불완전한 인생을 이끌어가는 길이라는 것을 암시하고 있다.

200자 원고지 20여 매밖에 되지 않는 글에 이렇게 많은 이야기를 담을 수 있는 게 수필이다. 이야기와 이야기의 치밀한 연결, 그로 인해 파급되는 사유의 넓이와 깊이는 〈해질 무렵〉만의 특장이다.

집중 조명
수필·22